年年有魚 2

文創風 135

玖藍 著

目錄

第三十三章

兩天後，杜顯、杜文淵還有白士宏一起回來了，自然還是馬車送的，趙氏少不得要做些好菜感謝下白士宏，還有萬家趕車的車夫，便把那樹磨菇用上幾片。

湯確實鮮美無比，若是跟老母雞一起熬的話，估計更是沒得話說，杜小魚暗暗讚嘆，一邊豎著耳朵聽眾人講話。

飯桌上杜顯一直笑咪咪的，而杜文淵面色平靜，大致也能猜到這回考試應該是得心應手，也就放心不少。

酒足飯飽，兩個客人告別後，杜顯拍著杜文淵肩膀道：「這些天辛苦了，趁這幾天好好休息休息，等放榜後要不了幾天又得去學館呢。」

「爹倒是篤定我能考上？」

「就是，還不知道好壞呢，別說大話。」趙氏笑道。

其實家裡哪個不是對杜文淵充滿信心呢？

其後一段時間，杜文淵空閒時間很多，幾乎每日都去吳大娘家找林嵩學藝，那認真勁兒可一點不比唸書差，甚至在杜小魚看來，更為勤奮，汗都流得有幾缸子了。

趙氏便有些不高興，這日看杜文淵又在院中紮馬步，吳大娘正好過來串門，就上前拉著問：

「大姊，還沒找到合適的地方啊？」

「是啊，這林老弟要嘛嫌遠，要嘛嫌地方小不開闊，我都不知道去哪兒找了。」吳大娘很是煩惱。

「倒是給妳添許多麻煩。」趙氏表達歉意。「人是咱們的恩人卻要占你們家地方，實在過意不去，改日我還是另尋個地方給林大哥住吧。」

「這個不急。」吳大娘又笑起來。「林老弟人很好，也不知是不是以前去過的地方多，見識很高呢，我家相公本是悶蛋，卻喜歡跟他講話，而且他還主動幫我們做這做那的，我都想給他說個媳婦了。」

杜小魚在旁邊聽著，心道林嵩這人要人不喜歡都難，一來臉上有正氣又威嚴，看著不好親近，可相處起來和藹得很；二來性子直爽，很男人，又有一身功夫讓人仰慕；三是走南闖北見多識廣，說話不乏味。

要不是她娘怕影響杜文淵，斷沒有討厭的可能，不過林嵩沒有媳婦的嗎？年紀那麼大了，也不知道以前是幹啥的，有機會一定要去試探試探，總覺得這人來歷不明。

趙氏抿著嘴不曉得想什麼。

吳大娘當然知道她的心思，拍著手背道：「文淵學學武藝沒什麼不好的，這村裡也有地痞流氓，要是碰到的話總能自保不是？我家兒子是離得遠，不然我還想叫他學兩手呢。」

「是啊，二哥學了就能保護咱們了！」杜小魚插嘴道，她雖說也跟著去學了，可完全是擺個架子，練一會兒就耐不住，發現杜文淵那麼刻苦，她很有安全感。

趙氏被兩人勸著，也提不起勁再說這件事。

而吳大娘這時候卻在旁邊吞吞吐吐的。「趙妹子啊，我今兒來本是想……想……」

「怎麼了大姊？」趙氏奇怪道：「咱們還有話不好講啊？」

「哎！」吳大娘一拍腿，豁出去了。「都怪上回你們給的樹蘑菇，我、我媳婦吃上癮了，她現在懷著孩子本來啥都吃不舒服，我拿那樹蘑菇燉湯帶去給她喝，這下可好，成天唸著要吃那個，可這東西不是想買就能買的，我兒那是翻遍飛仙縣也沒找著啊！」她很不好意思，搓著手。「妹子，妳說、妳說小魚挖了一大片的，還有沒有剩啊？」又加一句。「我出錢買。」

趙氏聽著噗哧笑了。「還當什麼事，不就是幾片樹蘑菇，」她衝杜小魚招招手。「小魚，那樹蘑菇不是剩下一些，怕壞妳給曬乾了嗎？快拿給妳吳大娘，她媳婦念叨著，想吃得很呢。」

杜小魚這會兒在給花草澆水，聽見了笑道：「我這就去拿。」給吳大娘她是捨得的，還交代兩句。「找隻母雞一塊兒燉，每次稍許放一點，夠吃幾個月呢，等吃完大娘就能抱孫子啦。」

「哎喲，妳這孩子，不過怎麼好意思，聽說可貴呢，都白吃過一回了。」吳大娘說著要掏錢。

趙氏一把按住她的手。「大姊妳是把咱們當外人啊？」

「哪兒啊。」吳大娘忙搖頭。

「大娘別掏錢啊，一會兒娘得生氣了，」杜小魚攤攤手。「最慘的還不是我爹呀。」

這話把吳大娘給逗得笑起來，情義無價她豈會不曉得，兩姊妹互相看著，不一會兒又親熱的說笑了。

黃昏時候，杜黃花回到家，手裡拿著針線籠，她又去教白蓮花繡花的，杜小魚對此向來不滿，也不理她，只顧給牛餵草。

「小魚，崔大嬸家的狗快滿月了，讓妳去挑一隻呢。」杜黃花知道她不高興，主動上來說話。

「什麼時候生的？」杜小魚立馬興奮了。「生了幾隻啊？妳之前怎不告訴我？」

「有四隻，那時候還小，大狗護著不給看呢，妳急吼吼的去指不定被咬。」杜黃花曉得她性子急，故意現在才說的。

杜小魚哼了聲。「當我是傻蛋啊，誰不知道這個。」說完轉身走了。

晚上兩人坐在炕上各做各的事，都不講話。

杜小魚看了會兒書覺得累，抬頭瞧一眼杜黃花，卻見她雖在繡花，但心思早不知道飄哪兒去了，心裡一陣火就上來，把書甩得啪嗒響。

杜黃花嚇一跳。「妳幹啥啊？」

「沒問妳幹啥呢，去趟白家就失魂了啊？」杜小魚指指她的繡花綳子。「妳這是在繡花呢？老實講，是不是又見到那白與時了？哼，白蓮花，下回再來看我不揍她，估計她哥也不是什麼好東西，聯合著騙妳呢！」

她實在忍不住不管，但杜黃花偏不聽，憋了幾次，這回終於憋不住了。

杜黃花看著她一嘆。「白大哥不是那種人。」

還叫起大哥來了？杜小魚挑起眉，卻聽杜黃花又道：「他今兒跟我說，叫我以後不要再去他們家了，他會跟蓮花說的。」

杜小魚愣住了，半晌又搖頭，說不定這是欲擒故縱之計。

「那姊以後還去不去？」她問。

杜黃花微扯起嘴角。「我哪還有時間去？馬上就去鎮上的。」言語間帶著些淡淡的愁緒，像霧氣，很快又消失不見。「快睡吧，不早了。」她把被子攤開來。「妳以後也不用氣了，反正我不會再去白家的。」

不知怎的，杜小魚忽然就有些難受，好像自個兒強迫杜黃花做了什麼一樣。

晚上翻來覆去的睡不著，看見炕頭邊的凳子上擺著杜黃花之前繡的手帕，拿起來借著月光一瞧，原是幅山水圖。

只是，山也朦朧，天也朦朧，水邊一朵潔白的荷花折斷在岸邊，襯得那水色也哀傷起來。

她回頭瞧瞧身旁的杜黃花，把帕子輕輕放了回去。

過了幾日，院試的結果出來，貼在鎮上衙門前的放榜牆上，杜顯一家一大早就坐著牛車趕過來等著看。

杜文淵沒有讓人失望，名字排在第三，是為一等廩生，每年都有朝廷給廩膳補助，給家裡減少很多負擔，杜顯跟趙氏喜得差點流眼淚，杜小魚則猛誇杜文淵一頓，把所學的華麗詞語全都用上了，博得一陣爽朗的笑聲。

杜黃花從隨身包裹裡掏出一頂書生巾，是她早就預備好的，這會兒鄭重其事的給杜文淵戴上。

「好看、好看。」杜顯連連點頭。

章卓予從旁邊過來，給杜顯夫妻行了禮，他也早就跟娘還有舅舅在等著，只不過剛才人多都在候著不方便。

「恭喜杜師兄了。」他笑道。

杜文淵同樣祝賀他，章卓予也通過了院試，只不過成績沒他好，排在第八位，但以他這年紀來說也是很了不得的。

萬老爺也過來跟杜顯夫婦見了面，杜顯便再次感謝他，萬老爺就說杜文淵是個有才學的，跟章卓予交情又好，希望入縣學後可以住宿在他家中。

這提議自然好，飛仙縣上的縣學叫高景書院，杜文淵要在這兒唸書的話，坐牛車來回肯定不實際，而寄宿的話趙氏又要擔心吃食問題，怕他受凍害熱的，所以在萬老爺的誠摯邀請之下，杜家萬分感謝的欠下這份人情。

「以後有出息了，可得好好報答萬老爺。」杜顯少不得說兩句。

杜小魚心道，像杜文淵這才學，考上舉人繼而中進士的機率很大，萬老爺這次幫他除了好結交朋友外，只怕商人的本質也是一部分原因。但這樣也好，互惠互利便是雙贏，而且，杜文淵跟杜黃花都在萬家，好歹也有個照應，她也放心不少。

杜文淵聽了只是淡淡一笑，他接受得心安理得，想必也早就清楚其中的關係。

到家後又是迎接眾人的恭賀，吳大娘啊、龐大叔啊、白家啊，趙氏備下酒菜，收了別人賀禮自然要回請的，其間又讓杜顯帶著杜文淵去見下祖母，省得到時候有藉口來添堵。

他們父子倆自然沒留那兒吃飯，回來後放鞭炮慶賀，熱鬧了一整個晚上。

早上起來杜小魚發現吳大娘居然在，正跟趙氏說著什麼，旁邊杜顯笑呵呵的十分高興，像是有什麼喜事。她忙把青花褂子穿好，一邊繫著帶子就走進來，想聽聽他們在說啥。

吳大娘見到她便笑了。「小魚倒是勤勞，起那麼早啊。」又給趙氏道：「我這就走了，還得去田裡拾掇拾掇呢。」

趙氏也站起來，一直送她到院門口，隱隱聽到有感謝的言辭傳來。

杜小魚越發奇怪了。「爹，吳大娘這麼早來幹啥啊？」

「好事啊！」杜顯道：「妳吳大娘說她兒子前幾日結交了幾個朋友，是做醃菜生意的，聽說有秘方，醃的東西好賣得很，有幾家酒樓就專門從他們那兒訂的，現在亟需要蔬菜。咱們那三畝地不是種了許多嘛，她兒子給搭了線，下午就僱車來收了！」

還真是好事，不然田裡的東西他們自個兒拖去鎮上賣，可要費好些功夫呢，一下子收走也方便！杜小魚笑起來。「那一會兒咱們可有得忙呢。」得把蔬菜從地裡拔出來，分類堆好，又問：「姊跟二哥呢？」

「妳姊在廚房。」杜顯指指後院。「還一個嘛，天還沒亮就在那兒打木樁了。」他搖搖頭。「都不曉得是不是讓他拜錯師父了，難怪妳娘怨我呢，跟中邪似的，這小子，是不是想去考武狀元啊？」

說起來，杜文淵最近確實有些刻苦得過分，杜小魚想著跑到後院，見他正光著個膀子在揮拳，汗水成股的流淌下來，本來白皙的皮膚都變得紅通通的。

「二哥，你歇歇吧。」她道：「真像爹說的，要考武狀元呀？」

杜文淵見是她，拿起手巾擦了下汗，把外衣披起來才轉身笑道：「就我這點功夫？別說笑了，還不是想學了防防身。」

聽著輕描淡寫的，杜小魚拿起瓢舀了些糠麩餵雞吃，大公雞被殺了吃後，幾隻母雞倒是和諧得很，也不搶食了，不過還是再養隻公雞為好，能孵小雞呢！她嚥了下口水，正宗的土雞就是好吃啊，以後有小雞的話，每個月弄一隻解解饞應該沒問題。

她定定地突然不說話了，杜文淵推一推她。「不去吃早飯？妳今兒生辰呢，姊做了好吃的。」

「啊？」杜小魚愣道，轉而醒悟，原來一眨眼已經到三月二十了，是她八週歲生日，她撓撓頭。「我都忘了。」

裡面杜顯也在叫著過來，兩人一前一後走進堂屋。

桌上擺著一大碗添沫，添沫是一種粥，做起來很麻煩的，先要把小米加水磨成水糊，花生跟豇豆要煮好，粉條發好，還有各種蔬菜洗淨備著。然後用油爆蔥薑，盛起放好，再倒水，放調料及各種食材，加入小米糊一起煮，最後再倒入炸好的蔥、薑、油，攪拌好就成了。

杜小魚捧著聞了下，誇讚道：「好香啊，姊妳的手藝越來越好了。」迫不及待就挖了口放嘴裡，各種香味立時充盈口中，粥又是滑糯滑糯的，讓她吃得停不下來。

「小心噎著，還有呢。」杜黃花笑道，回廚房又盛來幾碗。

杜顯吃一口，點點頭。「沾了小魚的光了，平時哪有工夫做這個吃。」

用完飯後一家子就去田裡收割蔬菜，三畝地還是很大的，杜小魚弄了會兒就累了，坐在地上休息，杜文淵拔著棵青菜過來。「我看妳那寒瓜苗現在都趴地上長了，上回去府城遇到個家裡種寒瓜的，他說這種時候得需要多放點肥料，那藤就能分出好幾枝來。」

「還有這樣的？」杜小魚道：「那放什麼肥啊？」

「糞水之類的。」杜文淵知道她向來怕臭，忍不住說著話就笑了。

幸災樂禍，杜小魚氣道：「你沒誆我吧？非得要糞水啊？」

「誆妳有好處？」

也是，杜小魚盯著他。「二哥你現在每日練武，身體很好吧？」

「嗯？」杜文淵往後退一步，轉身就走。「娘在喊了。」

這個不孝的，杜小魚呸一聲，說到挑糞跑得比誰都快，看吧看吧，讓他唸書寵出來的，做點髒活就不肯了，還得要找她爹杜顯。

她搖著頭，這樣也不是個事，反正杜黃花馬上就要去鎮上了，而看著杜顯跟趙氏每日辛苦也很不捨得，請個僱農的話至少可以分擔些累活。

下午等那些人收完菜給了錢，她就把想法說了，杜黃花頭一個表示同意，說萬太太不只提供吃住，還許諾每個月給三吊錢，都可以補貼家用，杜顯也怕趙氏吃苦，忙也勸著，趙氏想著手頭積攢的一些銀子，又見家裡確實沒別的負擔就同意了，晚上便去找秦氏。

秦氏做事不馬虎，等不了兩天就把人給領來。

叫鍾大全，長手長腳的，身體也壯，看著很本分，談了價錢後就起用了，鍾大全家離得不遠，說好農忙時候過來，平日裡要幫著幹活去說一聲也會來，極為方便。

杜小魚想看看他的效率，立時就叫著給寒瓜田挑糞水，結果令她很滿意，這人手腳麻利，力氣大，也不看她是個孩子就不聽指揮，非常好。

又過幾日，杜文淵跟杜黃花終於去了鎮上，杜小魚也沒有送，只杜顯夫婦去了，她在家裡看家，反正以後機會多得是。

回來後，杜顯很高興，說萬家準備的兩個房間都好得不得了，像給少爺小姐住的，倒是趙氏有些擔憂，怕兩個人到底寄人籬下，過得不方便。

第三十四章

這日，杜小魚想起白家那條狗，便給趙氏說要養一條，還有些惴惴地怕她不肯，結果很順利，趙氏只讓她負責看管就准了。

杜小魚很是驚訝，細細一想，似乎自從那日落水後，娘就對她態度變了些，大概是人之常情吧。

她帶了錢就去白家。

見杜小魚來了，崔氏很熱情，叫白蓮花端茶倒水的。「聽說妳哥跟妳姊都去鎮上了，妳哥啥時候再回來呀？書院都會休息的吧？」

「說是學九天放兩天休息。」

「哦，這倒是好，不然也太累了。」她看看自家女兒。「蓮花，妳看妳杜大哥都考上秀才了，妳也要多識點字，等下回再去請教請教，不是讓妳寫了幅字的嗎？」

還在謀劃這事呢，杜小魚瞟了眼白蓮花，這丫頭雖然對大姊有企圖，可是對她二哥似乎真的沒啥興趣，來家裡幾次沒一次是找杜文淵的，專盯著杜黃花呢！崔氏也真是白費力氣，她女兒太會裝傻充愣了，一點都不知道女兒的真心思呢。

「大嬸，我是來挑狗的。」杜小魚點明來意。

「哦，狗就在那邊呢，蓮花快帶妳小魚妹妹去。」崔氏道。

杜小魚便跟著白蓮花走出門，只見那大狗正帶著牠孩子們在曬太陽，四隻小狗圓滾滾的很可愛，有黑白的，有黃白的，顏色都不一樣，互相在拱著玩。

她蹲下來細細看了下，只見其中一隻很淡定，見到外人也是巋然不動，只是警惕地坐著，杏仁般的圓眼睛略帶好奇地看著她。而牠的毛色最為像大狗，背部烏黑，腹部及四條腿都是深棕黃色。

「就這隻吧。」杜小魚道，回頭找崔氏。「上次大嬸說賣給我的，五十文行不行？」價錢挺高的，她不想欠白家人情，所謂拿人的手短。

崔氏忙退卻。「這怎麼成。」

杜小魚也不管，把錢放桌上。「大嬸不收的話，我會被娘罵的。」

崔氏瞧她一臉認真勁兒，心道下回再給她娘還回去便行，就假裝收下來讓白蓮花陪著說會兒話。

杜小魚沒話跟她講，抱著小狗就走。

但路過東邊那間屋的時候她忍不住停下腳步，回頭一看，崔氏母女已經回屋了，便躊躇一陣，最後還是輕手輕腳地走到門口。

門開著，白與時坐在案前看書，聽到聲音側過頭來。

她只不過是好奇杜黃花說過的話，想弄清楚這白與時到底是真心說這些還是欲擒故縱？

「妳是？」白與時問，聲音低低的。

杜小魚答。「杜黃花是我大姊。」

白與時微微一愣，發現眼前的小姑娘果然與杜黃花有幾分相像，但細看又相差很大，目光太逼人了，讓人想起灶裡的火焰。

他一時不知道說什麼好，只看著她。

這靜默讓人煩躁，杜小魚本想質問他的，可發現自個兒做不到，對著一個病人很難口出惡言吧？她抬眼四處看看他的屋子，想按捺下衝動。

然而，見到牆頭掛著的一幅畫時，她眼睛釘在上邊了，這幅畫跟杜黃花那晚繡的帕子是一模一樣的，山水朦朧，雲層低垂，灰暗中，美麗的白荷折倒在岸邊，那漣漪映照出破碎的荷像，說不盡的悲傷……

都說以畫寄情，想必這幅畫定是出自於白與時之手。

杜小魚轉身出了門，什麼話都沒有說。

這時身後傳來斥責聲。「妳找我哥幹什麼？」白蓮花手裡端著碗藥，她是來送藥給白與時喝的。

杜小魚輕哼一聲。「不能找嗎？妳不也沒事就找我大姊？」

白蓮花急了，一把拉住她胳膊往外扯幾步，低聲道：「我哥身體不好，大夫叫著休養的，妳別打擾他。」頓一頓。「妳、妳剛才找他說什麼話了？」

杜小魚只看著她笑。

白蓮花心裡就有點兒發涼，眼前的小丫頭雖說小她四、五歲，可眼睛比她娘還利，心眼多得不得了，她虎起臉，發狠道：「妳到底說不說？」

杜小魚摸著懷裡小狗軟軟的毛。「我可沒話跟他講，倒是妳哥跟我姊說了點兒話。」

白蓮花擰著眉。「什麼話？」

「讓我姊再也不要來你們家了。」她笑盈盈的看著白蓮花。「既然妳那麼疼妳哥，應該也會聽他的話是吧？妳哥不喜歡我姊來，那妳以後也別再騷擾我姊了。」

白蓮花臉色一僵，不由自主往後退了步。

看來白與時還沒有跟他妹妹提呢，杜小魚心道，不過看她臉色似乎是相信的，可見兩兄妹不是同一戰線，如此說來，他確實是真心為杜黃花好，不想連累她。這麼想著，心裡不免有些沈重，但還是往前走了。

沒想到白蓮花忽地衝上來，伸手攔住她。

「我大哥很好的。」她聲音低而弱，很沒有底氣。「就、就是……」

「他身體不好。」杜小魚替她說了。「不然早就娶妻生子了不是嗎？」白與時今年已經滿十八歲。

白蓮花眼裡蓄了淚，很快就如同珠子般滾落下來。「我大哥是因為我才這樣的，小魚妹妹，他真是很好的人，若是娶了黃花姊，一定會對她好的。」

可活不長有什麼用？杜小魚可不想杜黃花守寡，若是白與時人不好便也罷了，還是個善良的，兩人到時候真有深厚感情，那生離死別則更加讓人不可承受，她再不理白蓮花，拔腳快步走了。

白蓮花慢慢蹲在地上，捂著臉哭。

若不是她，大哥這輩子不會這樣，或許早就金榜題名，早就娶了嬌妻生下孩子，他會前程似錦、青雲直上。

然而，如今卻只能終日的躺在床上，連多走幾步都不行。

什麼都被她毀了，被她給毀了……

不，絕不能這樣，她不能放棄的，白蓮花抹乾臉上的淚，端起地上的藥碗往回走去。

杜小魚到家時，正碰到一個陌生男人從院門走出來，還是趙氏親自送的。

「這是誰啊，娘？」她好奇問道。

「是村尾常家的老大，聽妳秦大嬸說他明日要去南洞村辦點事，就請他帶個口信給妳大舅和小姨。」

趙氏的娘家就在南洞村，南洞村跟北董村都隸屬於飛仙縣，但離得比較遠，用走路的話得要兩、三天，而古代的送信系統並不服務普通百姓，互相之間聯絡便只能請人帶信，極為不方便，是以在趙氏的娘死後也是很久沒有各自的消息了。

「娘，外祖母家那麼遠，那妳是怎認識爹的啊？」杜小魚忍不住問。

趙氏臉上微微發紅，嗔道：「小孩子家問這些幹什麼，還不把狗看好，滿地亂跑的。」說完拂袖而去。

還不好意思了，肯定有隱情，但見那小狗直往花圃去了，杜小魚忙追上去阻止，一邊斥責道：「不乖要打的哦！」

小狗被她一吼，還真站住了，歪著頭看她。

真聰明，杜小魚點點牠腦袋。「幫你取個名字，」她認真想了下。「叫小狼好不好？多威風啊。」

小狗一副天真模樣，眼睛像褐色的玻璃球。

「小狼，來，給你吃飯。」杜小魚說著進了廚房，小狼在身後跟著。

昨晚上燒了鹹肉湯，把裡面的蔬菜揀著吃了，湯沒有捨得倒掉，早上用來煮煮麵條什麼的很好，她端出來舀了勺湯放小碗裡，又放了剩飯進去。

小狼在腳下聞到味道，上蹦下跳的很興奮，農家養狗多半是苦了狗的，自個兒都沒有肉吃，狗就更可憐了。杜小魚想著在湯底撈了撈，把些鹹肉碎末找出來一起倒進碗裡，然後走到東邊角落，打算讓狗以後專門在這兒吃飯。

「站好，不然沒得吃！」杜小魚見牠急不可耐，訓斥兩句。

狗是必須要訓練的，村裡窮人多，指不定哪天就想壞主意偷人家狗吃呢，所以要讓狗不碰外邊的東西，而要看家，就要讓牠隨時保持警惕，別見一塊肉就亂了方寸。

小狼急得團團轉，杜小魚就是不給牠吃，直到聽話坐好了才把碗放下。

牠立馬狼吞虎嚥地吃起來。

到底還小呢，杜小魚摸摸牠的頭出去了。

這些時日家裡都在忙著種棉花，幸好請了鍾大全，耕地播種全是一手包辦，而吳大娘種棉花已經有經驗，選種什麼的都是她領著去弄的，種植也是她在旁邊指揮，杜顯跟趙氏就收拾些輕鬆的活。

寒瓜藤這會兒也開花了，澆了糞水之後那葉子發得極快，一片片都有她胳膊那麼長，而蔓也抽得長得不得了，每根都分長出三、四枝側枝。

杜小魚知道現在開出的花是雄花，而雌花還得幾天後再開出來，便耐心等待著。因為書上說寒瓜是要靠蜜蜂等昆蟲傳播花粉才能結果的，這在以前她還真不曉得，所以開始擔心蜜蜂的問題，要是不多的話，她得要親自給授粉呢。

而同時間又有一個煩惱一直在困擾她，那就是莫名其妙出現的老虎。

那知縣大人前幾天都派出衙役去對付老虎了，誰知道一點都沒用，老虎沒打死，倒是衙役傷了幾個。

杜小魚氣死了，老虎不除掉，她一來放牛不方便，得把牛趕去很遠的一片草地，而且那邊牛很多，都是因為山上有老虎所以牛都聚一起來了，人也多，都是小屁娃，十分吵鬧。而另一方面，她不能挖草藥啊，這可是很大的一個損失，更別提那個杏子計劃呢。

她想來想去，下午就去找林嵩了。

吳大娘夫婦都不在，剛走進門口就聽到「忽忽忽」奇怪的聲音，她探頭一看，只見院中幾棵樹的樹葉像下雨一樣飛落下來，而林嵩正在舞劍，那速度太快，她完全瞧不清楚，只見劍光如虹，飛如閃電。

「大叔好厲害啊！」她拍起手來。「不過，樹要是光了，大娘不會罵您？」

林嵩收起劍，笑道：「正好嫌葉子多擋了光。」

原來是這樣，用這辦法還真妙，杜小魚目光落在他的寶劍上。「大叔，這劍以前怎沒看到過，新買的嗎？」很古樸，上面鑲著一些寶石，她看著忽地一愣，便想起周二丫撿到的紅寶石。

林嵩倒沒注意，把劍拿回屋掛起。「都多少年了，很少用而已。」

杜小魚忙跟著進了屋，仔細瞧著那把劍，劍柄處還真有顆寶石不見了，看大小倒是跟那顆紅寶石相當。

「怎麼？」見她直盯著寶劍瞧，林嵩問道。

杜小魚哦了聲。「大叔您的劍法真好，怎麼沒有教教我二哥？」其實她心裡疑惑頓生，那紅寶石周二丫很早前就撿到了，若真是寶劍上的，也就是說林嵩曾經來過北董村。

「他還沒到火候，教了也不會。」林嵩隨意回道，又瞧瞧她。「妳是來學武的？馬步紮穩沒有？」

杜小魚搖搖頭。「我可沒有二哥刻苦。」她小心試探道：「大叔怎麼會想到來咱們村開武館的？難道以前就來過不成？」

「正好路過，覺得不錯便打算定下來了。」林嵩的回答模稜兩可。

杜小魚更覺得有鬼，但似乎並不合適再試探下去，因為找不到突破口，更何況她現在有更重要的事要解決。

「大叔啊，您有沒有什麼辦法可以把老虎給除了？」

「我怎會有辦法？」

「大叔武功那麼好，又十八般武藝俱全，我想著也許有辦法。」她笑道：「不過剛才看過大叔的劍法後，我覺得大叔完全可以把老虎打死呢。」

林嵩微微一愣。

「大叔難道不想當打虎英雄？」杜小魚循循誘導。「大叔既然想在咱們村開武館，若是為民除害把老虎打死了，那麼以後開武館，生意必定是極好的。」

林嵩訝然，沒料到她會說出這番話。

見他不語，杜小魚瞪大眼。「難道大叔不想開武館嗎？可吳大娘到處都在給大叔找地方呢，上回還跟我娘說到這個事。」

林嵩挑了下眉，略低下頭道：「誰說不開的？」

「那大叔幹什麼不打老虎？」杜小魚道：「難道也怕被老虎吃了？哦，原來大叔跟我一樣膽小呢，虧得二哥那麼敬仰您，成日的練武，都被我娘罵了。」她輕哼一聲。「看來學了也沒什麼用，再厲害也打不過一隻老虎呢，我這就去跟爹說，讓二哥別學了。」

林嵩被她說得咳嗽兩聲。「誰說我怕了。」

「啊……」杜小魚喜道：「那大叔願意去打老虎了？」

「老虎算什麼，想當年……」林嵩豪氣萬丈，本想說些光輝歷史的，但臨到嘴邊憋住了，擺擺手。「小丫頭就等著吧，看我把老虎拖到妳家來！」

杜小魚少不得誇讚兩句，興高采烈地回去了。

她可不擔心林嵩會有危險，因為這個人絕非常人。

第三十五章

寒瓜藤上的雌花終於開出來了，杜小魚整個半天都在觀察蜜蜂的動向，幸好這古代自然環境未被破壞，蜜蜂還是很多的，嗡嗡的一大群飛來飛去，據她觀察，授粉應該比較全面。沒過多久，這寒瓜就整個開始瘋長，短短工夫大了幾倍，原本只有拳頭般大小的，現在都有小半個臉盆大了。

杜小魚忙得不可開交，看農書上介紹的，這澆水得不多不少，又要整枝，又要壓蔓，加上天氣開始轉熱，經常是汗流浹背。杜顯看著心疼，不讓來田裡，可她一番心血全在上面怎麼肯，趙氏知道她是爭一口氣，後來鬆口說就算沒種好，這畝地以後還歸她管，這才稍微鬆懈了點。

這日，杜文淵第二次回來了，兩人在田裡收拾了陣，坐樹蔭下面說話。

「怎麼瞧著又黑了？」杜文淵道：「前些日子還說大姊呢，妳非要弄豆粉糊她臉上，自個兒倒不顧了。」

杜小魚攏攏頭髮，靠在樹幹上。「老是忘了戴草帽，」她說著揉臉。「不過都說女大十八變嘛，我還小，等以後肯定很白的。」

杜文淵噗哧笑了。「等白不起來了，看妳哪兒哭去。」又指指寒瓜地。「看樣子今年收成應該不錯。」

「是啊，幸好沒怎麼下大雨。」杜小魚有些後怕，捂著心口道：「我成日的祈禱呢，就差沒去廟裡拜菩薩了。」

「所以說種田有什麼好的。」杜文淵微微搖頭。「靠天吃飯可說不準，不下雨要來個乾旱，還不是條死路。下回手頭有銀子，我看還是做點別的什麼好，要嘛養雞，或者養豬也成，總不會受天影響的，妳看怎麼樣？」

杜小魚道：「你當養雞養豬就好弄啊，指不定生個什麼怪病全死了。」雞瘟之類也挺可怕的，這些都需要科學知識來輔助，不然跟鬧天災沒差別，都是全軍覆滅。

「生病還不容易，這不有我嘛。」杜文淵聽著捏捏她鼻子。「上回那兔子可不就治好了？最多我多看看相關的書，」他頓一頓。「不過妳別跟娘說啊。」

「你那書院夫子不嚴？還能看別的書？」杜小魚好笑。

「不太嚴，比起在劉夫子那會兒可算寬鬆得很了，大部分都是讓我們自己學習，有疑問再解答，一般就上午夫子來授些課。」

這倒是很自由，有點像某些輕鬆的大學專業課呢，杜小魚不禁有些嚮往，但很快就打消念頭，想起那八股文就頭疼啊，她絕對絕對寫不出來的。

「姊在那邊可好？」她又問，這些時日很是想念杜黃花。

「都問過幾回了，哪能不好？萬太太對她很器重的，都帶著去見過知縣夫人了。」杜文淵道：「妳要不放心的話，趕明兒去萬府看看她。」

兩人說了會兒話就回家用午飯。

正吃著，就聽外面一陣喧譁，像是來了很多人似的。

「啥事啊？」杜顯嘟囔了句，放下筷子就去院門口看，誰料不到一會兒也喊著進來了。「娘子、文淵、小魚，快、快出來，老、老虎在咱們家門口呢，林大哥把老虎打死了！」

其他二人都極為驚訝，忙忙地奔出去，只有杜小魚平靜得很，心道這林嵩說到做到，還真把老虎給帶來他們家門口了。

走出去一看，果然見兩個村民正把扛著的老虎放地上，那老虎體形龐大，頭上血跡斑斑，口鼻流血，不曉得是不是被打得頭顱爆裂而死。周圍一群村民議論紛紛，多數都在誇讚林嵩，稱他是為民除害的打虎英雄，更有杜小魚在村頭見過的小川娘，跪著謝林嵩呢，說給她相公報了仇，是他們家的大恩人。

一時亂哄哄無比，這時村長聽聞消息後也到了，就請林嵩去吃酒。

林嵩衝周圍一抱拳，臨走時跟杜顯說杜文淵考上秀才後，他這個做師父的也沒什麼表示，這隻老虎就當作賀禮送給他們家了。

眾人一陣驚呼，老虎普遍居於深山老林本就極為少見，而能捕獵到老虎的更是少之又少，不曉得得值多少銀子，都豔羨地看著杜顯一家。

杜顯忙推卻，林嵩卻轉身跟村長走了。

「哎喲，杜老弟這回可發達了。」

「是啊，換錢的話得買到多少片田啊！」

認識的、不認識的都來恭喜，也有酸溜溜的躲著說一、兩句難聽的話，總之熱鬧了好一會兒人群才散開。

趙氏看著老虎發愣，半晌道：「這使不得，林大哥得費多少勁才把老虎弄死，指不定是拿命換來的，咱們可不能要，免得被人指著背說呢。」

「是啊，不能要，不能要。」杜顯也擺手，這老虎就算死了看著也怕人，家裡的牛都縮在牛棚裡不敢動。

杜文淵倒是很好奇，蹲下來瞧著老虎，又伸手摸摸那身皮毛。

「有什麼不好要的？」杜小魚插嘴道：「二哥考上秀才別家都來賀喜了，就林大叔啥都沒送，還白喝好多酒呢。再說了，他既然是二哥的師父，送出來的東西咱們若不要，可不是不給他面子？」

這小財迷，杜文淵聽著想笑，不就是想貪了這老虎？

趙氏道：「送些別的咱們自然要收，可這老虎總是不妥的。」

杜顯也不幫小女兒，林嵩現在可是村裡的打虎英雄，哪兒能把英雄的戰利品給占為己有，怎麼樣都是不行的。

「要不這樣吧？」杜文淵提建議。「師父今兒為民除害，估計村裡輪流著要請酒呢，這老虎他也沒空處理，如今天氣又熱，擺著也得發臭，可不是白白浪費了？咱們就幫師父把老虎處理一下，該賣的就賣，以後把銀子給他就是。」他頓一頓。「又或者這樣，師父不是要開武館嘛，銀子到時候給他蓋房子。」

這個說得很合理，三個人都點頭贊成。

杜顯回屋速速扒飯之後，就去請村裡最厲害的屠夫過來清理老虎，屠夫足足用了一個時辰才辦妥，要知道一般人可沒有機會解剖老虎的，自然要好好研究了才能下刀。

美麗的皮毛現在就掛在院子裡，黃白色整齊的條紋狀象徵著曾經的威武，杜小魚摸著它心想，這個絕不能賣，反正放著也不會壞的，要是賣了，以後想買一張回來可就難了，價格指不定翻倍呢。

不過虎肉什麼的得盡快處理掉，杜顯正要收拾好找牛車去縣裡時，家裡來人了。

不是別人，是望月樓的掌櫃毛綜，帶了幾個夥計坐馬車過來的。

沒想到消息傳那麼快，飛仙縣都知道了，杜小魚看著毛綜，也難怪他會親自過來，要是老虎肉被他給搶先買了，別家酒樓就沒有機會，那麼，這些天他的酒樓還不得被些富貴人家給踩爛了？不然，就算拿去賄賂下縣主也是好的。

虎肉到底不同尋常啊，還有虎骨可以泡酒，再有……杜小魚摸摸鼻子，這老虎可是頭公的，有某些人想要的東西呢。

「爹、娘，這是望月樓的毛掌櫃。」杜文淵也認得，便介紹起來。

毛綜只知道老虎在杜顯家，哪裡想到居然又遇上這兄妹倆，他笑著攀交情了。「看來我跟你們是有緣分哪！」

杜小魚道：「有緣分也不能便宜賣你，這老虎可不是咱們家的，是我二哥的師父的。」

這精明的丫頭！毛綜暗道，真是滴水不漏，他面上不動聲色。「老虎難尋，我也知道珍貴，不然也不會上門來了。你們倒是說說，想賣個什麼價？」

杜顯搓著手，他真不清楚價錢。「這個、這個……」

豬肉的話只要二十文一斤，杜小魚腦筋飛轉，這虎肉再少也不能少於兩百文，加上虎骨的話，平均下來怎麼也得要三百文一斤吧？

這時門口有人道：「我看三百二十文差不多，毛掌櫃也是識貨的，我說的價錢可是合適？」

卻是秦氏跟吳大娘來了，兩人今兒去了縣裡剛回來，聽到林嵩打虎一事忙過來瞧熱鬧，就聽到毛綜要買老虎肉。

果真是做生意的料，想的價錢跟她差不多，杜小魚衝秦氏豎了下大拇指。

趙氏聽著眼睛直愣愣的，這一隻老虎可不得兩百多斤，三百二十文的話要好幾十兩銀子呢，可得抵他們好幾年的收入。

毛綜瞧瞧秦氏，見這婦人身材矮小，可眼睛晶亮，便知道是不好矇騙的，擼著鬍鬚道：「還是貴了點，鄙人可是誠心誠意想買的。」

杜顯跟趙氏都把秦氏看著，拿不定主意。

「爹，我跟二哥和毛掌櫃也見過幾回面，以前做過些東西賣給他，這回既然都來家裡了，便宜點也行。」杜小魚提醒秦氏，她是想長期合作的。

秦氏是聰明人，立刻了悟，笑道：「原來是這樣，不早說嘛！」她話鋒一轉，用腳尖踢了下攤在地上的虎鞭。「這虎肉三百文倒是可以賣，不過嘛，這東西可比虎肉還難找，我聽說縣裡有好幾個人家都要高價買呢，吃了可是渾身得勁……」

話沒說完，趙氏紅著臉咳嗽兩聲，杜文淵趕緊拉著杜小魚回屋去了。

都當她小孩，其實哪不知道這些事，杜小魚暗自笑著，臨到門口喊道：「虎皮別賣啊，再留點虎肉……」

這好東西她要占為己有，到時候鋪在椅子上多威風啊，而虎肉自然是要嚐一嚐的，她可從來都沒有吃過呢。

經過一番討價還價，最後毛綜花一百兩銀子買下了除虎皮外所有的東西，當然，虎肉還是留下幾斤的，走的時候歡天喜地，說林嵩高風俠義，以後只要他去望月樓，任何時候都不收飯錢。

下午趙氏把幾斤肉下鍋煮了，請來龐家、吳大娘家、白家，還有些平常有交往的，擺了幾桌，當然，主要還是想請林嵩的，結果今兒的主角被知縣派衙役抬去了縣裡，聽說披紅帶彩，一路上吹吹打打，整個縣都知道出了個武功高強、膽識過人的英雄。

所以這酒席他們就自行享用，吃到很晚才散開。

虎肉並沒有想像中美味，比牛肉略老，有嚼勁得很，但可能是心理作用，吃完覺得力氣都大不少，山中之王到底不是虛名，杜小魚心想，這有生之年也不知道還能不能吃到第二回呢。

次日，林嵩又被知縣派馬車送回來，可見很重視這件事，跟去見識的人說知縣本還想給賞銀的，結果被林嵩一口拒絕，說不如用在百姓身上。知縣見他不貪錢財，大為賞識，就有留他在衙門做事的意思，結果林嵩又拒絕，說要在北董村開武館，知縣立即就叫人去訂做匾額，說開張之日送來。

圍著的百姓都露出敬仰之色，聽到林嵩要開武館，個個都表示要把兒子送來習武，有性急的直接拉了身邊孩子就要拜師父。

自然，那開武館的事別提多順利了，林嵩很快就挑中一個地方，離杜顯家很近，就隔著兩畝地的樣子。

杜顯把賣虎肉的錢全數還給林嵩，林嵩不要，說送出去的東西不能收回，他態度堅決，杜小魚早看出來了，這林嵩絕對是不差錢的人，便提建議說林嵩不是本地人，對這兒不熟悉，所以蓋武館的事就讓她爹娘全權處理，也順便還這人情。

林嵩看杜顯夫婦拿著錢手燙的模樣，心道蓋個武館最多也就四、五十兩，剩餘的錢總不會再還他，也夠他們一家子舒舒服服過日子，便同意了。

杜顯還不夠，帶著林嵩跑到堂屋，指著那張虎皮道：「這虎皮林大哥帶走吧，你是打虎英雄，理所當然要鋪在你腳下才是。」

杜小魚急了，磨牙瞪著她爹。

「我現在連個家都還沒有，又能鋪在哪兒？」林嵩笑道：「再說，這老虎本來就是送給文淵的，你們偏要給我負責武館，哪還能要這個，就放這裡吧，我自己想要，趕明兒再去打一頭就是。」

杜顯張大了嘴，半晌抱拳道：「林大哥果真英武非凡，我兒能拜在你門下學藝，真是八輩子積下的福啊！」

原來她爹說起恭維話來也能讓人渾身起疙瘩呢，杜小魚身子抖了下跑外面去了。回頭看時，只見杜顯還在不停稱讚林嵩，滿臉的仰慕。

過了幾日，在杜顯跟趙氏四處聯絡工匠、木匠之後，武館就開始動工，這段時間林嵩還是住在吳大娘家，只是比此前熱鬧好些，老是有人上門來看望，那小川娘就不曉得來送恩人幾回東西了，打虎英雄在村裡頭是真真的炙手可熱。

其後又不知道是誰打探出林嵩並沒有娶親，便陸陸續續有來說親的，這下可把林嵩弄煩了，每每都躲到杜顯家，讓吳大娘回說人不在，這才清淨點。

杜小魚這日從寒瓜地裡忙完回來，見林嵩又在他們家待著，便很是好笑，肯定又有人來說親，打趣道：「林大叔啊，是不是人家介紹的姑娘不美，您看不上呀？」

杜顯在旁邊斥責。「沒大沒小的，有妳這麼跟長輩說話的？」

真成人家的粉絲了，杜小魚搖著頭去給花圃鬆土，最近這些花都開得很茂盛，其中居然還有兩株牡丹，花開如碗般大，色澤紫紅，十分的豔麗，而薔薇花也已經結出花苞，一簇簇的很熱鬧。至於草藥的話，似乎金銀花的生命力最頑強，不管是大雨天還是大太陽，都是欣欣向榮的姿態，絲毫不受影響。

看來以後拿金銀花當首要的實驗品倒是最合適的，而且賣價也高，杜小魚心裡稍許有數。

「爹，最近都有人上山去了，聽說沒有危險呢。」她又在惦記著賺錢。

「妳可不要想著去。」杜顯道：「這老虎雖說打死了，但也不知道哪兒來的，萬一又跑過來一隻怎麼辦？」

「哪兒有那麼多老虎啊。」杜小魚說著目光落在林嵩身上。「要不讓林大叔跟我一起去成不成？我把小狼也帶著。」

趙氏在屋裡笑道：「這矮凳子大點的狗有什麼用？別打擾妳林大叔，自個兒玩妳的。」

杜小魚不服氣。「狗大小有什麼關係，我天天讓牠看著虎皮呢，現在可一點都不怕了，帶著去聞到味道可以提醒咱們呀！」

杜顯忍不住拍她頭。「哎喲，妳這不怕死的丫頭，不就挖點草藥？咱們家裡現在不缺那點兒錢。」

好財大氣粗，杜小魚暗自好笑，他們不稀罕，她可稀罕得很，積少成多、滴水成海啊！

林嵩忽地站起來。「走吧，我也正好想出去走走。」

「啊，林大哥你可別寵著她。」趙氏忙道：「這孩子不懂禮貌呢。」

「沒事，上回只想著打虎，這山頭我都沒好好瞧瞧。」林嵩笑道：「可是怕我不能保護好妳家丫頭啊？」

「這哪兒的話，」趙氏叮囑女兒道：「可別麻煩妳林大叔，老老實實跟著走，聽到不？」

杜小魚只要能去山上自然什麼都應承，回屋揹了個竹簍拿著鐵鏟就跟林嵩出門去了，小狼緊緊地跟在身後。

第三十六章

一到山上，杜小魚就四處找值錢的草藥挖，完全不是跟著林嵩，而是林嵩跟著她，不過後者似乎也不在意，直到杜小魚挖得差不多了，才發現林嵩一句話都沒有說，看著心事重重的，原來確實是想出來散心呢。

她又去杏樹林逛了下，此時杏花早已凋謝，取而代之的是滿樹的青色杏子，再過些時日等轉為橘黃色就能摘下來賣錢。

回去的路上，她問道：「林大叔，您在煩惱什麼啊？」現在該關心下這個了。「不過就幾個媒婆，林大叔還對付不了啊？」

「小丫頭知道什麼?!」林嵩皺著眉，他真正憂心的可不是這些。

杜小魚眼睛一轉。「林大叔既然要在咱們村住下來，怎的不把家人都接過來呢？」

林嵩猛地頓住腳步，臉色極為複雜。

果然有不小的秘密呢，杜小魚仗著自個兒是孩子不需要懂分寸，又追問道：「林大叔您到底是哪兒的人啊？有回說是平原縣的，有回又說是陵縣的，這兩個地方在一處嗎？」

「小丫頭怎麼這麼多話，我到處跑哪兒沒住過？」林嵩板著臉。

杜小魚就不說了，其實平原縣跟陵縣都是德州的，看來這林嵩是德州的可能性比較大，那好好的來北董村幹啥？還非得在這兒開武館，背景也瞞得嚴嚴實實的，都不知道他家裡具體有些什麼人，只曉得有父母，尚未娶妻，反正她是滿腦子的疑問。

不過很快地杜小魚的心思就全放寒瓜地裡去了。

四月底她叫來鍾大全大力施肥一番，叫那些寒瓜吃足了料，等到幾日後就開始停止澆水，坐等寒瓜成熟。這些知識她一部分是自個兒看書學來的，一部分則是到處蒐集經驗而來，他們家現在在村裡頭可是有點名氣的，一來杜文淵是秀才，二來打虎英雄林嵩跟他們家很親近，她去問的話總會給點面子，最後再加以整理歸納而出。

五月是最熱的季節，每日要搖著蒲扇而睡，杜小魚開始在田裡檢驗成果了，一共長成八十二顆大西瓜，有部分沒長好，比她想像中一百顆還是少了些，看來這結果率不太高。而哪些熟哪些沒有熟，這個她也不太懂，以前買瓜都是讓賣的人挑的，所以絲毫沒有經驗。

「這個肯定熟了。」杜顯蹲下來，手指彈著瓜。「妳聽聽，是不是嘭嘭的聲音？」他又把瓜托起來，誇道：「直往下沈呢，好瓜！」

「爹，您會挑瓜啊？」杜小魚驚訝道。

「前一次種瓜雖說爛掉不少，可最後也有好的。」杜顯道：「仍是挑揀著去縣裡賣了，哪兒瞧不出一點好壞？真瞧不起妳爹呢！」

「哪兒呀，爹知道怎麼挑瓜最好了，省得我去問別人。」杜小魚笑起來。「那爹看看，是不是大部分都熟了，要是差不多，趕明兒要僱車去縣裡賣掉呢。」

杜顯就仔仔細細檢查了陣，搖搖頭。「沒熟多少，還得過個幾天才行。」

杜小魚感慨一聲，很是懊悔。「看來種晚了，明年的話怎麼也得提早些，天氣都已經熱了，要是這會兒就開始賣該多好啊！」

「貪心丫頭，沒蟲害、沒碰到大雨就要燒高香了。」

也是，這情況怎麼也算不錯的，杜小魚吐吐舌頭，手指一點。「爹快挑幾個最好吃的瓜出來，咱們回家吃去，也送幾個給吳大娘家、秦大嬸家。」

「好咧。」杜顯笑起來。

兩人不一會兒就帶著瓜回去了，趙氏洗乾淨拿刀切成好幾小塊，挑了個中間的給杜小魚。「看妳成天心心念念的，總算是長出來了，快嚐嚐好不好。」

杜小魚咬一口，眼睛都眯起來。「好甜啊，好瓜！」

趙氏也吃了，讚道：「還真不錯，解熱，我一會兒就拿去給吳大姊他們。」又看看杜小魚。「妳這孩子啊總算沒白費力氣，咱們家也添了個種田好手了。」

杜小魚聽著差點掉眼淚，這幾個月她流了多少汗只有自己曉得，原來所謂的種瓜得瓜竟是那樣令人高興的事。

沒等瓜全熟，杜小魚就讓杜顯每日挑揀些好的出來，她先拿去村頭賣著試試。

村裡種寒瓜的人少，又有些富人家，總會有生意，杜顯給她送到那兒就被催促著回去看棉花田，反正這兒有秦氏在，開著雜貨鋪呢，杜小魚搬個板凳挨著，兩人嘮嗑。

秦氏吃過她的瓜，隨手就遞過來一串銅錢。「熱得慌，快開個解解渴。」

杜小魚也不客氣，把錢往兜裡一塞，拿刀熟練地把瓜給開了，挑了片給秦氏。「要是放在井水裡涼一下更好吃呢！」

「回去再弄，這兒哪有井水。」秦氏迫不及待吃了，連聲誇甜。

路上走來走去的人不少，看到瓜瓤鮮紅欲滴，那甜味似竄到鼻尖了，便走上前紛紛問道：「這瓜怎麼賣啊？」

「都是一個村的，五文錢一斤吧。」杜小魚道：「去鎮上的話賣六文錢呢。」

「這瓜好吃得很，不甜我給錢。」秦氏也幫著推銷。

不到一會兒就賣出去三個。

到了傍晚就全部賣光了。

隔幾日，寒瓜終於全部成熟，但此前已被杜小魚賣掉十來顆，又送了些給別人，所以並不多，一輛牛車就能全部裝下，父女倆蹲坐在後頭就去縣裡了。

正當是五月下旬，縣裡不比村子，顯得更加的熱，行人都是汗透衣襟，粗俗點的就拿個毛巾圍脖子上，路過街西邊時，杜小魚讓牛車停下，自個兒下車找萬家去了。

一個寒瓜都差不多有八斤左右，門口守門的下人是認識她的，聽說來送寒瓜給萬老爺、萬太太，忙就叫人幫著來抬。

杜文淵跟杜黃花都住在別人家裡，雖說不值幾個錢，可意思是要傳達的。

誰料萬老爺跟太太正好都不在，杜小魚心想反正賣完瓜也打算要去看杜黃花的，就先跟杜顯去了集市。

結果剛把寒瓜搬下來，就見村裡那種瓜好手邱長榮也在這裡賣瓜。

雙方互相看一眼，邱長榮叫賣聲突地變得更響了。「好吃的寒瓜嘞，甜如蜜糖嘞，吃了冰冰涼哎！」

「他怎麼也在？」杜顯覺得有點不妙。「這人種的瓜好賣得很，咱們別賣不出去？」

「怕啥，爹不是也吃過的，難道覺得這瓜不好？」杜小魚道，一邊把寒瓜在前面排排好，挑了個瓜就一刀切開來，擺在前面案板上。

「倒不是不好。」杜顯還是底氣不太足。

「那就行了，爹快叫賣起來。」杜小魚道：「賣東西各憑本事，誰也管不到誰不是？」

那笑起來如彎月般的眼睛給了他信心，杜顯清了下喉嚨，喊道：「賣瓜嘞，賣瓜嘞，甜甜的瓜好吃得很嘞……」

杜小魚把手成喇叭樣放在嘴邊也喊起來。「走過路過不要錯過，紅心寒瓜不甜不要錢，免費品嚐，價格公道啊！」

兩人聲音一高一低，一柔一剛，很快就引得別人看過來，又聽什麼紅心寒瓜又是免費品嚐的，便圍攏來，有人問。「啥叫紅心寒瓜啊？」

「看裡面紅紅的，不是紅心是什麼，難道喊黃心呀？」杜小魚笑。

「哎喲，還以為是不一樣的寒瓜的。」有人失望。

「好吃得很呢，你們可以嚐嚐啊，反正來都來了不是？」杜小魚把瓜分成幾片遞過去。「不好吃可以不買的。」她向來捨得這點小錢，所謂薄利多銷，主要旁邊還有個強勁的對手。

有些人貪便宜就吃個不停，一點也沒有買的意思。

杜顯都有點不耐煩，杜小魚拉住他，聲音倒是很大。「我看幾位大叔、大娘也是熱暈了，爹就讓他們多吃點嘛，反正咱們賣寒瓜也是為了讓大家解渴。」

「喲，這小丫頭心多好啊。」眾人紛紛稱讚。

總有善心的人，一位大嬸立刻就掏錢買了個寒瓜，加上確實好吃，引得旁人也開始買了，又對貪吃的投以鄙視的目光。

邱長榮看形勢不對頭有點急了，喊道：「寒瓜便宜賣了，只要六文錢一斤、只要六文錢一斤啊！」

杜小魚噗哧笑出來，原來這邱長榮還不止賣六文錢啊，可真會宰人呢。

結果當然沒有人去買，因為杜小魚本來就是賣六文錢一斤的，由此比較，眾人都覺得邱長榮實在太貪利，哪兒有這對父女倆樸實？

不知不覺他們就賣掉了二、三十個寒瓜，旁邊的邱長榮氣得整個人都蔫了。

「還挺好賣的，數數多少錢了？」杜顯興奮道：「妳娘要知道了，肯定也高興。」

「一兩多銀子了。」她把荷包搖一搖。

「有這麼多啊！」杜顯算了下，加上之前杜小魚在村頭掙的錢，還有剩下的三十幾個，怎麼也得有三兩多銀子呢，都抵上以前半年的收入，他摟著女兒笑得合不攏嘴。

瓜賣得差不多的時候，二人收攤就要走了，不料卻遇到了章卓予。

章卓予邀請他們去家裡玩，二人也想念杜黃花，這便收拾了下跟著去了。

進入萬府，章卓予道：「我大舅跟舅母去了馬家，可能一會兒也該回來了。」說著帶他們去偏廳，一邊又叫小廝把杜黃花叫過來。

他儼然是府裡的小主人，萬家老爺、太太不在，那些下人好像也都很服氣他。

「表少爺，太太喊您過去。」一個小廝過來道。

這個太太應該是章卓予的娘，杜小魚心道，也不知身體好些了沒有？

章卓予只好又站起來，先去他娘那兒。

不到片刻，杜黃花飛奔而來，看到杜顯跟杜小魚眼睛就紅了，這些年來她從未離開他們這麼久過，又豈會不想念？

「看著倒是沒瘦。」杜顯凝視著大女兒的臉。「好好跟萬太太學刺繡，家裡的事別操心，我們都好得很，妳娘要不是走不開也要來看妳呢。」

「是啊，姊，娘可想妳呢，成天唸著有沒有吃好睡好的，這下可放心了。」看杜黃花確實精神不錯，皮膚也白了不少，就是眼圈下面有點兒黑，不曉得是不是老是繡花的緣故，杜小魚對此有些心疼，叮囑道：「也不要總是練，對眼睛不好的。」

「妳啊，還來說我呢，看像個小泥猴似的。」杜黃花抹一下眼睛。「走，去我屋裡，我給妳做了件衣裳。」又對杜顯道：「爹等一下，也給您跟娘做了件，一會兒帶過來。」

「還有空給我們做衣服啊，別那麼勞累了。」杜小魚雖這麼說，可心裡喜孜孜的，又看看杜黃花，她今兒穿了身嫩黃色的衣裙，以荷花點綴，裙邊繡以綠葉相稱，極為雅致，這是那會兒她們兩個一起動手做的，果真好看。「姊，這件衣服襯妳呢。」

「是啊，師父都說好看。」杜黃花笑起來。

進了屋，杜小魚四處一看，真像趙氏說的跟小姐住的一樣，她驚訝道：「萬太太的弟子都住這麼好的房間嗎？」那家具都是上好的，被子、蚊帳看著也漂亮。

杜黃花點點頭。

「妳一共有幾個師姊啊？」杜小魚又問。

「五個。」

待遇真好，不過也得有萬家的財力支持才行，難怪都想來學呢！杜小魚心道。

「把衣服脫了吧，換這個。」杜黃花見她上衣有點髒，就拿了件杏花紅上衣跟一條月白色裙子出來。

杜小魚又驚嘆一聲。「真好看，這料子不便宜吧？」

「師父給的，每個人都有幾疋布，讓我們自個兒愛做什麼就做什麼。」杜黃花道：「我本來也不敢要，不過二師姊說每年都這樣，讓我拿著，不然師父還不高興呢，我就給你們都做了件。」

她說起二師姊的時候顯得很放鬆，看來兩人關係不錯，杜小魚接過來把新衣服換上，原地轉了個圈，感覺十分好。

「長高不少呀。」杜黃花拍拍她的頭。「幸好我做大了一些。」又瞧她臉雖有些黑，但眼睛像星星般明亮，鼻子又挺，就笑道：「將來肯定是個美人。」

杜小魚一眨眼。「這還用說，有個漂亮的姊姊在，我豈會不好看？」

杜黃花臉忽地紅了，輕嗔道：「妳這丫頭！」

杜小魚笑著挽住她胳膊，兩人坐在床上，又問道：「萬太太教得好不好啊？都學會什麼了？

聽說刺繡有什麼雙面繡的，萬太太會不會？」

「師父當然會了。」杜黃花滿臉的敬仰。「不然縣主夫人也不會屢屢讓師父親自動手，咱們飛仙縣又不是沒有別的能人，可惜我現在的本事還不足以學。」

「早晚能學的，」杜小魚鼓勵她兩句，八卦起來。「之前聽二哥說妳也看到縣主夫人了，長得啥樣，說來聽聽？」

杜黃花霎時變了臉色，斥責道：「縣主夫人豈是我們可以妄論的？妳出去了可別亂說，」她聲音低了些，掩飾不住的驚恐。「我親眼瞧見縣主夫人叫人打丫鬟板子呢，妳記住了，千萬別說縣主夫人的壞話。」

杜小魚被她感染到了，忍不住一抖，難道這知縣夫人還是個喜歡虐待下人的？

兩人說了會兒話就出來了，杜顯瞧見小女兒換了身衣服，笑咪咪道：「黃花的手藝真不錯，這衣服好看，小魚穿上跟個小姐似的。」又問杜文淵。「是不是啊？」

杜文淵微點下頭，其實，這個妹妹的言行舉止乃至見識，又有哪一樣是遜於別家小姐的？

杜黃花把另兩件衣服拿給杜顯，依依不捨。

「下回還得來賣草藥呢。」杜小魚安慰她。「不然我找章卓予跟萬太太說說，讓妳偶爾也能回家個幾趟。」

「這可使不得，」杜顯忙道：「萬太太能收黃花已經是咱們的福分，又對黃花那麼好，怎麼還能要這要那的？過完這一年也就好了，等學成不就能回來？」

都不曉得其實是三年的契約，杜小魚心想，還是得找個機會把這事給攤開來，她嘆口氣，到時候少不得要被趙氏責罰嘍。

正當要去跟章卓予告別的時候，萬老爺、萬太太也回來了，杜顯便拉著杜小魚去問候。聽說他們送寒瓜來，萬老爺很高興，當即就讓下人切好送了來，又問今年農作順不順利等閒話，萬太太則誇杜黃花聰慧能幹，教什麼都學得很快，令一旁的容姊氣得手指發抖。

「那人有沒有欺負過大姊啊？」杜小魚指指容姊，低聲問杜文淵，反正問杜黃花的話，她肯定是不會說的。

「應該沒有。」杜文淵道：「大姊受萬太太器重，她怎麼著也不敢吧，就不怕大姊去跟萬太太說？」

杜小魚無語了，男人跟女人就是不一樣，也難怪小說裡宅鬥、宮鬥都是女人之間的戰爭，男人實在在這方面不夠細心，抑或是他們的心思也不想擺在那兒，所以就算是聰明如杜文淵，他也不知道容姊這人到底會幹出什麼事。

她就有些不放心，微擰起眉頭，本來還想著杜文淵在萬家可以照顧大姊，看來這個想法行不通。

章卓予這時走過來道：「小魚，妳那本農書是不是全部看完了？剛才杜大叔說那畝瓜田全是妳一個人負責的，好厲害！」

她展顏一笑。「是我爹誇張呢，不過那本書真的很好，對種田很有幫助，我差不多看完了。」

「那還要不要借別的？」章卓予看一眼杜文淵。「聽妳二哥說你們家還準備養些豬羊之類的。」

杜小魚忙點頭。「是的，可以借嗎？」雖然《齊民要術》上也有提到，但綜合各家之長才最為全面而穩妥。

「當然。」章卓予笑道：「不然我來問妳幹什麼？」

他跟萬老爺、萬太太稟了聲就帶著杜小魚往書房走，杜文淵剛要跟上去，卻聽萬老爺道：「來來來，文淵，你爹不信你詩才出眾，當我亂誇你呢。你倒說說看，上回是不是作了首詩，讓那姓池的都服服貼貼？」

「姓池的是哪位公子啊？」杜顯問。

「哦，就是上回院試排第一的。」

杜文淵只好上前答話。

那邊杜小魚已經走入書房，這書房就在偏廳的另一側，靠牆豎著三個巨大的架子，從上到下隔了十幾排，每一排都放滿書，擺得整整齊齊，她瞧著大概沒有上千本，也有七、八百，忍不住咋舌。「看來萬老爺很喜歡看書呀。」

章卓予笑。「我大舅喜歡藏書，未必愛看，倒是對字畫確實鍾愛。」

「不管怎樣，我跟二哥是沾光了。」杜小魚指指書架。「哪邊是放農書的啊？」

「這兒。」章卓予領她走到西邊牆，拿了個凳子爬上去。「在最上面呢，平日裡也沒什麼人看。」一邊就拿了兩本書遞給她。

《農桑輯要》跟《四民月令》，杜小魚並未聽說過，但接過來隨手翻了翻，卻見裡面寫得頗為詳盡，就高興道：「看著很合適，謝謝你了。」

「舉手之勞，而且我也能沾光，夏天有瓜吃，」他道：「還有兔子玩，表妹就等著妳養出來了送她呢。」

杜小魚哪裡不知道他說的是客氣話，真要兔子那小販子那邊就有得買，萬家可不會買不起，表面上仍笑道：「快了，幾個月後就有，」又問。「萬姑娘不是說想來我們村裡玩的嗎，你啥時候帶她一起過來？」

「可能要過段時間，表妹身子有些不舒服，這些天正咳著呢。」

難怪沒看到她，杜小魚點點頭。「那確實要多休息。」

她又在書房待了會兒，看有沒有以後需要借的，章卓予則在旁邊說起萬老爺藏書的事，有些是買來的，有些是用藥材換的，還有些是跟別人拚酒贏來的，總之是五花八門，極為有趣。

「那你都愛看什麼書呀？」杜小魚中途問道：「不是書院裡那些書哦。」

章卓予道：「那些書已經占了很多時間，空餘我會看看《山海經》、《水經》、《括地志》等，」他露出嚮往之色。「我們大明朝地大物博，但究竟有多大，卻是難以想像的。有次我跟舅舅去了趟齊東縣，光是在碼頭隨便聽到的一些事都是匪夷所思呢。」

沒想到他的愛好竟是地理遊記，杜小魚心有同感。「都說讀萬卷書不如行萬里路，我也很想有一天能去外頭看一看。」

章卓予找到知音極為歡喜。「難得妳也這麼想，不像妳二哥，總說我癡心妄想，說外面世道險惡，我要是出去的話總得被騙光光回來。」

杜小魚忍不住噗哧笑了。

章卓予看著她，眉頭微擰。「妳、妳也這麼想？」

「倒不是，不過騙子真的很多，聽說騙術千奇百怪，你要想周遊的話，怎麼也要強身健體，抑或是小心謹慎，才能得以萬全。」杜小魚接著就說到一個騙術，是賣馬的人把打算買馬的人跟低劣馬當抵押，進而騙走布店幾疋貴重布料的故事。

章卓予聽完嘆道：「果真狡詐，那買馬的人哪會想到提防這些？」

「所以二哥也沒說錯，不過只要你足夠小心也沒什麼大不了的。」杜小魚鼓勵他。

章卓予就笑了。「小魚妳懂得真多，我真要好好請教。」

「哪兒呢，都是書上看來的。」她謙虛兩句。

兩人說笑著出了書房，杜顯也同萬老爺道別，又對杜黃花叮囑兩句就帶著杜小魚回家去了。

林嵩正好也過來，手裡提著一隻野兔，笑呵呵道：「大妹子手藝好，這兔子晚上給燒了，我這就去買點兒酒。」

杜顯道：「林大哥去山裡了？」

「是啊，沒事閒得發慌，本想打個野豬什麼的，不過這山裡還真沒那些大一點的，只有兔子、麅子，剛才險些打中隻狐狸，誰料那畜牲恁狡猾，居然還裝死逃走了。」林嵩拍一下大腿。「可惜了！」

杜小魚聽到他去了山裡，忽地想起一件事。「林大叔，您有沒有經過杏子林啊？」她這段時間忙著寒瓜的事，竟然完全把杏子拋諸腦後。

「杏子？」林嵩隨口道：「早熟透了，掉得滿地都是。」

不是吧！杜小魚急道：「您怎麼不告訴我一聲！」

杜顯聞言瞪她一眼。「這丫頭，妳林大叔哪關心這些事，還得跑來告訴妳？」

牆頭草的爹！杜小魚氣道：「我那次跟林大叔去山裡專門看了下杏子的，還想著等差不多就摘了去賣，林大叔分明也曉得的。」

林嵩不跟小孩子計較，雖然聽出在責備他，但絲毫沒反應，只道：「現在去撿也可以啊，反正沒人跟妳搶。」

趙氏從裡面走出來拿野兔子，說道：「這杏子熟透了不能擺的，也不瞧瞧都快六月，肯定爛掉不能吃了。」

啊，她的錢啊！杜小魚後悔不迭，只恨自己忘掉這事，本來都計劃好怎麼搶收杏子的，誰料老虎的出現打亂計劃，不然她經常去山裡又怎會不記得？

見她那樣子，趙氏搖著頭。「這孩子只怕瘋魔了，成日的想著銀子。」

不想哪兒來錢，杜小魚嘟起嘴，跑到林嵩跟前道：「林大叔，這事您也有責任，明天陪我去一趟山裡，我把那些杏子都拿回來。」

「爛杏子要來幹麼？」杜顯奇怪道。

杜小魚不答，只盯著林嵩看，他不陪著去的話，趙氏跟杜顯是不會同意讓她一個人去的，再說，這麼多杏子也弄不回來。

林嵩看看她，心道這家裡就數這丫頭心眼最多，事也多。

見他不答，杜小魚挑眉道：「林大叔您到底是哪邊的人啊？家裡還有些誰，怎麼不把他們都接過來……」

林嵩立時道：「明天早上去。」說著就起身走了。

杜小魚暗自好笑，這林嵩就住吳大娘家，每日又要來他們家用飯，而武館又開得那麼近，他們之間少不得要經常見面，林嵩也是怕她囉哩囉嗦吧？看來這招還是挺好使的，只要他一天來他們家，她就一天要繼續用下去。

「看把妳林大叔都煩走了。」杜顯搖著頭。「山裡頭還是少去些，要那些爛杏子能幹什麼？賣也賣不了幾個錢的。」

杜小魚自有她的想法，衝杜顯吐吐舌頭往房裡去了。

第三十七章

一大早杜小魚就透過撒嬌的手段把杜顯說服一起去山裡，然後拖著兩個大竹筐去吳大娘家找林嵩了。

三人很快進到山裡，可還沒到杏子林那邊就聞到股濃濃的酸味，看來真爛透了。杜小魚急忙忙跑過去，果真見滿地都是杏子，挑揀幾個出來看，全是爛斑，完全沒有辦法食用，而且有些破掉了汁水流出來，引來不少蟲子。

看來因為老虎的緣故，這段時間真沒人敢上山，白白可惜了這些杏子。

「這妳還要？」杜顯指著道：「賣不到錢的。」

「我知道。」杜小魚抬起頭笑道：「但是杏仁可以賣錢。」

杏樹是少有的全身都是寶，樹幹可以拿來做家具，結的杏子可以吃，而杏子核裡的杏仁也是用途多多，一可以入藥，二可以做點心、熬粥等，三可以護膚，所以價值也是挺高的。

杜顯愣了下，笑著道：「妳可算是啥都想到了，難怪妳娘說妳瘋魔呢，這杏仁剝起來可煩人得很，也不知道能賣幾個錢。」

「反正閒著也是閒著。」杜小魚把杏子一個個往竹筐裡扔。「我那塊地就種些蔬菜留到秋冬時節吃，也不需要看著，而其他事自有鍾大叔來忙活。」

杜顯向來依著她，也就幫著一起揀，很快兩個大竹筐就滿了。

林嵩往林子裡一看，發現還有好些杏子在地上，便道：「一會兒還得來？」

「是啊，麻煩您了林大叔。」杜小魚露出甜甜的笑容。「誰讓這村裡只有林大叔敢上山呢。」

伸手不打笑臉人，林嵩嘴角一動沒說話。

杜顯雖然覺得自家女兒煩勞林嵩有些不好，可看著她期盼的眼神，也拍了林嵩幾句。「看妳林大叔不只武功好，人也有耐心，換作別人早就不理妳這丫頭了。」

林嵩更沒有話說了，揹起竹筐就往山下走。

一共來回了三趟才把杏子都弄下來，估計有個兩百多斤，都堆在前院的一個角落裡。

趙氏看著一大堆爛掉的杏子哭笑不得，點著杜小魚腦袋。「可是沒有人幫妳，明兒我們都要去割麥子。」

「我曉得，娘不用操心這個。」杜小魚找了個板凳坐下就忙起來。

到了晚上才剝了幾十個，足足用了三天工夫，才把爛掉的杏子全部處理完畢，去除壞的，共有三百五十二顆杏核，她洗乾淨後晾曬在院子裡。

這些天家家戶戶都在忙碌，主要是收割麥子，麥子這種東西在北方普遍種植，大部分家庭都是拿它們當主食的，像杜小魚家算是吃得少的了。

收完之後自然又是去鎮上賣，換得三兩銀子，八畝地才這點收入，比起寒瓜是少了點，可勝在種植上面有經驗，價格不會有太大變動，加上自家也要食用，是以明年肯定還是要種的。不像那些少有的經濟作物，令人提心吊膽，杜小魚親身經歷也算體會到了。

這日，杜小魚正在琢磨怎麼處置杏核，杜顯去賣小麥時她讓打聽了，原來藥鋪收杏仁的價錢不高，賣出去不過才幾百文錢，所以想著也許還有更好的途徑。

「小魚，妳那些個兔子都要把竹籠給咬破了，再不換個結實的可不行。」趙氏在外頭收拾牛棚，她打聽到王家的羊落了幾頭小羊出來，打算叫杜顯給牛棚再擴建下，買個兩頭羊來養著。

杜小魚忙跑出來，果然見竹籠已經阻止不了兔子，這牙齒可真厲害，再一想，自買第一批兔子到現在也已經有六個月，兔子已經成年，便蹲下來把那四隻兔子輪流抓出來翻開肚子看。

運氣還不錯，有公有母，沒有偏向同一性別，不過這一批可能血緣相近，她也不打算拿來互相繁殖，要繁殖也等後面那批長大了才行。

「娘，村頭那打鐵的余鐵匠手藝行不行？」她問。

「妳要幹啥？打鐵籠子？」趙氏抬頭道。

「是啊，別的都不行，牠們都會咬破的。」杜小魚笑了笑。「我自個兒有錢呢，不用娘掏錢。」說完又覺得有點不妥，好像母女倆生分起來了。

果然趙氏有些不高興，哼一聲。「哎喲，還怕我不給錢呢。」

「不是的，娘。」杜小魚忙解釋。「之前不是賣苧藥掙了錢嘛，省得娘給了，反正娘的還不是我的，誰怕您捨不得啊。」

趙氏嘴角撇道：「妳總會說話的，誰也說不過妳，快去快回。」

杜小魚就拿了些錢走了。

余鐵匠收了定金，說要過半個月才能做好，杜小魚把鐵籠的要求詳詳細細說了，這便回家了。

吳氏最近隔三差五的來，這日又提了小籃子來了。

杜小魚視若無睹，反正都是勸著杜文淵回家的時候順便去看看祖母，可他沒一次去的，可見確實是下定了決心，不想再與祖母家有任何糾葛。

「大、大嫂。」吳氏輕聲道。

趙氏越來越不耐煩她。「妳又來幹什麼？在家裡可是閒得慌，一次次的來，她是把妳當猴耍呢！」

吳氏目瞪口呆，半晌臉面通紅。「娘也是想念孫子。」

「呸，這會兒又來想念了，前幾年也不見有個什麼動靜！」趙氏站起來把一盆子水倒掉，又走到井邊。

吳氏靠過來幾步。「大嫂，好歹也是一家子，真要來個死不相見嗎？」

「也沒那麼重，逢年過節看看不就行了，平日裡打什麼交道？」趙氏打水上來。「指不定讓別人以為我們家貪那些田。」

「不，怎麼可能呢，」吳氏道：「娘知道你們不是這樣的人，不然也不會叫我來了。」她伸手抓住趙氏的袖子。「大嫂，妳好好想想，文淵以後還有好長的路要走呢。」

這話也不知道誰教她說的，就算踏上錦繡前程的路再長，他們家也不稀罕那女人的錢！趙氏掰開她的手，沈下臉道：「妳現在一心一意幫她，別以為她會感激妳，念著妳的一點好，我告訴妳，別想哪天不順她意了，有得妳吃苦的。」

她想著那棍子打在身上的痛，想起李氏瞇起的眼睛、冷厲的喝令，禁不住手指抖了下，是的，這個家絕不能回去。趙氏把水桶恨恨地放在地上，濺得吳氏一腳的水。

吳氏連退幾步，慌張道：「大嫂，妳也知道不好惹，我還有兩個女兒，還有父母要養……大嫂，妳要為我想想啊！」

趙氏理都不理，甩手進屋去了，哐噹把門關上。

吳氏拿帕子抹眼睛，又側頭看一眼旁邊餵牛的杜小魚。

杜小魚也沒理她，軟弱不是藉口，難道她不好過就得要趙氏看這份面子，讓祖母得償所願？這是不可能的。

吳氏實在沒有辦法了，只得轉身慢慢往回走去。

看著那個瘦瘦的背影，杜小魚忍不住嘆口氣，李氏想杜文淵回到那個家似乎已經成為一種執念，這可有些不妙，而如今幾次都沒有得逞，難保還會想些別的法子出來。

可究竟是什麼，卻是令人難以預測的。

到七月上旬，吳大娘終於回來了，滿臉喜氣，說不出的高興，一問緣由，原是叫大夫給媳婦瞧了，坐實是個男孩，就等著抱孫子，眾人少不得一番恭賀。

經過一段時間的平靜，山裡終於又熱鬧起來，起先總有些大膽的進去砍柴撿果子，見他們安全，便有越來越多的人進山，很快便恢復往日的景象。

老虎畢竟是少見的，而被林嵩打死後衙門裡也派人四處搜查過，發現再無其他老虎的蹤跡，這也是促成村民放心的原因。

杜小魚自然不甘落後，只不過每回都帶著小狼去，牠聽力極好，一有風吹草動就很是警覺，起到了警示作用。

這日她又採集了滿籮筐的草藥回到家裡，說要去飛仙縣賣了，杜顯便說一起去看看杜文淵跟杜黃花。

趙氏立刻就動作發麵做包子，忙活到深夜。

第二日，兩人一大早就去了，先是把帶來的東西賣掉又採購了些日常用品，接著便去萬家等杜文淵從書院回來。

不過書院要到傍晚才放人，杜小魚聽說杜黃花在紅袖坊，便去那邊看她。

女夥計請她進去裡間。

杜小魚記得那夥計叫玉娘，當初她跟杜黃花第一次來這兒的時候，見她被容姊欺負過，誰料玉娘這時卻看向她道：「妳是黃花妹子的妹妹吧？」

「妳記得我？」杜小魚瞪大了眼。

「當然，那日就看黃花妹子手藝很好，自然記得。」玉娘笑道：「沒想到後來就做了太太的徒弟。」

「哎喲，叫小魚吧？快來給我瞧瞧。」裡面又有個人熱情的招手，長著張容長臉，大雙眼皮，看著極為和善。

「小魚，這是我二師姊。」杜黃花忙介紹。

原來就是那個跟她關係不錯的二師姊，杜小魚走過去，衝她行了個福禮。「這段時間，多謝姊姊照顧我大姊了。」

「這孩子真懂事。」二師姊驚訝地扶起她。「難怪妳姊總念叨妳，要我有個這樣的妹妹，也捨不得離開家呢。」

杜小魚乖巧的笑著，又看向另外兩個女子，一個好似已經嫁作人婦，看著很老實，還有一個跟杜黃花差不多年紀，花容月貌，倒是跟容姊不相上下。

「這是妳大姊的三師姊、四師姊。」二師姊介紹道。

兩個女子衝她笑笑，都不太多話。

玉娘這時端了茶水出來給杜小魚。

「怎麼突然來這兒了？」杜黃花拉著她問道：「爹跟娘也來了嗎？」

「娘沒來，只跟爹一起來的。」杜小魚笑道：「帶了幾籠玉米麵包子來呢，娘昨兒晚上做的，送了些給萬太太、萬老爺嚐嚐，還留了一籠，等妳回去跟二哥一塊兒吃。」

杜黃花眼睛紅了。「倒是好久沒見到娘了。」

「等田裡不忙我叫著一起來。」杜小魚道：「娘這人細心妳知道的，總不放心家裡沒人。」

兩人挨著頭小聲說著話。

杜黃花很快就推開她。「我還忙著呢，妳一會兒就跟萬小姐回去吧。」

杜小魚才想起這裡到底是紅袖坊，來這兒肯定是萬太太派了任務。

「是給人賀壽的吧？」那幾位師姊在共同繡一幅極長的刺繡圖，已經有好幾隻仙鶴了，栩栩如生，一團祥瑞，杜小魚看了大為讚賞。

杜黃花點點頭，正在想要不要給她解釋下。

二師姊這會兒笑道：「是有些忙，小魚妳今兒來得不巧，不然可以跟小師妹多說會兒話，但這賀壽圖耽擱不得，是縣主要拿去獻給太守大人恭賀老夫人七十大壽的。」

倒真是件大事，難怪四個弟子全在，不過容姊跟那個五師姊在哪兒呢？

「妳要不這就走？」杜黃花也取了針線上去，她初來乍到，學藝不精，只負責賀壽圖四周的祥雲圖案。

「好的，我就不打擾各位姊姊了。」杜小魚又回了萬府。

到得傍晚，杜文淵終於從書院回來，見到她，先一指堂屋道：「我先進去，一會兒再找妳說話。」

這是禮儀規矩，每日出門或歸家都要做的，杜文淵雖然不是他們家親戚，可也從不漏掉每日的請安，因此萬家夫婦也很喜歡他。

杜小魚站在門口等待，不到一會兒杜文淵就出來了。

兩人沿著園子走了一圈，此時已是初秋，百花凋謝，這兒木槿花卻開得肆意，又有石竹爭奇鬥豔，雪白紫紅相間，倒也並不寂寞。

「二哥下次回來的時候，林大叔的武館該要建好了。」杜小魚道：「你現在還有空練武嗎？可不要都忘光了呀。」

杜文淵挑起眉。「要不是妳跟爹來了，我這會兒正在練呢。」看來很用功，還真不是一時興趣，杜小魚抬頭看看天色。「時間過得真快，天都要黑了，我得回去了，娘做的包子可記得吃。」

杜顯這時也正好過來尋人，兩人給萬老爺夫婦道別後就要離開。章卓予道：「妳這來去匆匆的，都沒說上幾句話就要走了？」

杜小魚才想起來確實沒跟章卓予說上話，不好意思的笑笑。「誰讓你們放學晚呢，再不走牛車都趕不上了。」

萬太太看杜小魚一眼，又回過頭看看萬芳林。「芳林，不然讓小魚留一晚怎麼樣？」又衝杜顯道：「黃花還沒從紅袖坊回來，想來這姊妹倆也有很多話要說的，就讓小魚在這兒住上一晚吧。」

「這個，太叨擾了吧？」

「怎麼算叨擾，我們家本來人就少，就是常住也沒什麼，到底是不放心這個小女兒吧？」萬太太笑道。

杜顯忙搖頭。「哪有不放心的，小魚，妳就住這兒吧，我跟妳娘說一聲，明兒自己回來，別太麻煩萬老爺、萬太太。」說完自己就先走了。

杜小魚愣在那裡，這個爹也太爽快了，說走就走。

萬太太招呼人上菜，又讓下人分了些去給紅袖坊的幾個徒弟食用，看來要繡花到很晚。

飯桌上倒是其樂融融的，萬太太細心，把杜小魚帶來的玉米麵包子給杜文淵熱了吃了，說不要辜負娘一片心意，而萬老爺向來話多，總是不缺話題的，幾個人在下面附和一番，這頓飯就極快地過去了。

用完飯後，章卓予走過來道：「小魚，我找到本專講騙術的書呢，裡面就有妳上回說到的那種。」

看他眉飛色舞的，怪不得剛才要跟她說話，原是因為這個。「那你可看完了？看完是不是覺得自個兒就能去遊歷四方了啊？」她輕輕笑道。

「那也得幾年後，走，我帶妳去看。」

杜文淵聽不懂他們之間的話，上前道：「你們在說什麼？」

「說騙術，你不是說我出去就要被騙光光嗎？」

「難道不是？」杜文淵嘲諷道：「上個街就能被人騙走銀子的，去遠點還不得連回來的錢都沒有。」

杜小魚好奇插嘴道：「他被人騙過錢？」

「是啊，看人家賣身葬父可憐，白白扔出去三兩銀子，結果那父親根本就是活的。還有一件，有回一個孩子……」

章卓予喝道：「你倒是知道得清楚，那會兒也不見攔我！」

「攔你，你聽嗎？」

杜小魚聽他們拌嘴，只在旁邊笑，三個人熱熱鬧鬧地往東廂去了。

萬芳林站在門口，看著他們的背影，眼裡滿是落寞的光。

「這傻孩子，既然羨慕這份熱鬧，怎的不一起去？」萬太太在身後道：「以前家裡沒有旁人，妳表哥只同妳一人玩，可他長大了總要認識別的人，妳難道就只會看著？以後再也不同卓予親近了嗎？」

萬芳林張了張嘴又閉上，兩隻手絞著帕子。

「妳看小魚多開朗，妳若有她一半我就放心了。」萬太太嘆口氣，她只得兩個女兒，大的那個早就嫁人，這個小女兒也不知像誰，那樣孤僻，她姊姊嫁人後更是變得嚴重，雖然現在還有章卓予這個表哥可以依賴，可以後呢？

想到這個，萬太太就頭痛，總要嫁人的，可這樣的性子能掌握得了哪個男人？

「白蘭，帶小姐去找表少爺。」萬太太吩咐。「別又讓躲回來。」

白蘭應一聲，領著萬芳林循那歡聲笑語而去。

「看，這個厲害，」偏廳裡，章卓予指著書上幾行字，笑道：「小魚，下回妳去賣豬，可不能被人騙了，把小豬趕得到處亂跑，大大的虧錢呢！」

「我才沒那麼笨！」杜小魚白他一眼，翻過去一頁。「這人可像你呢，活人都能當死人的，又豈會提防一個美嬌娘？」她嘿嘿笑。「別到時候人財兩失，後悔無門呀！」

章卓予臉唰地通紅。「我、我……我豈是貪色的人？」

杜文淵在旁邊嗤的一笑。「不貪色，那日見人賣身葬父就扔出去三兩？現在想起來，那姑娘容色也算上等，難怪會有人上當，卓予，你說是也不是？」

「原來如此！」杜小魚目光在章卓予臉上打了個轉兒，笑得肩頭聳動。「看你……」本想說

「看你年紀輕輕」，又想到自個兒比他還小呢，就換了詞，把書往他手裡一放。「你確實得好好研讀此書，嘖嘖，難怪古人云，食色性也，倒也不假。」

章卓予被他們兄妹倆一唱一和，臉色比花兒還好看，幸好萬芳林跟白蘭到了才化解尷尬。

「我表妹面前，你們可別亂說。」他叮囑道。

杜小魚點頭。「那是自然，」又擔憂道：「只不過有你這樣的表哥，也不曉得萬姑娘會不會被帶壞。」

一句話讓章卓予身子立時僵直，只恨自己把這兄妹倆一起帶過來，又後悔不該起這個話頭。不過有萬芳林在，自然不再延續這個玩笑，章卓予挑揀著有趣的騙術講與眾人聽，一時又歡笑起來。

杜黃花直到戌時才回來，屋裡也沒點燈，見床上有個人影慢慢坐起來，兩隻手搖來擺去，發出呼哧呼哧的聲音。

她不慌不忙先把燈給亮了，才說道：「想嚇唬誰呢，也不嫌悶著熱。」

杜小魚一把揭開頭上的被子，喘著氣。「真沒意思，姊也不配合下，」又問。「可是萬太太告訴妳的？」

「師父這會兒肯定回房了，是青玉跟我說的。」杜黃花打了個呵欠，活動兩下發痠的脖子。

「是妳跟師父說要留下的？」

「哪兒呢，是萬太太主動留我的，見妳平常回不得家，讓我們姊妹倆多說說話。」杜小魚指指桌上。「這包子才熱好的，妳拿兩個嚐嚐，可不要吃多了，積食。」

「還叮囑起我來了。」杜黃花輕聲笑，但見燭光下，她明眸皓齒，煞是可愛，不由得暗嘆，小時候總是躲在身後、晚上睡覺怕黑的丫頭，終究是長大了，如今做事俐落果決，即便她不在家中，但只要想到有這個妹妹在爹娘身邊，心裡總是安穩的。

她低頭咬了口包子，滿嘴的香。

「對了，今兒怎麼沒有見到容姊跟妳的五師姊啊？」

「去齊東縣買布去了。」

齊東縣？杜小魚哎呀一聲，她一直想去那裡的，可從沒有機會，杜文淵那會兒還說幫她想辦法呢，後來提也不提可見也忘掉了。那容姊倒是好命，可以到處跑，她用力打了下枕頭。「哪回姊能去，一定記得帶上我啊！」

杜黃花道：「大師姊跟五師姊的娘都是師父以前的陪房，妳當誰都可以信任？我不過是來學刺繡的，師父豈會讓我插手這些事。」

原來那兩人還是有背景的，杜小魚心裡癢癢，雖然萬老爺也經常去齊東縣，可怎麼也不可能跟他貿然提這種要求，再說爹娘也不會同意，她計較一番道：「萬太太還有陪房跟過來，原來也是有錢人家的女兒呀。」

「師父雍容大方，自是富貴人家出來的，」杜黃花又露出慣有的敬仰表情。「聽說娘家在蘇州也是有些名氣的富商。」

那怎麼會嫁給萬炳光的？蘇州離他們飛仙縣可是遠得很，她心知這種私密事杜黃花也必定不會曉得也就沒問，只等她吃完包子就拉著上床閒聊，探問容姊有沒有欺負人，又問學到些什麼東西。

姊妹倆很久沒有這樣說話，談到深夜方才熄燈休息。

第二日在萬家用過早飯，辭別眾人就回家去了。

第三十八章

又隔五日，武館終於修建完畢，知縣果然差人送來個紅褐色底貼金牌匾，上書「打虎英雄」四個大字，剛勁有力，端的氣概萬千。

誰料林嵩竟把這牌匾掛在內堂，外邊兒大門上赫然貼著張大紅紙。「正氣堂」三個墨字也不知是誰寫的，反正毫無氣勢可言，讓杜小魚大跌眼鏡，心道這人也是狂傲，縣主都不放在眼裡，果然非常人也。

村民紛紛來道賀，鑒於他此前的打虎義舉，不到半日就收成二十幾個徒弟。除去這一方面，本朝也有武科舉，倘若文不成，那麼鑽研武術也是另一條通往仕途的道路。

人群熙熙攘攘的，絡繹不絕地上門，杜小魚終於見識到什麼叫人氣，林嵩在恭賀聲中答謝眾人，也早就備下水酒，幸好前後院子都寬敞，足足擺了五十桌，差不多容下大半個村子裡的人。

接下來自然是好吃好喝，拚酒玩耍，一直鬧騰到大黑人才散去。

杜小魚嫌太過吵鬧早就回家了，而杜顯夫婦幫忙收拾整理，到很晚才回來。

趙氏還在絮絮叨叨埋怨杜顯。「這餘下的銀了咱們總不能收著的，他不要，你明兒再去還，我們拿著心裡也不安穩。」

是說賣掉虎肉又建造武館多下的銀子！杜小魚豎起耳朵聽。

「林大哥不要又能怎麼辦？」杜顯忙辯解。「我好幾次都塞給他了，可每回也不知怎麼的又回到自己手裡，林大哥看起來已經很生氣，說咱們婆婆媽媽。」

「那也不能要，我不管，你再給我送過去！」趙氏怒道。

杜顯知道林嵩肯定是不會收的，左右為難。

杜小魚這時插嘴道：「要不就別還了，娘妳想想，林大叔就算現在有武館可以住，可吃飯什麼的也不方便，還是讓他每日來咱們家吃吧。而且，他到底孤身一人的，二哥又是大弟子，娘分得那麼清楚，可不是讓林大叔覺得生分嗎？他向來又覺得娘手藝好，以後都不好意思常來了。」

雖然林嵩這個人藏有秘密，可杜小魚覺得有他在很有安全感，自然不想生疏，以後指不定還有事情要他幫忙呢。

「對啊！」杜顯也接著道：「林大哥還少個娘子呢，到時候讓吳大姊幫著看看，等他成家了才能算真的過得安穩呀。」

趙氏被這父女倆說得回不上話，一甩袖子。「隨你們，反正這銀子我不拿。」

杜顯就有些猶豫，娘子生氣他還真有點不敢拿，杜小魚把手一伸。「那放我這兒，改日我跟林大叔說聲，要是他缺銀子就來找我，這銀子我就自由分配了。」銀子上面她絕不婆媽，拿錢生錢才是王道。

見她那小財迷樣，杜顯笑著把兩封銀子遞上。「可別亂花了，惹妳娘不高興。」

還挺重的，杜小魚點頭接過來，估摸著得有四十兩，對她來說有點吃力，但咬牙提著慢慢挪回房去了，惹得杜顯直笑。

次日就讓她爹打了個木櫃子，又去秦氏那裡買回把鎖，這麼大筆銀子可不放心隨便擺在屋裡，怎麼也得放好。

之後又去林嵩那裡交代銀子的事，也就是隨便一說交差，林嵩哪會放在心上，只怕轉身就忘了。

杜小魚跟著在院子裡隨同二、三十個孩童紮了會兒馬步，最近閒得很，棉花地自有吳大娘傳授經驗，而小麥收割之後又種了玉米，對杜顯夫婦來說是駕輕就熟，她只偶爾去田裡看看，平常也就是專研章卓予借她的那兩本書。要說煩惱也有，那杏仁就沒想好怎麼弄，上回砸開一個嚐了下，倒是甜的，她琢磨著是不是弄些杏仁粉、杏仁碎做點心吃。

正想著呢，就聽院門外有清脆的笑聲。「林大哥。」

聲音挺好聽的，但很陌生，杜小魚抬頭一看，馬步立時紮不穩了，來人長著張馬臉，朝天鼻孔，要說也不是醜得慘絕人寰，可主要聲音在先，難免讓人產生期待，這種落差可想而知。

林嵩見到這人來，臉色一沈，吩咐弟子道：「先回去用午飯，下午再來。」

那些弟子大多是不滿八歲的娃，從小學武才有效果，是以性子也都頑劣，很貪玩，聞言對師父行禮後，一哄而散。

「哎喲，林大哥教習完了啊？正好，來，嚐嚐我做的肉包子，肯定合你胃口。」那婦人殷勤的走上來，腰肢直扭，倒是頗有風情。

林嵩看向杜小魚。「不是說去妳家用飯嘛，還不走？」

杜小魚暗自好笑，衝那婦人道：「我是先請了林大叔的，倒是讓大嬸白跑一趟了。」

「快走，囉嗦什麼！」林嵩恨不得推她一把。

看來對那婦人厭煩得很，杜小魚趕緊轉身走了。

回到家，少不得要給杜顯夫婦說來取樂，才知道林嵩出名後，就被那醜婦看上了，經常來胡攪蠻纏，沒想到這次竟然還找上門，也不知道林嵩將來會怎麼對付，她心想，別直接就打出門吧？就林嵩直來直去的性子倒也不是沒有可能。

倒是杜顯擔心得很，就怕他的偶像被人纏住脫不得身，這幾日專門去武館候著，聽說還真等到了，對那醜婦苦口婆心勸說不要再來武館，結果被人一通罵，回來後臉黑一整天，連說那女人沒譜，以後定是要給林嵩惹麻煩的。

但這事也不好再插手，難道還能把那人手腳捆綁了不成？只能讓林嵩自個兒解決。

其間杜文淵也回來過幾趟，休息的幾日都去跟他師父學武了，恨不得晚上都住在那兒，趙氏不免又有些不滿。

牛棚也擴建完畢，又在裡面養了一公一母兩頭羊，而那頭黃牛早已經長大，是頭小公牛，都耕過幾回田，聰明得很，鞭子才提起來牠就使勁往前走了，都不用別人抽打，但每回勞動回來杜小魚總是要犒勞牠一下的。

還有件大喜事，吳大娘的媳婦上個月生下了一個大胖兒子，洗三（注）的時候趙氏跟秦氏去過縣裡，但吳大娘不能回家，媳婦要坐月子，得細心照顧，她相公盧坡倒是在家，但隔幾日就提好幾隻雞，還有好些蔬菜豆子去飛仙縣。

看來都是給她媳婦補身體的，這個婆婆做得真夠到位，比起親娘來也絲毫不差。

為此趙氏又勾起往日不痛快的回憶，想她生杜黃花時，幾曾得到過婆婆這種關心？雖說是長媳，可連一半都是奢望，如今想想，許是一開始嫁給杜顯便引來諸多不滿，最終才導致這樣的結果吧？

要是當初便能察覺，還會嫁到這北董村嗎？

也只有老天才知道了……

等收穫完棉花已經過了寒露，天氣也逐漸冷下來，早上出門要套上件薄棉襖才行。

杜小魚瞧著花圃裡一片枯萎景象，琢磨著應該弄些菊花還有梅花等耐寒的來種種，這樣一年四季才能花常在，看著心情也好。

想到就做，她揹起籮筐招呼上小狼就去山裡了。

小狼如今已經長得很高，也不曉得是不是有肉吃的緣故，立起來的時候能搆得上她的肩膀，體形也極為龐大，一張嘴，牙齒白森森，又鋒利，不得不說，還是挺威武的，就是嚎叫起來煩人，有時候半夜也叫，為此少不了被責罵。

牠只是搖著尾巴天真的瞧著你。

這小傢伙到底還是分不清風吹草動跟真正的危機呢。

山裡此刻也一樣是蕭條之色，不過倒是有些果子，比如橘子，杜小魚初看到很驚喜，結果摘下來一嚐，整個臉都成苦瓜了。看來「橘生淮南則為橘，生於淮北則為枳」確實不假，這橘子又酸又澀，難吃得要命，難怪沒人採摘。

她抹下嘴又繼續開路，在靠近山頂還有半山腰倒是發現幾株顏色各異的野生菊花，便連根挖

注：洗三，舊俗嬰兒出生後第三天洗澡。

了，又順便採些草藥。

回去的時候只聽院子裡歡聲笑語，探頭一看，原是吳大娘帶著兒子媳婦回來了。吳大娘的媳婦叫林美真，長得很清秀，眼睛大大的，嘴兒小小的，笑起來甜蜜蜜的，杜小魚也是頭一次看到她，心想難怪吳大娘這麼喜歡，看著就叫人疼。

趙氏道：「是回來擺滿月酒吧，可得請不少人呢，我明兒來幫妳。」

「倒是不用我開口求了。」吳大娘笑道。「算著也得要三十幾桌，我那院子估計擺不下，得放一些到你們家來。」

「儘管擺，我讓他爹前後收拾收拾。」趙氏拍拍林美真的肩。「回你們屋再說吧，院子裡冷，別把孩子凍著了，妳剛坐完月子也小心些。」

幾個人就到吳大娘那邊商量去了。

弄三十幾桌菜任務還是很重的，所以這些天杜顯夫婦跑進跑出，龐家自然也搭手幫忙，杜小魚只負責家裡的事，把家門看好，田裡讓鍾大全照看著，偶爾跑去吳大娘那邊逗弄下土旺。

土旺就是那小孫兒的小名，都喜歡取些粗陋的，容易養活。

這日趙氏從吳大娘那邊回來，跟杜顯進了裡屋。「桌凳各家都借好了，這廚子人倒是不錯，不像些壞的淨想著貪便宜。」

「是啊，菜炒得也挺好吃的，都趕上娘子了。」杜顯笑著給她捏肩。「這幾天累了吧？明兒等他們家賀完滿月，妳好好休息下。」

趙氏指指櫃子下面第二個抽屜。「把那小銀鐲子拿過來，我瞧著好不好。」

「怎麼會不好。」杜顯道：「我挑了好久呢，就數這對最漂亮，妳見著了不也喜歡的，怎麼又怕它不好了？」

趙氏就笑。「那小娃實在太可愛了，怕小銀鐲稱不上他呢，成天笑笑的，一點不吵，吳大姊真是有福氣，那個媳婦看著就招人疼。」又轉身倚在杜顯懷裡，嘆一聲。「什麼時候黃花也給我生個這麼漂亮的，那就好了。」她頓一頓。「吳大姊說啊，明兒來的有幾家挺不錯，孩子都有出息，讓我留意著點呢。」

最近什麼都一帆風順，她心情愉悅，自然是難得的溫柔。

杜顯只覺懷裡身子軟軟的，雙手就抱上來。「那妳明兒好好看，黃花這孩子吃了不少苦，怎麼也得挑個好的。」

「那還用你說？」趙氏嗔道：「我可最心疼她。」說著眼睛就有些發紅。「頭幾年跟著咱們多苦呀，那會兒文淵又不懂事，我跟你要忙田裡的活兒，她小小年紀又是做飯又是帶孩子的……」

「都過去的事了還提？」杜顯見難得的好氣氛可不想被破壞掉。「反正妳也如她願了，跟著萬太太學刺繡，下回她要再讓小魚唸書妳也同意了吧，省得她傷心。黃花以前不知多羨慕文淵呢，每日巴巴地看他去私塾，可我們那會兒哪有閒錢呢！」

「女娃兒要唸什麼書？咱們家兩個丫頭真是跟別人家的不一樣。」趙氏搖著頭。「她要是想買好看衣服、香粉什麼的我還樂意，偏喜歡這些！不過罷了，她這兩年也要嫁人，我也不想再為小魚的事讓她不高興，不過我估摸小魚是不肯的，不然這鬼靈精真要喜歡唸書，早纏得你頭疼了，哪兒就那麼安靜的。」

杜顯聽完大笑起來。「是啊，也只有黃花這傻丫頭一廂情願。」

到得第二日，陸續就有人來賀喜，吳大娘交遊廣闊，這村裡頭大半的人都識得她，交情深的自然有好一些，加上她娘家的人、盧坡家的人，還有貨郎兒子和媳婦的親戚朋友，也確實能擠滿一個院子。

那小土旺不知道被探望過幾回，饒是平常鎮定自若的，也終於被驚嚇得哭起來。

杜小魚把該做的事情做完也來湊熱鬧，只見前後院都已經擺好席面，雖然比不得那些酒樓的菜式豪華，但也色香俱全，有肉有魚。可見這回請的廚子不錯，吳大娘果然是大方的，她以前也參加過喜宴，有些小氣的真是做得出來，用不新鮮的菜能把人吃得拉肚子，就為省那點兒小錢，其實是揀了芝麻丟了西瓜，背地裡不曉得被人嘲笑幾回。

她研究完吃食又跑門口去看吳大娘的那些親戚朋友，見趙氏也在那兒幫著接待。別提多專注了，有遇到兒子一起來的，看得特別仔細。

她就有些了悟，看來他們家還想藉機給杜黃花找良人呢！

「娘、小魚。」

杜文淵不知什麼時候跑出來，嚇她一跳，愣道：「二哥你怎麼回來了？」

「反正明兒休息，我給夫子告了假提前回來了。」杜文淵說著就給吳大娘拱手道喜。

吳大娘直笑。「好好好，就應該請假回來的，我也是好久沒見著你這俊小子了。」

見吳大娘又去招呼別的客人，杜小魚一戳他胳膊。「你怎知道今兒是土旺滿月？是爹上回去縣裡買銀鐲子時告訴你的？」

「前幾日在路上遇到盧大哥，他跟我說的。」

原來是這樣，杜小魚笑道：「你是貪嘴兒想吃這喜宴吧？」

趙氏斜睨一眼。「當跟妳一樣呢！」又看看杜文淵。「回來也好，我瞧著這幾天又要冷了，本想讓你爹送幾件厚袍子過去。」

「咱們家自個兒種的棉花做的哦，可暖和呢！」杜小魚插嘴道：「被子也是新彈出來的。」

杜文淵笑笑。「看來棉花收成不錯。」

幾個人正說著話，崔氏過來了，她跟吳大娘家關係一般，看見杜文淵在，上上下下打量道：「幾個月不見，你們家文淵越發俊朗了，可見萬家也是個好客的。」

趙氏聽著有些不悅，只道：「倒是要上席了，小魚，妳領著妳崔大嬸去東邊那桌。」

崔氏臉色不太好看，她三番四次的想拉近兩家關係，可這趙氏總是鹹不鹹、淡不淡的，除了必要的來往，閒時從不相請，再好的脾氣也受不得，現在又真當自個兒攀上萬家了？不過是寄人籬下，杜文淵能否考上舉人還未可知呢！

擺什麼臭架子？但她仍壓抑心頭不快，回頭笑道：「妹子，妳不是想買幾畝地嗎？」她假裝隨意的提起。「柳家的妳看怎麼樣？正好挨著你們家新買的田，要中意的話，我來作個主張，明日請張氏過來，這家裡頭的事都是她說了算，他們家幾個兒子都在外頭掙錢的，那田擺著其實也是荒廢。」

趙氏聞言大喜，她早就看中柳家的田了，語氣也立刻熱絡起來。「原來崔大姊倒是跟他們相熟的，那再好不過。」

「那便說好了，明兒你們都過來，文淵也來，昨兒蓮花她爹釣了不少魚，正放盆裡養著呢，不知道吃到啥時候才吃得完。」說著一推杜小魚。「小魚啊，不是要領我去吃飯嗎？在哪裡？」

杜小魚擰著眉往前走，她也知道趙氏手裡有些銀子，買田是必然的，可是欠下崔氏的人情，總覺得不太樂意。

散席後，杜小魚跑到趙氏那邊想提個醒，卻見她正跟吳大娘說著話。兩人表情很是奇怪，前者是略帶期待，而後者偏偏有些彆扭，她腳步放慢下來，往她們身後站過去。

只聽趙氏道：「哦，原來是妳媳婦的大哥，看著人倒是不錯。」

杜小魚身子往右一側，探出頭去，正好看見個少年正挽著袖子收拾桌上的殘茶剩飯，個頭高高的，長得很是清俊，瞧著大概十七、八歲的年紀，氣質頗為沈穩。

趙氏又問。「還沒成婚？做什麼的呀？」

吳大娘沒有立刻回答，猶豫會兒才道：「沒成婚呢，不過這孩子不管外貌人品都是極好的，手也靈巧，很疼他妹妹，前些日家裡頂下縣裡一個紙馬鋪子（注）給他看管。」

趙氏愣住。「紙馬鋪？難道是那王家紙馬？」

「是啊，王家不打算做了，他們家想著兄妹倆在一個縣裡可以親近些，就全副盤下來。反正他從小就跟著一個師傅學的，手藝精湛，也早就出師了，在辛村那邊很是受村民喜歡的。」

趙氏聽完便不再說話，只微微一嘆。

吳大娘露出些惋惜之色，但也早就在她意料之中，任誰看上這少年都會喜歡，可只要一問行當便會轉了態度。這孩子啊，是完全被自個兒的手藝給耽擱了，品行再好又有什麼用，做這些東西到底是賺死人錢，別人都嫌晦氣。

趙氏好不容易看中一個卻被打擊，此時也沒有多少心情，轉身去幫著一起收拾。

幸好沒能對上，杜小魚倒是鬆口氣，萬一這少年樣樣都合趙氏胃口，可不就要吳大娘幫著撮合此事？可那邊杜黃花還要兩年多才能出師呢，被趙氏知道因此毀了個好姻緣，不曉得要氣成什麼樣，而她的下場也會更加的悲慘。

「大娘，我有事跟您說。」杜小魚叫住吳大娘，這三年契約的事秦氏曉得，可吳大娘還不知道，最好還是先通通氣，讓她想個法子拖著。

吳大娘也不知道她要幹什麼，只見她滿臉焦急，就跟著她一起來到後院幾捆草垛後面。

杜小魚方才細細說了。

吳大娘聽完忍不住責備兩句，村裡頭是很重視姑娘的年紀的，一般到了十五歲還沒人說親就該被人嘲笑了，而杜黃花卻要十八歲才能從萬家出來，等找到個好人家不得有十九？也難怪不敢告訴趙氏。

杜小魚只連聲說好話，又道她大姊是如何喜愛刺繡，還把秦氏拉進來，說她也支持的。既然秦氏一心想要以後占點便宜，怎麼著也得拉著當墊背。

果然，吳大娘就把火都發到秦氏身上去了，狠狠罵了幾句，說杜小魚是小孩子，這秦氏也不懂事瞎摻和，幸好秦氏不在，不然杜小魚得被她的目光戳幾個洞。

注：紙馬鋪子，在古代，賣紙錢、香燭、冥器等東西的鋪子叫紙馬鋪。

「也罷了，既然事情已經這樣，我跟妳娘說說，再緩些給她找親家。」

「謝謝大娘。」杜小魚恭敬地行了個禮。「不過我大姊學這個悟性很高，若是提早學成的話，萬太太應也不會強求非要守著那契約來。」

「妳這鬼丫頭，現在可是把我也算計進去了。」吳大娘點點她腦袋。「要是妳娘曉得了，不知道會惱成什麼樣，不過秦妹子臉皮厚，到時候把她推出去就是，大不了讓妳娘打一頓，她反正告饒也有一手。」說著直笑。

秦氏確實是背黑鍋的最好人選，杜小魚也掩嘴笑起來，連吳大娘都這麼說，以後趙氏發現的話也只好揪她出來，想賺錢總得付出代價嘛。

兩人商量完這事就各忙各的去了。

第三十九章

第二日早上余鐵匠帶過來四個大鐵籠子，杜小魚在他那兒共訂做了兩批鐵籠，這回比前一次便宜些，只收四百五十文，不過八個籠子加起來也快要一兩銀子了。

趙氏就覺得大手大腳，但銀子都是小女兒自個兒掙得，便也沒話好講。

杜小魚把餘款付好送走余鐵匠後，回頭把鐵籠一字排開，每隻兔子各占一籠。現在八隻都已經成年，其中共有三隻公的、五隻母的，是時候為牠們配種了。

她抱出先買來的公兔子放進後批某隻母兔的籠裡，結果也不知道這公兔子是不是憋壞了，一進去就是一陣狂風暴雨，追著壓，把那母兔子嚇得嘰嘰直叫。

兔子一般是不會發出聲音的，除非驚恐到極點，杜小魚看著也是心驚膽顫，趕緊又把那公兔子給弄出來，差點還被牠咬一口。

難怪說兔子急了都咬人，這話絕對是真的，公兔子在籠裡瞪著破壞牠好事的杜小魚，竄來竄去，又啃籠子，別提多暴躁了。

杜小魚抓著頭，也瞪著公兔子看，心道一點也不溫柔，都說心急吃不了熱豆腐，看這急的，簡直要母兔子命，活該成不了。

杜文淵從林嵩那兒回來正見一人一兔對峙著，笑問道：「在想什麼呢？」

「沒、沒想什麼。」杜小魚有些結巴，雖然她的內在不是小孩子，可讓她跟一個少年當面談論兔子交配的事，那絕對無法做到，就轉身去弄花圃裡的那些花花草草。

杜文淵瞧瞧幾隻兔子。「都長這麼大了，妳打算怎麼弄？聽說兔子一窩多的話有十隻左右，妳這兒幾隻母兔？到時候怕不得有幾十隻小兔子？」

「嗯，先養著吧。」杜小魚含含糊糊，她有好幾個方向正考慮著，將來也不確定走哪一條路，現在談的話還是早了些。

見她這個樣子，杜文淵就沒有再問，又說道：「上回借的農書可有看不懂的？」

「現在識的字多了，大抵都看得懂，」杜小魚修剪著金銀花的枯枝，忽地想起個事，仰頭道：「那《農桑輯要》我看完了，原來不是全本呢，二哥這次帶回去幫我還了再把下面的幾冊借過來，好不好？」

杜文淵略有些失望，她現在已經完全不用他教了。「我能說不好嗎？」說著就進屋去了。

午時一家人便去到白家，崔氏果真請了張氏，還有他們家大兒子柳福過來，看起來確實相熟，那張氏跟崔氏不知道多少話講，兩個人時不時迸發出笑聲。

白蓮花今兒打扮得很漂亮，月白色繡荷花的對襟襖，下面是條水綠四幅棉裙，腰間還繫條五色絲條，髮上別著兩朵珠花，顯得清麗脫俗。

那柳福已經二十多歲了，都忍不住往她那兒盯著看。

趙氏也是眼前一亮，這白蓮花她也見著過好幾回面，可沒料到裝扮一下竟這般不同，忍不住就誇了兩句。

白蓮花這次沒有像往常那樣沒心沒肺，而是主動給趙氏幾個端茶倒水，但又沒有過分殷勤，一切都恰到好處。

恐怕又有什麼壞主意，杜小魚是瞭解她的，背地裡使沒給好臉色。

席面早就擺好，寒暄完崔氏就請他們上桌，又提到張氏的大兒子給白士英的堂弟在縣裡介紹事情做，這頓飯聊表謝意，接著就說起田地的買賣。

張氏倒是個爽快的人，說看著趙氏也投緣，當即就願意出讓五畝地，價錢也是公道，五兩銀子一畝。

趙氏沒料到那樣順利，喜得不知道說什麼才好，這田買下來，以後這邊十畝良田就連在一處，那邊十畝開荒的也是一起，十分便利，一家子以後吃穿靠這些地完全足夠，銀子就能好好存下來了。

桌上氣氛歡快，但杜小魚不是很歡快，但也不好怎麼表現出來，便只顧低頭挾東西吃，魚肉還真的挺多的，紅燒清蒸都有，不過也只有這個蒜黃炒魚片比較喜歡，很嫩滑，刺也少。

不曉得是哪種魚做的？可能河水沒有受到污染，肉質比起後世鮮美得多，而魚片的吃法令她不由想起以前常在館子裡點的酸菜魚，也是她唯一愛吃的有關魚的菜。

這頓飯吃到一半，終於起了新話頭。

張氏看著白蓮花直笑。「這小臉兒真真是標致，難怪都有人上門提親了。」

白蓮花立時紅了臉，低下頭不敢說話。

崔氏笑道：「我們家蓮花還小呢，不過才要十三歲，哪兒就要說親呢，大姊別拿她開玩笑，她可怕羞得很。」

「過了這個年可不就又多一歲，想當年我就是這個年紀嫁人的，有什麼小？」張氏不以為然。「也可以看著定下來了，我看那黃家小兒子人就不錯，一手好功夫，縣裡都有人巴巴地找來訂製馬車呢，聽說最近還要開個鋪頭，到時候生意肯定紅紅火火的。」

崔氏只敷衍。「還早著哩，不急不急。」

張氏眼睛一轉，拉著趙氏的手道：「那黃家妳也聽說過的吧？過了這村可就沒這店了，妳倒是勸勸她，眼界也別太高，就家裡有幾畝地，又沒手藝，都不如工匠、木匠掙錢多哩，要說以後好，那也得看得見，是不？」

沒等趙氏反應過來，崔氏忙揮著筷子道：「怎麼淨提這些事了，張大姊妳也是，蓮花還在呢，可不是把她臊得慌呀，來來來，快吃菜，都涼了。她爹，你把酒給熱一熱去。」

白蓮花的臉越發紅了，抬起頭時兩隻眼睛水汪汪的，先是朝杜文淵瞥一眼，然後就站起來告了個退，說是給她大哥送些飯菜去。

「兄妹倆感情真好。」張氏斟酌著言辭。「與時他身體可好些沒？上回還見著走出來曬太陽的。」

以前只要提起這兒子，崔氏難免發悶，這會兒卻露出欣慰之色。「倒是真好些了，多虧我表姊送來一劑膏方，現在也能四處走走，叫大夫來看，說是很有用。」

這是喜事，眾人都替他們家高興。

杜小魚雖然不喜杜黃花跟那白與時有牽扯，可知道他的病情好轉也是歡喜的，到底是認識的人，難道還會盼著別人不好不成。

用完飯張氏就告辭了，讓杜顯夫婦過兩口去跟他們簽契約。

崔氏留趙氏坐了會兒，白士英則跟杜顯在談論釣魚，杜小魚聽了陣就回堂屋，卻見白蓮花也出來了，正拿著幅字請教杜文淵。

「杜哥哥，你給我看看，」她細白的手指點在宣紙上。「總覺得都不太好，看上去彆彆扭扭的，我在你家書房見你寫的小楷，又挺拔又整齊，到底怎麼寫出來的呀？」

杜文淵倒也認真指點，說哪裡沒有用力均衡，又是哪裡收筆太急，叮囑她姿勢要端正，更應勤加練習。

白蓮花連連點頭，一副虛心受教的模樣。

平日裡她來家裡可是從來都不纏著杜文淵的，今兒一反常態，杜小魚湊過去看看，這毛筆字雖不好看，但極為端正，還真是用功寫出來的，絕沒有敷衍。

「杜哥哥，我跟小魚妹妹寫的字比起來如何啊？」白蓮花微微一笑。

杜文淵瞅瞅杜小魚，一時答不上來，因為他忽然發現，好像很久很久沒有見過杜小魚練字了。

杜小魚有點尷尬，她一開始就跟著杜文淵寫寫，後來他要考院試，接著又去縣裡的書院入學，哪有空督促她，而她在這方面又是個懶人，成天要嘛看農書、要嘛進山挖草藥、要嘛去田裡忙乎，現在寫的字估計跟狗爬差不多。

「怎麼了？」白蓮花奇怪道。

「我怎麼比得上蓮花姊呢？」杜小魚眨眨眼。「這練字得用心，我比蓮花姊差遠了。」

白蓮花謙虛地道：「哪兒呀，說到用心妳一點不差，杜哥哥也說了，要勤練才好，以後我跟妳一起寫吧。」

藉機來他們家？真是好計算啊，杜小魚撇了嘴不說話。

倒是趙氏聞言笑道：「蓮花也會些針線活的，到時候教教小魚，黃花不在，妳們兩個小姊妹應多來往來往。」

居然就轉變心意了，崔氏這招投其所好倒是使得好，不過她娘也太容易被收買了吧？杜小魚仍保持不吭氣。

白蓮花只是溫和的笑，偶爾問問杜文淵書院裡的事，言行舉止極有分寸。

要臨走時，白與時出來露了下面，果然比上回看著精神，臉頰上也有血色了，而他自是有禮貌的，換得杜顯連聲暗嘆，回去的路上還說可惜這少年，但願能康復之類的話。

杜小魚則一門心思都在白蓮花身上，擠在杜顯跟趙氏中間問道：「娘您又喜歡蓮花姊姊了啊？以前也不見喊她來玩的。」

趙氏輕描淡寫。「女兒家總要有一、兩個金蘭好友，黃花現在也不在家中，叫妳蓮花姊姊過來不好？別成天鑽到錢眼裡去，要不就弄個滿身泥，妳要到她這個歲數，有那麼穩重我也知足了。」

裝的都看不出來，杜小魚忍不住拍自己的腦門。「誰說我沒有好友啊，我明兒就去找周二丫去。」

杜顯見狀小聲道：「小魚說的也沒錯，妳以前不也看不中他們家蓮花嘛，說傻愣愣的，」

他頓一頓。「不過今兒確實看著挺好，他們家倒是會教導女兒呢，才這麼點工夫就變了個人似的。」

趙氏嘆口氣。「實在是張大姊那話說到我心坎上了。」他們家不就只有幾畝地嘛，又沒有手藝可以依存，而考舉人絕不是那麼好考的，想那劉夫子不就考了十幾年，更別說還有考成白頭髮的，總不能把什麼都押在這條道上。

杜顯沒了悟她話裡意思，只在想張氏到底說了哪句重要的話，他怎不記得？

杜小魚落在後頭慢吞吞走著，也沒有去試探杜文淵的心思，到底年紀還小呢，誰曉得有什麼變化，來就來吧，反正水來土掩、兵來將擋就是。

隔一日，杜文淵離家去了書院。

杜小魚白日趁家中無人，又開始幫兔子配對，足足忙了一下午，總算沒有出現跌打損傷的意外。有道是一個蘿蔔一個坑，有瘋狂的公兔子就有瘋狂的母兔子，她算是看足好戲，接下來自是期待小兔子的到來。

最近天氣是好的，她終於決定對付那些杏仁，不過光從殼裡把仁弄出來便是費好大一番功夫。

以前倒是嚐過不少關於杏仁的吃食，有杏仁豆腐、杏仁蝦球、杏仁優酪乳蛋撻，還有杏仁巧克力餅乾、杏仁炒荷蘭豆，她扳著手指數來數去，發現還真是五花八門，可見杏仁也是個百搭，做什麼都可以，不過聽說是不能多吃的，大概能入藥，帶著幾分藥性吧！

可到底做什麼好呢？

她跑到廚房把櫃子翻了個遍，找出些花生、大米、芝麻等自家種的東西，品種不算豐富，而雖然地裡有蔬菜，可炒菜的話太一般了，做餅乾、蛋糕嘛也不可能，想來想去還是決定做個杏仁茶試試。

杏仁茶據說是北京的風味小吃，不過飛仙縣這兒並沒有，至於北京現在有沒有她就不曉得了，反正也是按照曾經看到的一個法子做，說不定自成風味也不一定。

她忽然很期盼，動作就快起來，拿葫蘆瓢把大米、糯米各舀一瓢混合好洗乾淨，然後泡在涼水裡便去處理杏仁。

杏仁核放得有些久，仁略顯乾癟，但也並無大礙，用溫水泡了把外面黃皮搓掉，洗乾淨後，再跟泡了差不多一個時辰的大米與糯米一起用石磨磨碎，又濾掉殘渣，接下來就是入鍋煮沸。

燒火有些麻煩，不過杜黃花不在家，趙氏炒菜的時候她多少要搭把手，自是遊刃有餘。

煮了差不多一炷香時間就開了，她拿了個大碗把早就準備好的碎芝麻、花生、紅棗等放裡面，又加入糖，然後再把那稀糊倒入碗中，杏仁茶就此完成。

迫不及待吃了口，香滑暖胃，比買現成的杏仁粉沖泡要好吃得多。

獨樂樂不如眾樂樂，成果自然要找人分享，她找來一個食盒，把杏仁茶盛好，提著去吳大娘那邊了。

最近兒子一家三口都住在這兒，吳大娘多數時候都在幫著帶孩子，見杜小魚來了，便把懷裡的小土旺放炕頭上，又用小棉被蓋好。

「土旺睡著了？」杜小魚輕聲道：「我熬了杏仁茶呢，想給大娘和美真姊嚐嚐。」

林美真正在繡東西，聞言笑道：「妳儘管說話，吵不醒的，這小子睡著了跟他爹一樣，雷打都不動。」

吳大娘走上前兩步。「妳這丫頭還會煮東西吃啊？叫杏仁茶？倒是頭一回聽說。哦，是了，妳娘說妳有次從山裡弄了很多爛杏子回來，原來是看中裡面的仁了。」又回頭對林美真道：「咱們小土旺以後可得學學這小魚姨，腦袋瓜裡裝的東西可多呢。」

「吳大娘別笑我了。」杜小魚裝了兩碗杏仁茶遞過去。

吳大娘低頭一看，只見碗裡東西潔白剔透，配著那些花生、芝麻又鮮豔又好看，未吃就聞到股濃郁的杏仁香味，當下忍不住湊到碗邊喝將起來。

「還真不錯。」吳大娘抬起頭，咂咂嘴道：「裡面摻了米吧？沒想到跟杏仁放一起煮倒挺好吃，糖也正好，多了就發膩了。」

林美真放下碗。「是啊，縣裡馬記粥鋪都沒有這種杏仁茶的，那會兒我胃口不好，相公總換著買給我吃，要是有這個茶，指不定每日都要呢。」

「幸好沒有。」杜小魚忙道：「醫書上說，有喜的人不能吃杏仁，對肚裡的娃不好的。」

「啊，還有這回事？」林美真瞪大眼，拍著胸口。「還好沒吃，不然小土旺不知道會不會生病。」說著就跑到土旺身邊好好看了幾眼，極為後怕。

吳大娘把剩餘的吃完，笑咪咪道：「家裡還有沒有了？再去弄點過來，一會兒妳秦大嬸要來，吃了肯定高興。」

杜小魚應一聲回去了，再來的時候果然見秦氏正遠遠地在小道上走著。

等她進了屋，杜小魚端上一碗杏仁茶。「大嬸您吃吃看這個杏仁茶，可有什麼不滿意的，我好改進下。」

「好，好，我正覺得肚子空呢。」秦氏喝幾口，點頭道：「倒是有股杏仁味，比粥又稀薄點，挺香的。」

「我也覺得好吃呢，這丫頭算是承到趙妹子的手藝了。」吳大娘插一句，又問秦氏。「妳倒是說說，要商量什麼事？」

「上回我找妳家德昌讓他幫著找房子，說是有一家姓呂的要賣，我前日帶術士去看了下，他們那處小院在西北隅，風水朝向好，很旺財，那呂老爺聽說就發起來了，現在舉家要搬去齊東縣……」

不等她說完，吳大娘打斷道：「妳真想在縣裡買房子？可不是一二般價錢買得到的。」

秦氏頗為得意。「都談好了，共一百五十兩銀子，我就想問問大姊覺得怎麼樣？」

「我覺得怎麼樣？」吳大娘瞪起眼。「妳談都談好了還來問我，是尋我開心呢？」她搖著頭。「真真是不可理喻，妳算是為這個兒子掏盡家產了！」

秦氏轉到吳大娘身後，抬手給她捏起肩來。「妳也知道我苦命哇，給兒子找個媳婦不容易，」她頓一頓。「現在就差稍許銀子，趙大姊買了五畝地肯定也沒有剩餘，大姊，我可只有妳了啊！」順勢撒起嬌來。「明年就還，可好？啊，好不好？」

原來是借錢來了，杜小魚一頭黑線，立馬又想起自個兒身邊的銀子，心道恐怕秦氏並不清楚，只當全給了林嵩，不然這會兒指不定在纏著她呢。

吳大娘從椅子上跳起來，指著秦氏本想勸兩句，但見她一臉討好的笑，便甩甩手打消念頭，這人要是鑽了牛角尖還真沒有辦法，只道：「差多少？」

「二十兩。」秦氏知道她願意借了，又解釋道：「我倒不是沒有，可錢好些在鋪子裡一時拿不出來周轉。」

吳大娘重重哼一聲，轉身去屋裡取錢。

秦氏閒著又來跟杜小魚說話。「等妳龐大哥置辦好了，妳常去玩玩，好幾個房間呢，長住都是沒有問題的，反正妳大姊、二哥都在縣裡嘛！」

對她這種做法杜小魚也沒啥好想的，這就好比後世那些人一樣，喜歡往大城市裡鑽，倒也不能說對或錯，只是各人志向不一樣吧。

「那我先謝謝大嬸了，不過龐大哥去縣裡做什麼呢？」這個她很有疑問，龐誠這個人沒啥手藝，而且又是一直在爹娘的羽翼下生活，總不會待在那裡閒著吧？

「這個……」秦氏皺了下眉，她讓龐誠去縣裡，一是不想讓他再種地，二來也讓他去鍛鍊鍛鍊，這個兒子實在太老實。「本是想讓他去集市先賣賣菜，要不占地擺攤也行的。」

「那龐大哥可慘了，要去跟別人爭生意呢。」杜小魚擔憂道：「大嬸不怕他被人欺負呀？」

「不然幹什麼？」秦氏也沒個好主意。

杜小魚低頭看著手邊的食盒，其實剛才聽到林美貞提到馬記粥鋪的時候她就想到了商機，既然飛仙縣沒有杏仁茶這種小吃，倒是可以拿來掙錢，看街邊賣炸糕的生意都很好的，沒道理這個行不通。

「大嬸，您看叫龐大哥試著賣賣這個好不好？」她提議道：「當早點吃很合適的，順便再做點餅子一起賣。」

秦氏聽著眼睛一亮，拍手道：「好，這主意好，叫杏仁茶是不是？」

「嗯，做起來也不難，反正你們縣裡有房子，現做現賣也新鮮。」

吳大娘拿著銀子出來聽到兩人對話，心道這丫頭真不像是趙氏生的，要說秦氏生的還讓人比較信服哩！

秦氏謝過吳大娘，心思已經完全到杏仁茶上面去了，卻聽杜小魚又道：「賣不掉可不怪我哦，也只是隨口一說。」

這小人精，秦氏戳戳她腦袋。「賣得好少不了妳的分！走，給我說說怎麼做的。」當即撂下吳大娘，就拉著人往門外走。

見利忘義的，吳大娘指著她背影少不得罵兩句。

不過要做這早點生意怎麼也是過年後的事情了，但兩人把話言明，若是行得通，杜小魚要頭一年賣杏仁茶三分之一的收入，至於以後再怎麼賺錢都不關她的事。

秦氏曉得她年紀小，做事卻不含糊，便允了，還讓她閒時再想些別的吃食，價錢嘛，再議。

跟她來往就這點特別好，哪怕完全暴露自個兒貪錢的一面，也不覺得有什麼不對，這大概就是志同道合？但她要是生個兒子應該不會像秦氏這樣的，杜小魚想著自己都忍不住笑了，扯遠了，誰知道多少年後的事情呢！

這日又在觀察兔子，有四隻明顯是懷上了，肚子微微隆起，沒事就拔毛往籠子裡到處扔，嚇得杜小魚忙用棉花把籠子塞得滿滿的，一邊感慨兔子的母愛，為了寶寶暖和，竟然不惜變成沒毛兔呢。

剩下的一隻母兔沒什麼動靜，她趁著沒人在家，選了隻公兔子放進籠裡，哪隻對哪隻都是記好的，這麼做是為了看看哪一對生下來的寶寶最健康，為將來做種兔而準備。

結果還沒弄完，就見杜顯急匆匆跑進院子，她嚇一跳，趕緊把公兔子抓出來，又問她爹怎麼會這麼早回來。

杜顯呸的一聲道：「那婦人又去妳林大叔那邊了，現在鬧大了，我得去看看。」說完把手裡農具扔地上就要往外面跑。

「等等我，爹，我也去！」杜小魚把門一關。

「小孩子湊什麼熱鬧？」杜顯皺起眉。「那婦人嘴巴髒得很，別污了耳朵，快回去！」

「那不行，林大叔可是救我一命的大恩人，我怎麼能回去？」杜小魚自然不肯。「若是二哥在肯定也要去的。爹，您還不快走，林大叔指不定等著咱們幫忙呢！」

杜顯拗不過她，又擔心林嵩那邊的狀況，只得拉著杜小魚飛快地跑起來。

果然遠遠就看見武館門口圍著一群人，隱隱還有忽長忽短的哭聲。

別是出人命了吧？杜小魚心道，早前就想著林嵩會不會動用武力，難道真的應驗了她的想法？

第四十章

「爹，到底怎麼回事，我看不到呀！」杜小魚人長得矮，被前面幾個人一擋完全看不清楚，根本不曉得是個什麼情況，幸好手還能扯到杜顯衣角，便趕緊拚命拉拽著。

杜顯感覺到了，回頭伸手一撈，把杜小魚拉近，然後抱起來。

眼前一下子大亮，讓杜小魚想起杜顯常玩的空中飛人，她呼出一口氣，終於可以看到了。

原來連村長都來了，邱氏也在，杜小魚轉頭到處看，終於發現了那醜婦，她就在院門口，眾人的面前，只不過極為狼狽地躺在地上，那如吟唱般的尖聲也是她口裡傳出來的。

「妹妹，妳忍著點，一會兒大夫就來了，」她身邊還有個兄長在安慰她，又瞪著林嵩。「你現在做下這種事，倒是說說看怎麼辦？我妹妹指不定就殘了，你可是害她一輩子！」

林嵩穿著身松綠色的短打，神情平靜，似還有些不屑，聞言淡淡道：「藥錢我不短你，你若不服，儘管去衙門。」

那婦人兄長氣得臉色鐵青，從沒見過這樣張狂的，打了人竟然絲毫沒有愧意，他看向村長。「村長啊，您可得為我妹作主，總不能白白給他打了。我妹又不是老虎，好心送飯給他吃，卻遭到這種對待，真是比畜牲還不如呢！」

聽到這裡，杜小魚明白了，原來那婦人又來使這種送吃食的招式勾搭人，只不過林嵩再也沒有耐心敷衍。

村長很是為難，左右走幾步，沈吟道：「林壯士，你真對她動手了？人是被你扔出去的？」

「沒錯。」林嵩直言不諱。「不問而入是為賊，早就明說過不歡迎她，誰料一而再、再而三的闖入武館，人豈有聽不懂人話的道理？」

此言一出，眾人譁然，立時就有人喊道：「真是自作自受，男人死了就忍不住來勾搭林壯士，實在是下賤！」

杜小魚愕然，原來還是個寡婦啊！

但是很快又有人反駁。「明明是林嵩仗著打虎英雄的名義，到處拈花惹草，怪得了誰？今日是這婦人，以後指不定就是你娘子呢，咱們村子可容不下他！」

「就你會滿口噴糞，沒有林壯士，咱們山裡都去不得，你倒是去打隻老虎看看啊？」

「沒錯，林壯士俠義之風哪個比得上？分明是她水性楊花！」

「該當浸豬籠，還想壞咱們打虎英雄的名聲呢，呸，這村裡哪個男人不去招惹，非得來招惹林英雄！」

男人們被她們說得受不了，只覺心頭火蹭蹭地往上竄，個個冒出來反駁。

「滾回去繡妳們的花去，一個個娘兒們來湊什麼熱鬧？」

「真是一天不打，上房揭瓦呢，他算什麼打虎英雄，打女人草包還差不多！」

實在是異性相吸，同性相斥啊！杜小魚聽得直樂。

「都給我住口！」可村長聽不下去了，一聲大喝。「再胡說八道的話，全都給我回去！」

四周這才安靜下來。

那寡婦呻吟著，聲音抖抖地道：「腿，腿好疼啊，怎麼辦？我的命怎這麼苦，怎麼就攤上這種事?!」

她兄長也嚎起來。「村長，我知道您做事一向是最公正的，這回怎麼也該給我們一個交代吧，不能因為他打了隻老虎就放過他啊！」

杜顯此時也知道了事情的來龍去脈，高聲喝道：「你們兩個不要臉的，你非得逼著林大哥娶你妹妹是不是？」

那兄長道：「不知道你這話什麼意思？現在林嵩打了我妹妹，難道還不能怪他嗎?!天下哪有這樣的道理？」

「你妹妹不就心心念念想嫁給林大哥嗎？不然你上次也不會找我幫著撮合的！」杜顯抱著杜小魚擠進院子，對村長道：「就算林大哥把她扔出去也是情有可原，當初我就勸著叫她不要再上門來找林大哥，非不聽，現在好了，被趕出去了又反過來咬別人一口！」

他大義凜然，一改往日溫厚個性，杜小魚心道，偶像的力量果然是強大的，她爹居然絲毫不怕，跟村長都那麼衝口氣呢！

村長不置可否，只慢慢道：「怎麼說也是打了人的。」

「賠錢就是了，總有個先來後到，要不是她騷擾林大哥，哪個會趕她走，不是咎由自取嗎？」

那寡婦扭過頭狠狠瞪了眼杜顯，又哭叫道：「村長，送個飯就是想嫁給他嗎？林大哥為咱們村子做了好事，哪個人不尊敬他？小川他娘還不是三天兩頭的往這兒跑，怎麼就不說她水性楊花？我不過敬他是英雄想慰勞慰勞，誰料就得這個下場！村長，您是咱們村的父母官，可不能偏信別人啊！」

小川他娘是被老虎咬死了相公，林嵩就是恩人，豈能跟她的齷齪心思相比？真能拉人下水！杜小魚鄙夷地瞧她一眼。

杜顯可容不得她狡辯。「林大哥怎會是這種是非不分的人？妳可不要誣陷他，村長，還請您好好思量，知縣大人都誇林大哥是個德行兼備的人呢！」

「什麼德行兼備，我看是貪色之人才對！」邱氏本沒怎麼說話，但見到杜顯父女倆就不淡定了，立即站在那兄妹倆同一陣線。「你不就是因為你兒子是他徒弟嘛，現在就睜著眼睛說瞎話了？要真那麼好，怎麼不第一次就把人趕出去，非得熬到今日？你敢說他不是想占點便宜？」

「胡說八道！」杜顯怒道。

杜小魚心想這醜婦有什麼便宜好占的？邱氏為了落井下石，真是什麼話都講得出來！

「這樣吧。」村長斟酌一番，作了最後決定。「先等大夫看過再說，鄰里之間總會有口角，推推打打也少不了的，要是沒有大礙就算了，和和氣氣才好嘛。」

見他這態度，婦人露出失望之色，怎麼肯就此罷手，只狠狠拉著兄長的手，嘴裡又在哼哼唧唧，顯得很痛苦。

「哎呀，我妹不行了啊，村長，您得給句話，要是我妹以後落下病根，是不是林嵩負責？這總不好推託的吧？」

「是啊，這可是耽擱別人一輩子呢，表舅您快說句話！」邱氏惡狠狠瞪著杜顯，這林嵩跟杜家是交好的，不給碰杜家，難道這粗人還不能碰？

村長皺起眉，林嵩得縣主賞識不好得罪，可這兄妹倆非得咬著他不放，加上一個一心想報復杜家的表甥女，當真是煩躁得很。

「大夫來了。」這時有人喊道。

「來，快給她看看。」村長忙道，要是傷沒有妨礙，那就大事化小，小事化了。

大夫施一禮便去給那婦人瞧，結果一碰腿，那婦人就哇哇大叫，好像要她命似的。

「怎麼樣？」村長問道：「重不重？」

「確實是傷著了，筋骨扭到是要慢慢恢復的，重不重可不好說。」

「啊，我看這腿怕是好不了了，就算好了指不定也瘸了呢！」那婦人又在哭叫。「我的命怎那麼苦哇！」

村長更煩躁了，邱氏見狀乘機道：「表舅，現在可是事實俱在，這林嵩把人打得爬不起來，要是不懲治的話，村民們也不會服氣的！」

聽聞此言，有些男人就附和起來。「是啊，是啊，一定好好懲罰他，不然咱們村的人都危險了！」

「這樣的話……」村長嘆口氣，正要說話。

人群裡一個聲音朗朗傳來。「誰說治不好？不如讓我看看？」卻是杜文淵回來了。

杜小魚大喜，叫道：「二哥！」又看向他身後。「章卓予、萬姑娘，你們也來了啊。」不過此時不是閒話的時候，她輕聲道：「二哥你要給她治傷？」

「嗯。」杜文淵衝她一眨眼往前去了。

「是你？」村長瞧瞧他。「你何時會看病了？」

「看過些醫書，」杜文淵衝村長行了個禮。「村長就讓我一試身手如何？剛才那人說他妹妹要是有個三長兩短就要我師父負責，我既然是師父的弟子，自然是要為師父排憂解難的，如有任何不好的後果，我一力承擔便是。」

那兄長還沒回答，那邊杜顯嚇得臉色發白，衝過去道：「胡說什麼，要是治不好，你難道要娶這個不要臉的？」

那兄長也道：「小子別來搗亂，這是你師父的事。」

「怎麼，難道你們心裡有鬼不成？」杜文淵看著那婦人，嘴角含著抹淺淺的笑。

那婦人的臉慢慢泛紅，這少年臉如美玉、身材修長，立在那裡如同一枝青竹似的，看得她心兒都慌起來。

「給他試便是。」她吐出一句話，反正好不好還不是她說了算。

她兄長嘴角一抽，但婦人都發話了又能奈何，只得同意。

杜文淵走到婦人身邊，問道：「哪條腿？」

「右腿。」

他點點頭，看向那大夫。「你可帶了銀針過來？」

「有。」大夫也有看好戲的意思，銀針豈是隨便可以用的，這小子乳臭未乾，就誇口能治得好，他倒要看看怎麼治，便把隨身藥箱裡的銀針匣子遞過去。

針。

「小魚，妳過來。」杜文淵接過來，把匣子打開來一看，幾十支銀針在陽光下泛著寒光。

婦人在這一瞬間忽然有些後悔了，可近在眼前的那張臉偏是溫和含笑，手指捏起根長長的銀針。

杜文淵又道：「小魚，把她小腿露出來。」

杜小魚撇撇嘴，她也不想碰這女人，不過要讓杜文淵碰她更不願意，就伸手把婦人的裙子稍微撩起。

杜文淵沒再說話，只靜默片刻，招呼都不打一聲，直接就把銀針扎了下去。

頃刻間，殺豬般的嚎叫響徹天空。

婦人一下子從地上蹦起來，踉踉蹌蹌奔了好一段路才停下，涕淚橫流。

「啊，原來能走啊！」立刻有人叫道。

「是啊，根本就沒傷到腿嘛，這女人果真是下賤居然裝傷騙人！」

村長也翻了臉，袖子一甩。「你們兄妹倆太不像話，以後別再幹出這種事，否則絕不輕饒你們！」

「沒有啊，村長，我妹妹真是傷到腿了啊，村長，您別走！」那兄長急死了，又要挽留村長，又要去看他妹妹，不知道怎麼辦才好。

「這不要臉的婦人！」杜顯連連搖頭，又去驅趕人群。「還瞧什麼啊，沒見是騙人的，根本就沒摔著。」

女人們就圍著那婦人一通罵，男人們也罵罵咧咧地走了。

「二哥，你還會扎銀針啊，什麼時候學的？」杜小魚問。「我瞧著她確實是傷到腿了，不然應該不會讓你試吧？你是把她治好了？」

「都還沒學怎麼治？」杜小魚越發奇怪。「那她這是……」

「啊？」杜文淵淡淡道。

「太疼了吧。」

「啊？」杜小魚身子一抖。「二哥你真狠！」能讓人忘掉本身的疼痛爬起來那得多疼啊？那婦人這回真算是自作自受了。

這時章卓予拉著萬芳林過來道：「杜師兄本想帶我們來拜見下林師父的，沒料到一來就瞧見好戲，可比書上還精彩呢，不過杜師兄你是怎麼讓她爬起來的？你會銀針刺穴？」

杜文淵笑笑不答。要什麼刺穴？他現在有點內力了，讓人疼還不容易？不過幸好銀針沒有斷在裡面，不然可就有點麻煩，他微一揚袖子。「走，帶你去拜見我師父。」

章卓予早就聽聞打虎英雄的大名，近距離一看林嵩，果然身材魁梧、威武不凡，自是敬仰得很。

杜小魚則在旁邊跟萬芳林說話。「怎的今兒突然來了？」

「前幾日表哥聽到杜公子問集市的一個小販怎麼抓螃蟹，才知道妳想自個兒去河裡釣。」萬芳林抿嘴笑，帷帽下隱約露出嬌美容顏。「表哥也最愛吃螃蟹了，就跟爹娘請示說要帶我過來村裡玩，娘就准了，還讓我們在這兒住兩天，到時候跟杜公子一起回去。」

聽到有釣螃蟹的法子，杜小魚便忍耐不住，忙忙地拉著杜文淵去問。林嵩本也是每日在他們家用飯的，眾人便一起走去杜顯家。

「……原來螃蟹很笨，只要用釣竿繫上生豬肉，垂入水底，它就會去吃了，等發現竿動再輕輕提起來，不過不能離水，不然它要鬆開鉗子的。到時候再用網兜去抄，只要在水裡它都不逃的，只緊緊夾著肉。」杜文淵細細講道：「還有個法子，大黑了掌燈去抓也好，因為螃蟹喜光，會聚攏過來。」

聽著跟釣龍蝦很像，杜小魚以前釣過龍蝦，不過那東西可比螃蟹笨多了，只要吃到食，打死也不鬆口的，網兜都不需要用，只要上去抓住它身子一扯就行。

「咱們晚上就去吧！」她興奮地摩拳擦掌。「燈籠反正好找，再借些漁網。」

「也不怕冷?!」杜顯道。「晚上風大，萬一章公子跟萬小姐凍著了怎麼辦？」

「多穿點就是了，章卓予、萬姑娘，是不是？」

杜顯一拍她腦袋。「沒禮貌，也不叫聲公子，哪有連著人家名字一起叫的？」

杜小魚抓抓臉，見她爹瞪著自個兒看，只得改口道：「章公子。」

「叫我卓予就好了，」章卓予笑道：「杜大叔，我們跟小魚又不是第一回見，用不著這麼生疏。」

「爹您看，可不是我要這麼叫的。」杜小魚順杆子往下爬。

「人家那是有風度，以為跟妳一樣？或者叫聲哥哥也像話點。」杜顯話雖這麼說，但也沒堅持，只覺著看這少年越發順眼，是個年輕秀才不說，人還謙虛有禮。

「卓予，聽說你也愛吃螃蟹啊？」還是叫名字吧，雖然比她大，但添個哥字實在有點兒叫不出來，到底才十一歲。

「那是當然，不到廬山辜負目，不食螃蟹辜負腹！」章卓予看著她笑，自從上回她拿自己開玩笑後，兩個人的關係便更為熟稔。「我以前也經常抓螃蟹吃，可惜杜師兄不問我，非得跑去問販子。」

「啊，原來你也會抓的啊。」不過想想也是，章卓予以前就是村裡的人，會抓也不稀奇，杜小魚走上前兩步熱烈地跟他討論起螃蟹的美味。

家裡難得來兩個客人，趙氏自是施展渾身解數，做了滿滿一桌子的菜，倒是讓兩人有點不好意思，連說麻煩主人家。

「一會兒找吳大娘借兩件厚披風來，凍到了可不行。」飯後趙氏叮囑杜顯。「你也跟著一起去，兩位少爺小姐可不能出意外。」

杜顯應一聲出門去了，杜文淵跟林嵩討教劍法的問題，章卓予在旁邊聽，趙氏端著幾盞茶過來給眾人喝，又坐在萬芳林身邊問：「我們家黃花沒給萬太太添麻煩吧？」

「沒有，我娘可喜歡黃花姊呢，說她悟性高。」

趙氏點點頭。「那就好，我還怕她學不來，就這一年的工夫到底還是不長的，怕她學不好萬太太的技藝呢。」

杜小魚聞言一驚，忙伸手去拉萬芳林，誰料還是晚了，萬芳林道：「一年？不是啊，我娘跟黃花姊簽了三年的契約呢。」

趙氏一下子愣住。「什麼？」

杜小魚直叫苦，見趙氏瞪過來，只得道：「是，是二年。」

趙氏眯起眼，手握得緊緊的，但因為家裡有客人也不好發作，只一張臉像蒙了炭灰似的，說不出的嚇人。

萬芳林感覺到怪異的氣氛也不敢說話了，低著頭，不曉得為什麼趙氏突然變了樣子。

「妳跟我來。」趙氏忽地站起來。

這一聲有些響，杜文淵那邊也聽到了，杜小魚向杜文淵投去求救的一瞥，就跟著趙氏去了房裡。

兩人進房後，趙氏把門一關，轉身指著杜小魚斥責道：「妳好得很啊，竟敢騙起我來了！」

杜小魚忙把墊背的拉出來。「秦大嬸說沒事的，我看大姊那麼喜歡刺繡，就說服她先別跟娘提，完全不關大姊的事的。」她小心翼翼走上去兩步，想拉趙氏的袖子。「娘，反正也就多了兩年嘛，大姊到時候一手好刺繡，還怕找不到相公啊？」

「妳給我閉嘴！」趙氏一甩袖子。「我就知道妳心眼多，黃花本是個老實的，也被妳給帶壞了，現在兩人就騙起父母，以後還得了？」

「娘，我知道錯了，這次還請娘原諒我。」杜小魚哀求道：「外邊兒還有客人呢。」

「我看妳就沒個真心認錯的態度，」趙氏怒道：「妳給我跪下！」

見她氣到極點，杜小魚只好跪下。

「把手伸出來。」趙氏拿出把戒尺。

杜小魚驚道：「娘？」

「伸出來！」趙氏一聲喝。
杜小魚只得哆哆嗦嗦把手攤開，她沒想到會挨打，只覺得滿心的委屈。又想起這一年多的時間辛辛苦苦掙錢，可在趙氏心中的地位一點也沒提高，這次只不過是心疼大姊才騙了回人，就引起這麼大的憤怒，當下沒等尺子打到，眼淚就忍不住落下來。
「妳還覺得委屈了？」趙氏見她流淚，心裡更是惱火。「別以為哭就能躲過去，早知今日何必當初？不打妳，妳是不曉得反省的！」說完狠狠打了她兩下。
杜小魚手掌立時紅了，眼淚也掉得更多。
這時外面傳來叩門聲。
「娘，是我。」杜文淵在門外道。
趙氏不開門。「你在外面陪著客人，我跟小魚一會兒就出來。」
杜文淵沈默會兒。「萬姑娘想找小魚說話呢，她們女兒家的事我跟師弟總不方便的。」
趙氏沒辦法只好打開門，杜文淵一進去就見杜小魚跪在地上，他剛才已經從萬芳林嘴裡得知是怎麼回事，便走上去低聲問：「妳沒跟娘認個錯嗎？」
杜小魚不答，拿袖子擦了下臉。
看來沒有想像中那麼容易解決，他反身把門關上道：「娘，這事我也知道的，不全是小魚的錯，再說，她是為了大姊，而大姊也心甘情願簽三年的。」
趙氏餘氣未消，怒道：「你們就曉得護著她，現在養成什麼樣的性子，你看看她，可有真心想改？好像我還打錯她一樣！」

「娘，小魚自作主張是不對。」杜文淵曉之以情。「但是她的孝順我是知道的，說到底也是怕娘擔心，她小小年紀能做到這樣已經很不錯了。」他頓一頓。「我當初也做過錯事，娘能原諒我，難道就不能原諒小魚？」

聽他提到私自去見祖母的事，趙氏微微愣，又想起小女兒早前想讓杜黃花學刺繡時對她說過的話，再看看杜文淵，心裡不由酸楚，自己的孩子又豈會不是心頭肉？

「小魚，妳可知道為娘為何要打妳？」她走到杜小魚面前。

杜小魚吸口氣不說話。

「那妳應該曉得我上次為什麼要打妳二哥，」趙氏道：「我們一家子這些年是怎麼到今天的，還不是因為互相之間的信任？我信妳爹，妳爹也信我，而妳大姊一向穩重，以前是從不騙我一句的，妳說妳為黃花好，就是攛掇著她欺騙爹娘？妳以為我這個做娘的，不真心疼你們這些孩子是不是？」她說著也哭起來。「我恨不得把心挖給你們！」

見她哭，杜小魚慌了。「娘，我沒有這麼想。」

趙氏垂淚看著她。「要是能讓黃花過上好日子，我難道還會不肯？妳卻要和她騙著我，防起我這個當娘的來。」

見她傷心透頂，杜小魚懇切道：「娘，是我以前想錯，我現在曉得了，您是疼姊的，我以後再也不會騙您們！」

杜文淵也勸。「小魚現在是真的知道錯，娘您別傷心，原諒她吧！」

杜小魚爬起來拿出帕子給趙氏拭眼淚，真心懺悔。「娘，我真知道錯了，我不該說服姊騙人，也不該讓秦大嬸背這個黑鍋，這事全是我一個人想出來的……」

杜顯這會兒提著兩個燈籠，拖著漁網，右胳膊挽著厚披風走進堂屋，卻見只有章卓予表兄妹跟林嵩三個人在，覺得很奇怪，招呼客人兩句後就去臥房找趙氏，誰知道聽得裡頭一團亂。

「到底怎麼了？娘子、小魚，快開門！」

杜文淵打開門，他立馬衝進來。

「怎回事啊？我出去一趟發生什麼了？娘子、小魚，誰欺負妳們？文淵，你倒是說說看！」杜顯大急。

趙氏抹抹眼睛。「沒事，是說到以前日子不好過呢。」

杜小魚也在旁邊偷偷抹臉。

「哎，怎麼又提這些事？」杜顯很不解。「今兒來客人不去好好陪著，全窩在房裡幹什麼？他娘，披風我也借來了，妳找兩個合適的大桶出來裝螃蟹。」

「娘。」杜小魚怯怯喊了聲，生怕她還沒消氣。

趙氏揉揉她的頭髮，嗔道：「都是妳想聽我才講的，倒被妳爹說了，還不出去，剛才文淵不是說萬姑娘找妳嗎？」

這麼說就是原諒她了，杜小魚放下心，笑著出去了，走到堂屋門口方才停步，只覺臉上涼涼的，不由自嘲一通，都二十幾歲的人了還哭成這樣，真當自己是小孩呢！也不曉得章卓予他們知不知道，還被戒尺打，真真是丟臉，她一時不好意思進去了。

第四十一章

杜文淵跟上來，在身後問：「手疼不疼？」

「怎麼不疼？」杜小魚撇撇嘴。「你被打打試試。」

他走幾步把她手抓起來看。「還好，沒打幾下，」一邊輕輕揉著道：「妳早點承認錯不行？非得找那麼多藉口，難怪娘生氣。」

「反正打也打了，你馬後炮有什麼用！」

「看看，妳就是這樣子，」杜文淵一點她腦袋。「娘說得沒錯，以後找相公可有點難。」

「大不了不找。」杜小魚哼一聲。

「志向不小嘛，想當道姑不成？」

兩人正說著話，章卓予走出來道：「趙大嬸可消氣了？我也是疏忽這件事，忘了叮囑表妹，不然小魚也不會被責備。」

這件事他自是知道的，也是全程參與的人，剛才見杜小魚跟杜文淵先後離開就察覺不對，一問之下，就曉得萬芳林不經意透露了杜黃花簽三年契約的事。

「不關你的事，反正娘早晚都會發現。」拖著的話，要是找到門好親事，可不得把她手給打腫，但現在想想當初真應該坦白的，若是好好求的話，也會答應的吧？如今卻是傷了娘的心。

章卓予見杜文淵在給她揉手便問道：「妳的手怎麼了？」

杜小魚忙縮回手藏在身後。「沒、沒事。」

「我以前也經常惹我娘生氣的，因為不用功唸書，不知道被打過幾回，都是用好大一把戒尺打的。」章卓予笑起來。見她發窘的樣子，

杜小魚便不藏了，同情道：「你娘那麼嚴厲啊？那你不是很慘？」

「是啊，那時候也小，後來便努力唸書了，不過也正因為這樣才能考上秀才呢。」

聽起來倒是一點不憤怒，好像還很感激他娘的樣子，果然脾氣好，杜小魚衝他笑笑。「剛才爹借了兩個燈籠過來，我們去抓螃蟹吧。」

趙氏也找出兩個木桶，杜文淵跟章卓予一起改造了下漁網，五個人各帶上工具就往河邊而去。

環繞北董村的伏流河此刻兩岸都有星星點點的光，看來不只他們來抓螃蟹。杜顯尋著個好位置，把些稻草鋪在地上，讓章卓予跟萬芳林坐。

杜文淵幫著整理亂糟糟的漁網，把上下兩頭的綱繩拿好，這才扔下河去。

杜小魚提著兩個大燈籠放水邊，抬頭看去，只見夜空月亮如盤，倒映在河水中，別有一番靜美之色。

一時眾人都屏氣凝神，杜文淵忽地輕聲道：「動了，動了。」

「那快收啊！」杜小魚興奮道。

「急什麼，抓螃蟹也要有耐性，得沈得下心。」杜顯跟著白士英釣了幾回魚，說起心得來。

「逮準時機收，再等等。」

過得一會兒，杜文淵快速地收了兩把上綱繩，而後又上下繩一起拽緊把網拖上來。幾個人圍上去一看，杜小魚失望道：「啊，只有兩隻。」

「還是快了些。」杜顯點評幾句。

章卓予湊上去把兩隻螃蟹抓起來細細一看，讚嘆道：「這螃蟹好，肯定好吃！」

杜小魚聽了就要流口水，催著杜文淵道：「二哥，快，再把網扔下去。」

看這兩人盯著螃蟹的樣兒，杜文淵嘖嘖兩聲，搖頭道：「兩個饞嘴兒湊一塊兒了。」

杜顯聽得直笑。

萬芳林也掩嘴輕笑起來，又提醒道：「表哥，你上來一點，鞋子浸到河水了。」

這一晚共抓到二十五隻螃蟹，養在木桶裡，爬得嗶啦啦地響。

杜小魚去廚房倒水的時候聽趙氏小聲道：「這萬小姐睡在咱們家合不合適？雖說是跟小魚一個房，可咱們家文淵到底大了。」

「妳亂想什麼呢?!」杜顯道：「萬小姐不過十歲，哪兒要講究這些，不然萬太太也不肯放他們過來玩的，再說，妳當就他們家女兒金貴？咱們家小魚也是姑娘家，那章公子還不是住在這兒，這又要怎麼說？」

趙氏聽著也有理，萬家是商賈之家可能行事不拘小節，恐是自己多慮，但待遇自然極好，拿出簇新的被子給他們蓋，又叮囑自家兒子、女兒睡覺注意些，別弄醒旁人。

萬芳林倒也不嬌，雖在家中錦衣玉食，可是到村裡一點沒有露出嫌棄的意味，杜小魚很是喜歡她，拉著說了好一會兒話才熄燈休息。

到得第二日，四人又去武館那邊看怎麼教習武術，章卓予看到杜文淵在林嵩的指導下學到幾式劍招，大為羨慕，恨不得也拜了師父，但想到自家娘親怕是不肯便只得作罷。

到了午時眾人又回去用飯，把螃蟹上鍋蒸了吃，蘸薑醋，其中美味自不用說，一桌子的歡聲笑語。

這樣的時光總是過得很快的，一眨眼便是臨別時分。

杜小魚看馬車接走他們，心裡很是惆悵，拉著趙氏小聲道：「娘，您快給我生個弟弟妹妹吧，家裡實在好冷清啊！」

「胡說什麼。」趙氏立馬紅了臉忙忙轉身進去裡屋。

杜小魚偷笑一聲，合上手默默向老天祈禱——小弟、小妹，快來吧，我會好好養你們的！

剛過十月上旬，幾隻母兔子就開始生兔寶寶，杜小魚怕牠們冬天冷，早把籠子挪到屋裡，不過這味道實在熏人，她就想等杜顯這幾日有空在後院搭個小棚出來。

真養下去數量是驚人的，肯定必須有專門的地方，而且要通風又暖和。

杜小魚探頭看看窗外，其實他們的屋子也應該翻修一下，前後拓展下院子，不然來幾個客人都得擠在一個房裡睡，甚是麻煩。

她餵給母兔一些菜葉，現在四隻都生了，共有二十七隻兔寶寶，加上另外一隻的話估計得要三十幾隻，放一起肯定很壯觀。

那紅紅的、肉肉的小兔寶寶擠在一起極為可愛，可惜長大了命運也許會很悲慘。

杜小魚搖搖頭出了屋去，她儘量不跟這些兔子產生感情，畢竟前世是養過一隻的，很是寶貝，哪有殺了吃的道理？可現在角度不一樣了，做法自然也不同。

「小魚，來來來，正好。」杜顯衝她招招手，他顯然也是從田裡剛回來，手裡拿著樣東西，有點發愁的樣子。

杜小魚瞅一眼。「是信？」

「是啊，字寫得太亂，看得我頭疼。」杜顯把信遞給她。「這是妳大舅的信，妳去給妳娘唸唸。」

對於趙氏的兄妹她是完全沒有印象的，但對信很是好奇，趕緊拿過來看一眼，但立馬就想扔得遠遠的。

這什麼字啊！

像蚯蚓不說，辨識困難，還語句不通，杜小魚跑進去喊道：「娘，大舅舅來信了！」

趙氏聞聲跑出來，一臉驚喜。「上面寫啥了？」

「不曉得，娘您看看，這個字是大舅寫的嗎？」杜小魚看得要吐血了，怎麼就不會請個人來代寫呢？

趙氏卻接過來喜孜孜道：「妳大舅做祖父了呀，請我們過去玩呢！」

杜小魚瞪大了眼。「娘您看得懂？」

趙氏笑道：「妳大舅從小寫字就這樣，為這事不知道被妳外祖母罵過幾回，後來就死心了。妳看看，過了這些年還是這樣，幸好我看得懂。」她點一點信。「家裡還翻新了，說現在屋子大，好幾個房間哩。」

杜顯也聽見了，笑道：「倒是過得越來越好。」

「是啊，咱們都過得好了，以前我就怕拖累大哥跟小妹，都沒有跟他們多多來往。」趙氏感慨。「現在好了，大哥也知道文淵考上了秀才，」她頓一頓。「弄得我還真想回去瞧瞧。」

「那就抽空回一趟吧，那是妳家鄉，也好幾年沒有去過了。」杜顯道。「到時候我送妳過去，妳要多住上一段時間也行，小妹看到妳肯定也很高興的。」走過去要三、四天，隔了好幾個村，杜顯可不放心自家娘子一個人趕路。

「小妹的幾個孩子倒是還小呢。」趙氏笑著點點頭。「那行，等過完年再說。」

總算他們還有親戚走走，杜小魚心情也很好，因為祖母那裡是不可能有過多來往的，一時便在幻想跟著趙氏去大舅家的情景，那邊還有小姨家，人口多，肯定熱鬧。

出來後她又去花圃看了下，時值冬天萬花枯萎，從山裡挖來的菊花也早就凋謝，她本想弄些臘梅花種種，不過全是些高高大大的樹，她可應付不來，也只有等春暖花開，再去山上弄些枝條來扦插試試。

廚房裡這時響起烙餅聲，還夾著股肉香味。

「他爹，你拿個食盒過來，一會兒給鍾老弟送過去。」卻是趙氏在說話。

奇怪了，好端端的要給鍾大全送飯？杜小魚跑進屋好奇的問道：「爹要去鍾大叔那裡？」

「是啊，秦妹子告訴我說妳鍾大叔扭到背，最近沒法子來幫我們，我想著他說過他家娘子帶著娃去娘家了，可不是連個燒飯的人都沒有，這大寒冬的妳叫他一個病人多可憐。」趙氏翻著肉餡餅，下面的油花滋滋滋的直冒。

鍾大全是個稱職的僱農，做事從不偷懶，杜小魚也打心裡喜歡他，趕緊道：「我跟爹一起去。」

「倒是懂事了，妳是該去。」趙氏嗔道：「看妳那寒瓜地也不曉得讓他灌了幾回肥水，叫妳爹再拎兩串臘肉，他就是煮稀粥也好有個下飯的。」

「娘做的臘肉保管比藥還靈呢，全叔吃了就能下床。」杜小魚嘻嘻笑。

趙氏翻了老大一個白眼。「妳哄著我不就為多醃點肉嘛，真是個吃不厭的。」

「那當然，娘做的我怎麼吃得厭。」

「丫頭嘴抹了蜜糖了，」杜顯在門外笑，一瘸進來拿食盒把肉餡餅子裝進去，足足一大盤子。

「我去拿臘肉。」杜小魚跑到門外，搬來張椅子站上去，剛剛搆得上吊在屋簷下的臘肉，心裡不由一喜，倒是長高了好些。

父女倆拿好東西就出門了。

鍾大全正躺在床上，大夫在給他扎針，看見杜顯父女倆進門就要起來。

「可別動，扎歪了大夫得怪我們。」杜顯忙阻止，又把食盒放桌上道：「是小魚她娘烙的餅子，你平常也愛吃的，這是自家做的臘肉。」

「這怎麼好意思。」鍾大全推辭道。

「怎麼不好意思，你這些時間也辛苦了，那些重活累活都一手包，我們反而過意不去。你看就算是小魚的那畝地你都盡心盡力，這村子裡怕再也找不到你這麼好的。」

鍾大全被誇得臉發紅。「這是應該的，你們也給了錢。」

杜小魚笑道：「全叔你就不要謙虛了，哪個僱農不要錢，可是要錢的僱農裡面你是最好最有良心的。」又見大夫已經扎好針，就把烙餅拿過來，又去廚房找了熱水。「餅子再放就涼了，全叔快趁熱吃。」

那邊杜顯向大夫詢問病情，倒是不嚴重，休息個四、五天就可以康復。

杜顯謝過大夫，見他也盯著烙餅看，就笑道：「大夫想必也餓了，小魚，快拿些給大夫也嚐嚐。」

大夫吃了直誇讚，幾人閒聊幾句，就各自告辭，杜顯臨走時給鍾大全算清工錢，還多給了幾十文。

杜小魚出去後輕聲問：「身邊錢夠不夠用？」買了幾畝地應該是沒有多少節餘的，她娘又不肯要林嵩的銀子。

「夠呢！」杜顯笑咪咪道：「等過年文淵那邊就有四兩銀子，他們書院會發，上次回來跟我說的，黃花那邊也有些錢。」他越發高興。「這兩孩子加起來掙的跟咱們種這些地一樣多，還不辛苦，果然學點東西好啊。」

杜小魚也笑，那是當然，種地的總是又苦又窮，除非是大地主，所以才有知識改變命運這一說。

春節越來越近，杜顯這日帶著杜小魚去萬家送些土特產，杜文淵再過段時間書院便會放假，杜黃花過年也是一樣要回來的，家裡總算要開始熱鬧起來。

杜小魚發愁手裡的銀子用不掉，這會兒拉著杜文淵說話。「不是說幫我想辦法去齊東縣的，怎麼就沒動靜了？」

聽她埋怨，杜文淵笑笑。「反正也是白說，萬老爺那邊肯定沒關係，不過爹跟娘不會同意妳去的，一是遠，二來妳年紀又小怕不懂事，麻煩萬老爺，就算有機會也沒用。」

「現在說年紀小，等大了又得說姑娘家不能拋頭露面呢。」杜小魚憤憤然。「我手頭有些銀子，本想等去齊東縣採購東西的，現在倒好，要爛在手裡了。」

「急什麼，妳那西瓜地跟兔子還不夠妳忙的？以後肯定有機會。」杜文淵安慰她。

杜小魚想了想，接受事實，說道：「那只好讓人代勞。」見章卓予正走過來，忙迎上去。「正想找你呢，能跟我去一趟集市嗎？」

「要買東西？」章卓予問。

「也算是吧，借你萬家表少爺一個名頭。」她又伸手拉了杜文淵，三個人就出門去了。

「家裡幼兔倒是有一個月大了，不過天氣冷不太好養活，我想再過兩個月送過來，你跟萬姑娘說一聲。」

聽她解釋兔子的事，章卓予只說沒關係。

到了集市，仍在老地方尋得那賣兔子的小販，他跟杜小魚有過兩次買賣關係自是認識的，兩人攀談起來，問起生意如何小販卻是愁眉苦臉，說如今一隻兔子已經降到一百二十文，有時候還是賣不掉。

果然靠賣給別人當玩物行不通，兔子這種東西若是養得好可以活好幾年，然後一窩生幾隻，這地方交通又不發達，飽和是早晚的事，看來還是吃進肚子比較好賺錢，畢竟人每日都要吃飯。

杜小魚想著說道：「那些商隊除了白兔、進貢的藍兔外，還有其他樣子的兔子嗎？」

「有時候有。」小販笑道：「小丫頭貪新鮮又要買別的兔子玩？不過那些黑黑花花的有什麼好看，還不如野兔呢。」

白兔自古被視為祥瑞，所以販子才只賣白兔嗎？杜小魚道：「那你能不能給我帶幾隻回來？」

小販皺起眉頭。「那些兔子不好看還死貴哩。」

「有多貴？」

小販先不答，眼睛滴溜溜在兩個少年身上打了個轉，才道：「至少一兩銀子以上。」

「這麼貴？」這話聽得章卓予都驚訝。「一兩銀子都能買好幾隻肥野兔了，就算是這種白兔，不也可以抵八、九隻？」

杜小魚自然知道小販是怎麼想的，先前她跟二哥救了他的幼兔，因為欠下人情所以白兔都賤賣於她，但心裡卻是不甘的。如今要他去齊東縣代買兔子，怎會不想著敲一筆？她笑笑，拍了下章卓予。「你可是萬家的表公子，也覺得貴嗎？」

「萬家？」小販道：「開藥鋪的那個萬家？」

「沒錯。」杜小魚代為回答，一指杜文淵。「他跟我二哥都是在高景書院唸書的秀才，」又得意道：「對了，打虎英雄你曉不曉得，他是我二哥的師父呢。」

小販合不攏嘴。「那林英雄是這位公子的師父？」他拱拱手。「那日我也有幸見到林英雄，當真是威風凜凜、氣度不凡，」但也有些疑惑。「不過公子看上去文質彬彬，竟也是學武的？那豈非文武雙全？」

「你難道不信？」杜小魚指指望月樓的方向。「林大叔打到的老虎就是送給我們家的，那毛掌櫃當天下午就趕過來收購，虎肉共賣了一百兩，還說只要林大叔去酒樓用飯，一概不收錢，你儘管去問。」

小販再也沒有疑慮，立馬換了態度，笑道：「若是小姑娘妳想買，我自是願意替妳帶過來的。不過就算不要一兩銀子，但也比白兔貴些，畢竟比較少見嘛。」

「不超過五百文一隻的話，各種品種我都要買一、二隻，到時候還請您多多給我周旋，儘量壓些價，至於怎麼選兔子，方法跟白兔是一樣的。」杜小魚說著掏出四兩銀子。「這其中二兩是定金，您收下，還有二兩算是跑腿費，畢竟是遠路，總之煩勞您了，」頓一頓道：「到時候買到的話，可以去萬家找我二哥或者章公子。」

她一通交代，小販連連點頭，心道這小姑娘倒是心細，什麼都已經想好，加上本就要去齊東縣進貨，順帶賺些銀子，何樂而不為。

告別小販，章卓予看著杜小魚笑。「見妳剛才這作為，倒是與我大舅有幾分相像。」

「那最好不過，你大舅可是我的奮鬥目標呀！」杜小魚打趣。

杜文淵早就見識過她的作風，所以沒什麼好驚訝的，三人說笑著回去萬家了。

春節很快就到，一家子難得聚在一起，自是比較珍惜，你敬我愛，處處都覺得溫馨。

這年又比以前熱鬧，吳大娘的兒子一家也在，守夜的時候連上龐家全擠在他們家，下棋的下棋，玩馬吊的玩馬吊，鬧哄哄地像遊樂場，等到子時方才各回各屋放爆竹迎新年。

到年初一就開始冷清，別家自有親戚走動，而他們家跟往常一樣該幹什麼幹什麼。

只不過祖母那邊卻不那麼想，大清早的吳氏就帶著兩個孩子說來給大哥大嫂拜年，杜顯寬厚，還真包了兩個紅包給她們。吳氏趁熱打鐵就說李氏病了，想著他們一家，飯也吃不好，年紀又大，病成這樣的話很難治，說到可憐處眼淚都流出來。

趙氏看杜顯臉上有關心之色，心道這李氏終於使出這招了，到底是母子連心，杜顯以前就是一貫孝順的，到這個地步如不准他去探病，怎麼也說不過去，便讓他帶著杜文淵去看一看。

這一去就是大半日，杜顯回來的時候臉色不太好看，杜文淵倒是看上去很平常。

杜小魚瞧著奇怪，偷偷拉著杜文淵問。

「也不知道那杜堂跟爹說什麼了，我那會兒在跟太婆說話，出來才曉得爹在外頭遇到他，應是這個關係。」杜文淵答。

「那太婆真生病了？」杜堂向來狠毒，什麼話都說得出來，杜顯被氣到也是正常的，她更關心李氏又在打什麼鬼主意。

「只是風寒，想留我住幾日。」杜文淵皺著眉，他拒絕要求時，祖母的臉色極為不好，竟還跟他說起娘親的壞話來，他不想再想下去，一甩袖子道：「不管她便是。」

也對，這群人太影響心情了，杜小魚跟他走進屋，又提到林嵩。「林大叔回去過年，也不曉得年後會不會把他家裡人接過來。」他在春節前半個月就離開村子了。

「應是不會，師父沒透露過這個意思。」

杜小魚停下來，神秘兮兮地問：「二哥，你覺不覺得林大叔很奇怪？依他這樣的身手哪兒不好待，竟然跑來咱們村裡。若是去到其他地方，同樣開武館，收的弟子肯定是多幾倍的。」

杜文淵心思縝密，自然也想得到，只他覺得各人有各人的想法，便道：「師父就算有秘密也必是不想讓外人知道，妳可別去試探，惹惱他一走了之我就學不成了。」

竟在計較這個，杜小魚好笑，答應一聲便進去廚房尋杜黃花。

兩姊妹一個燒火一個炒菜，不知道多少話講，其樂融融。

第四十二章

過了幾日，立春後便是雨水的節氣，新買的幾畝地都是種了小麥的，這其間最要注意澆水，有道是「春雨貴如油」，還得靠手工。

杜小魚也在給她的花圃澆水整枝，又是給兔籠清掃，倒是忙了半日。

門口小池塘上面的冰此刻也都化了，杜小魚立在那裡看著池塘，她早就研究過，這塘裡啥都沒有，連根水草都看不見，也不知道是個什麼原因。

杜顯這會兒正忙完回來，笑道：「在這兒幹什麼呢？」

「在想這池塘呢！」她抬起頭問。「早就想說了，這池塘到底怎麼回事，是爹以前挖的嗎？」接著又補一句。「我都忘了，就是瞧著礙眼得很，占著塊地方又什麼用都沒有。」

杜顯露出些惋惜之色。「是本來就有的，不過那會兒好得很，還有些魚，後來幾年水越來越混，魚都死了，我忙著種地也沒空管。」他一點頭。「現在空了些倒是有時間，要不挖大一點？」

「挖大點就不混了？」杜小魚反問。

「這倒不清楚。」杜顯也不瞭解池塘該怎麼弄。

身後這時傳來腳步聲，鍾大全提著幾串香腸過來。「你們這池塘是有毒了，挖大也沒用，養不出東西的。」又把香腸給杜顯。「我娘子從娘家回來了，自己做的，她讓拿過來，給你們嚐嚐。」

上回吃了他們家臘肉不好意思拿香腸來還了，杜顯伸手接好。「那我可謝了，晚上就蒸了吃。」

「全叔，那池塘有毒是怎麼回事？」杜小魚被他說得勾起求知慾，忙忙地上去拉他。「全叔一會兒在我們家用飯吧，我讓爹宰隻兔子。」

「宰兔子？」杜顯一愣。

「是啊，也不曉得這樣養出來的好不好吃，比起野兔的味道怎麼樣。」她早就選好兔子了，就是那隻急吼吼的公兔子，倒不是因為急性的關係，而是實在長得不夠健壯，比較小種，既然是肉用的，自然體形越大越好。

「哦，也好，也好，鍾老弟，那你留下來吧，我反正還要去趟村頭找余鐵匠修補農具，順便把你娘子跟小鵬也叫過來，你在這兒幫著小魚把兔子殺了，如何？」

鍾大全又推卻。「這怎麼好意思，一家子跑你們家用飯。」

「沒事，只要全叔告訴我這池塘怎回事就行了。」

「就是就是，我這丫頭有得麻煩你，就這麼說定了。」杜顯拿起損壞的農具出門去了。

杜小魚進去跟趙氏打了聲招呼就領著鍾大全去兔子籠，把那隻公兔子抓出來，那可憐的傢伙好似預感到什麼，一陣死命掙扎。

她自是不想看這種場景，等鍾大全處理完，洗乾淨給趙氏下鍋了這才走過去。

兩人走到池塘邊，杜小魚道：「爹說這池塘有好些個年頭了，先前還是好好的，裡面有魚呢，後來就越來越混，現在完全不出東西，全叔您看看，四面的泥土都塌下來，也小了很多。」

「沒人管是會這樣的，那些魚染病死了，或者水草變成髒東西都沈在下面，不及時清理出來早晚會毀掉水。這個塘裡面就是積毒了，要養魚的話得重新把水都換掉，最底下一層的泥也是不能要的。」

聽他侃侃而談，杜小魚好奇道：「全叔莫非養過魚？」

「倒沒有。」鍾大全笑起來。「我以前在一個養魚人家做過僱工，晚上讓我看塘子，白日忙的時候也叫著捕魚裝魚，所以多少懂一點。」

真好，杜小魚喜極。「那全叔有空幫我把這個塘子做大一點，好不？」又問。「在裡面養螃蟹行不行？」這大冬天的去河邊抓螃蟹真冷，要是白家門前養著，吃起來可不方便得多？要高興的話，也弄點荷花種種，多好看呀！

鍾大全道：「螃蟹的話水應是要淺的，那養魚就不成了。」

兩者還矛盾？杜小魚也有點發愁，抓抓臉想了會兒道：「那把池塘挖成……」她想說梯形，但一想肯定聽不懂，就比劃下。「看這樣成不成，兩邊底高一點，螃蟹既然喜歡待在水淺的地方自然會自個兒爬上去，然後中間照樣是深的。」

見她反應這麼快，鍾大全不由驚訝，點著頭道：「可以試一下，不過挖塘很費些功夫。」

「沒事的，全叔可以慢慢弄，我不急。」杜小魚心裡高興，笑得陽光一樣燦爛。

杜顯回時領著鍾大全的媳婦丁氏還有兒子小鵬一起來的，那鍾小鵬今年五歲，長得長手長腳，個頭也是像鍾大全，不比九歲的杜小魚矮多少，性格頑劣，一來就追著小狼玩。

小狼早被教育過不能咬人，所以到處躲，偶爾齜起牙要凶人，被杜小魚一聲喝，立馬又逃得遠遠的。

鍾小鵬就更來勁了，翻箱倒櫃地找，還滾桌子底下。

他娘親丁氏是個鵝蛋臉、眼睛小小、脾氣溫和的人，見兒子調皮也訓過幾句，結果全不管用，只得給杜氏夫婦賠不是，後者自是讓她不用放在心上。

杜小魚最怕頑皮小孩，便躲去杜文淵房裡閒聊，直到用晚飯才出來。

桌上好幾道菜，兔肉的弄了兩道，一個是蘿蔔燜兔肉，還一個切了些嫩片炒著吃，聞著很香。

眾人伸筷吃起來，杜小魚也嚐了幾塊，卻是有些失望。

到底還是不能跟野兔比，可能野兔常在運動，不比關在籠子裡的，她細細咀嚼，但也不能說不好吃，比起豬肉別有一番風味。

飯後，她又諮詢了一下其他人意見，基本跟她想的差不多，說只要價錢不貴，都願意平常買來吃。

這就行了，也是她的初衷，不過過程仍是漫長的，要把兔子整個推銷出來，需要完整的計劃。

比如，弄個什麼招牌兔肉菜式出來，她得好好想想……

鍾大全是個效率高的人，第二日就來挖塘子，不過工程確實浩大，若要等整平四邊再夯實池塘斜坡跟壩腳，大抵得要一個月左右的樣子。

杜小魚這段時間沒事就琢磨弄些什麼養，下午時分站在窗前看見鍾大全辛苦勞作的背影，點點頭道：「等塘子挖好了，我得多給全叔些工錢。」

「妳可別太明顯，該多少還是多少，全叔這人實誠，老是多給他還當咱們瞧不起他呢。」杜黃花規勸一句。「要不買些東西給小鵬？」

杜小魚笑著看她兩眼。「姊倒是想得周到。」她爬上炕挨著杜黃花。「姊，妳說養鱸魚好不好，書上說這種魚刺都沒有，清蒸起來可好吃呢。」

「鱸魚？」杜黃花點下頭。「那是好吃，府裡偶爾會弄，師父很是喜歡的。」

杜小魚才想到現在這個姊姊不同往日，到底是在富商家待過的，看來鱸魚都吃過呢，她來這兒可是見都沒見過一回。

見她不說話，杜黃花只當嘴饞了，笑道：「要不下回讓文淵帶一條回來，集市反正也有的，我每月領的錢夠買好幾條呢。」

「不用，等我自個兒養了，想吃幾條是幾條。」

聽她口氣大，杜黃花直笑。「好，那妳好好用心，多向全叔請教請教。」又從懷裡掏出個荷包，打開來只見裡頭放著一方摺好的帕子，還有些銅錢。

杜小魚心頭一跳，這帕子該不會是那日在家繡了荷花圖的那條吧？正想著，杜黃花遞過來幾串銅錢。「這妳收著，那大頭我給爹娘了。」

「幹什麼？」杜小魚愣道。

「妳整日搗鼓這個、搗鼓那個不得用到錢嗎？怕妳不夠。」杜黃花把錢放她手裡。「橫豎我在萬家花不到錢，放身邊累贅得很。」

「不用，不用，」杜小魚忙擺手。「我有幾十兩銀子呢，姊不知道吧？那賣虎肉換的銀子娘不肯要，都放在我這兒了，妳還是收回去，想買什麼買什麼，住在萬家，行頭上面不要太寒酸，省得被人欺負。」

杜黃花只得作罷，抬手揉揉她的頭髮，心疼地看一會兒道：「上回讓娘打疼了吧？倒是讓妳一個人擔著，昨日娘跟我說了，爹如今也曉得，她說已經不怪我，既然簽了契約，就好好在師父那邊學習。」

這事她倒是不知道，杜小魚鬆一口氣。「我一個人被打總比兩個人一起被打好，既然娘也原諒妳，那再好不過。」

「我還跟娘說了件事，娘也答應了呢。」杜黃花極為欣喜。「妳猜是什麼？」

杜小魚哪猜得出來，只搖著頭。

「妳以後可以去唸書了，村裡一個姓方的夫子就教女孩兒，聽說已經收下好幾個學生，還教畫畫呢，也算有才學的……」

她一個人說得興起，杜小魚卻是毫無興趣，打斷道：「姊，我不去，我如今什麼書都能看，不需要學什麼，姊不用為這個操心。我若有不懂的，自會去問二哥，二哥也是秀才，難道還比不上那些夫子嗎？」

杜黃花一片好意被辜負，不免失落，盯著她問。「妳真不想學？」

「真不想學。」杜小魚從炕頭拿出幾本農書。「姊妳看，二哥都細心教我的，若要看旁的書，也可以去萬府借。我們姑娘家唸書不為功名，除了識文斷字，便只須明白一個理字。」她頓一頓。「世間萬物，若是懂得其中的道理，便已足夠，是不？」

杜黃花凝視片刻只得嘆口氣，這個妹妹若撒嬌打諢，興許還能說些重話說服她，可偏偏一臉認真地表明想法，足見她早有此決定，這件事的確是她這個做姊姊的剃頭挑子一頭熱了。

「不過我知道大姊是為我好。」杜小魚見機又窩進她懷裡撒嬌一番。

再過三日杜黃花就要回萬家，所以姊妹倆這些天基本都在一起，這日又在房裡吃著點心說笑，杜文淵過來敲敲門，說是白士英夫婦來了。

兩家最近也走得比較近，自是要出去的，杜小魚穿好鞋子，先杜黃花一步走出去，誰料剛到堂屋卻見著一個她絕沒有想到的人。

白與時竟然也來了。

她霍然停步差點讓身後的杜黃花撞上。

「怎麼不走了？」杜黃花奇怪道，她往前看一眼，霎時也驚訝不已。

白蓮花看到她們立時奔上來，熱情地拉著杜黃花的手。「黃花姊，妳快看我大哥，他身體如今好多了呢。」

關於白與時的狀況，家裡人沒有一個對杜黃花說起，趙氏跟杜小魚想法相似，杜顯是覺得這兩人沒什麼來往便也不提，而杜文淵向來不關心此事。

聽見後面動靜，白與時也回過頭，卻是與杜黃花的目光對個正著。

他微微一笑道：「好久不見。」

許是因為病情好轉的緣故，他的眼睛熠熠生輝，再不似當初第一眼看到那般蒙了灰似的，而臉頰透著潤紅，比平常人都顯得有精神。

杜小魚盯著他看，不由感慨世事難料，本以為這個人活不長，誰料突然間就完全好起來了，真是匪夷所思。

「白大哥……」杜黃花喃喃開口，竟是覺得自己在夢裡。

「都站著幹什麼。」趙氏此刻道：「來來，快坐下，黃花，妳去倒些茶過來。」

杜黃花方回過神，轉頭去了廚房。

趙氏也是打量白與時兩眼，心道這回比上一回瞧著又是好些了，難道真的會痊癒不成？

「我們家與時等明年要去府城考院試。」崔氏笑咪咪道：「最近在認真看書呢，我叫他不要心急，到底才是稍微好些。」

白與時早前就已經是童生，但因為府城太遠，他身子承受不得才一直無法去考，趙氏聽了笑道：「那一準能考上，以前就聽說教他的夫子極為惋惜呢，這下可好了，你們家得多一個秀才，將來再跟文淵一起考舉人，多好的事啊。」

兩人都眉開眼笑。

杜黃花端了茶上來，崔氏拿起一盞捧手裡，看著她道：「你們家黃花快要學成了吧？瞧著俊俏模樣，真是討人喜歡，你們家門檻就要被人踩破了。」

趙氏臉上閃過絲無奈。「還要再學兩年呢，蘇繡可不是那麼容易就會的，一早就簽下契約，黃花從萬家出來得十八了。」

「什麼？」崔氏驚呼一聲，手中茶潑出來，把她裙子都打濕了，然後她整個人又被燙得跳起來。

屋裡所有人都是一愣，白士英道：「好好的怎麼把茶給潑了？」

崔氏立在那裡，表情有些悲哀，但旋即又自嘲一聲。「一時沒拿好，昨兒跟我表姊她們打了一整日馬吊。」

幾個人都笑起來。

杜小魚打趣。「大嬸可是贏了不少銀子？」

杜黃花這時拿了條手巾給她擦水，崔氏握住她的手。「妳這傻孩子，為了學蘇繡竟肯耽擱那麼多年，萬太太就不怕誤了妳的婚姻大事？」

她語氣中隱隱有些責備之意，杜小魚聽著皺起眉。

白蓮花心情好，在旁道：「多兩年也不算什麼，也就咱們村裡女孩兒那麼早說親，縣裡很多都過了十五的，十七、八歲成親的也不少呢。」又看看白與時。「大哥過兩年的話，身體也應該全好了。」

這話有些露骨，白士英咳嗽一聲，他雖也有心跟杜顯家結親，不過卻不像她們母女倆那樣死纏爛打，在他看來，這種事還是兩廂情願的好，可惜崔氏並不聽，年後接待完一干親友就拉著來這兒了。

「杜老弟，下午去不去釣魚？」他轉移開話題。「我弄到一副好竿子，可以釣三十餘斤的大魚哩！」

「哦？」杜顯點點頭。「好啊，正好開開眼界。」

兩人就走到外頭聊起釣魚經來。

崔氏衝白蓮花使個眼色，拉著趙氏說有事跟她相商，便進了裡屋。

杜小魚見此情景，一時猶豫不決，起先是因為白與時身體不好才阻止杜黃花，可眼瞅著有轉機了，她又有什麼理由去阻攔？杜黃花若真的喜歡他，她這個妹妹最應該做的便是成全吧？所以白蓮花要同她找杜文淵請教，她也就隨著去了。

白家告辭的時候，杜小魚看到杜黃花有些忽閃的目光，但她仍是平靜的。

至於白與時，他是個內斂沈靜的人，自然也看不出什麼。

倒是崔氏出門的時候眼睛有些濕，這整半天也就她反應最奇怪，杜小魚很是想不通，因為就連白蓮花都因為白與時的好轉而變了，雖然還是有心機，可卻是明朗的，不曉得作為娘的崔氏為何仍是心事重重？

「瞧著是真看上我們黃花了。」趙氏跟杜顯在屋裡小聲說話。

杜顯道：「那是好事啊，我看那白與時不錯，將來考上秀才也是有前途的。」

「不過崔氏聽到再等兩年就坐不住了。」趙氏撇撇嘴。「怕是不肯等我們黃花的。」又擺擺手。「也罷了，我本也不是十分願意。」

「咱們黃花這麼好，總是有得挑的。」杜顯笑道：「不過現在得開始節省些花了，給黃花攢著當嫁妝。」

兩人笑著又開門出去了。

第四十三章

這朝代的元宵節極為熱鬧，縣裡初八就開始點燈，一直到十七才落燈，夜裡亮如白晝，燈影耀眼，人影重重，熱鬧非凡。

秦氏給龐誠在縣裡買的房子早已佈置妥當，這日就邀杜家三個孩子一起去縣裡玩。

杜小魚興致勃勃，拉著秦氏問買賣杏仁茶的用具是否也準備好。

兩人心有靈犀一點通，秦氏笑道：「哪兒會不準備，元宵時段人來人往，到得深夜都鬧哄哄的，可不要吃夜宵？今晚上我就讓誠兒推著出去賣。」

杜文淵在旁道：「先預祝大嬸財源廣進了。」

秦氏高興得直笑。

牛車緩慢前行，待到飛仙縣的時候，天色已近黃昏。

果然行人如織，彩燈高掛，幾人走在街中東張西望，時不時地停步欣賞。

上回杜小魚並沒有來縣裡觀燈，這次真算是大開眼界，心道，這兒還只是個縣城呢，都如此壯觀，一眼望去，滿是花燈。形狀各式各樣，極盡想像之能事，令她不由得想起那首詞。「東風夜放花千樹，更吹落，星如雨。寶馬雕車香滿路。鳳簫聲動，玉壺光轉，一夜魚龍舞。」

由此可以想像，京城的這些夜晚必定更加令人神往。

「這兒就是我們家了。」秦氏領著他們來到一處西北隅的小院，一邊喚道：「誠兒，快出來。」

這是一處極為普通的四合院，東西都有兩間廂房，裡面一橫三間大房，占地還是挺大的，庭中間有個古井，旁邊種了兩棵梅樹，正長著花骨朵，倒是頗為清雅。

龐誠一頭汗從裡面跑出來，衝幾人憨憨一笑。「來了呀，晚上去看燈，可漂亮呢，得亮好幾天。」

杜小魚笑道：「龐大哥你在幹什麼啊，出那麼多汗？」

秦氏搖搖頭。「還用說，肯定在搗鼓杏仁茶，妳龐大哥笨手笨腳妳不是不曉得，我都不知道教了幾回呢，如今算是做得有模有樣了。」

龐誠抓抓頭，有些不好意思。「就怕做得不好吃，正好，你們來嚐嚐，我一會兒就推出去賣了。」

幾人隨他進廚房，只見熬了一鍋雪白的糊糊，龐誠端一碗給杜小魚，笑道：「看跟妳做的像不像？」

杜小魚喝一口，點點頭。「挺好的，反正熟能生巧嘛，再說，這兒的人又沒吃過，沒得比較。」

「是啊，滿好喝的。」杜黃花也衷心地誇獎一句。

倒是杜文淵細細品嚐過後道：「糖可以少放點，不過姑娘家可能比較喜歡喝甜的。」他倒是覺得淡點好。

龐誠就有點迷惑。「那到底是甜些好，還是淡點好？」

秦氏擰眉，在他頭上敲一下道：「你反正現做現賣的，把糖帶在身上，見姑娘家就多放點，反之少放點不就行了？」

龐誠恍然大悟，叫道：「還是娘聰明！」

杜小魚暗自好笑，這龐誠雖然憨厚老實，顯得有些笨，其實還挺可愛的，若是找個真心喜歡的人倒也好，可惜秦氏眼光偏那麼高，就不怕若真找到個厲害的媳婦，到時候欺負她兒子呀？

稍後杜小魚就幫著龐誠一起張羅杏仁茶，杜黃花給烙餅子，秦氏則去整理廂房，晚上好讓他們睡在這裡，被子倒是起先就曬好的，也不須花多少功夫。

到得天色全黑，縣裡花燈俱亮，除秦氏外幾個人起先出門。

龐誠推著小車在集市口那邊賣杏仁茶，杜小魚少不得幫他喊兩句，這東西新鮮，年後小孩子手裡都有些錢，是以立刻就圍上來。

「這小孩要多放糖嗎？」龐誠又犯難了，他娘親只說姑娘家要多放糖。

「多放。」杜小魚笑道：「小孩子可喜歡吃糖呢，對了，老人家的話也少放點，吃多了不好。」

秦氏這會兒也忙完手頭的活過來，就叫他們自去看燈。

姊弟三個從街頭走到街尾，看得眼花繚亂。

而每次經過猜燈謎的，杜小魚必不放過，拉著杜文淵讓他猜，當然，獎品自是多多的，什麼糖葫蘆、帕子、酥餅等，應有盡有，回到小院的時候二人手裡都拎滿了。

第二日上午，她又去了望月樓，主要是再次跟乇掌櫃確定客人吃兔肉的情況，瞭解到的行情是吃的人不多，一般都是點其他的肉，除非是夥計自行推薦，那麼還有可能會吃。多數人都沒有這個習慣，除非極少數有特別愛好的人。

接著她又問有沒有人吃辣，毛綜這個大掌櫃本是不會理會一個小姑娘的，但因為有幾次交易，又見他們跟林嵩有些關係，加之曉得杜文淵住在萬家，是以耐性非常好，笑道：「小姑娘倒是知道得很多，辣椒這東西在咱們國家也是最近才流行的，以前沒有人吃，後來少數人吃，就在前兩年咱們酒樓也不敢做些辣的，不過最近一年多倒是不同了。」

「現在很多人都吃了嗎？不過咱們村裡並沒有流行呢。」杜小魚道，她也一直喜歡吃辣，這次怎麼也得買些回去試試，若是爹娘也適應那再好不過。

「一開始辣椒昂貴，就算是富人家也吃不起，自是官宦人家常用的，如今種的人多了，吃的人也多，就拿咱們酒樓來說，現在一半的客人都可以接受，你們村人肯定早晚也會吃的。」

「原來是這樣，多謝毛掌櫃相告。」杜小魚笑嘻嘻道謝。

告別毛綜後，杜小魚就去香料鋪，把各種香料都買了一大包，又用去百文銅錢。

下午乘牛車回家，心情極為愉快。

過了五日便到元宵節，趙氏一大早就起來做圓子。

杜小魚前世過元宵多半是吃酒釀圓子，說是圓子，其實是沒有餡的糯米小球，而這兒的圓子卻是大大的，裡面各種餡，有豆沙的、有棗泥的、還有鹹的，多種多樣，但沒有酒釀，只在水裡滾熟便可食用。

趙氏不管做什麼麵食都可口，她自是吃得意猶未盡，到晚上又是放爆竹，這節日過得跟小年差不多。

然而，團圓節後卻要面臨分別的日子，杜文淵跟杜黃花要去萬家了。

依依惜別後，杜小魚越發覺得家裡冷清，一個人寂寞的時候會習慣，她以前是孤兒，沒有體會到這些的時候也並不渴望，可一旦擁有過，卻是覺得難以割捨。

幸好她有很多事情要忙，比如發寒瓜苗，給兔子再次配種等等。

因為上次寒瓜熟得有點兒遲，所以她過完元宵節就開始培養瓜苗，瓜子是吃完寒瓜收集好保存下來的，不用再去邱長榮那邊買，只是育苗床必須要重新挖，原來的被她拿來當花圃了。

這事當然是由杜顯做，在花圃的對面又開挖了一處地方，仍是培育與去年一樣多的苗。

在杜小魚看來，只種過一次寒瓜，積累的經驗實在不算多，她還是不敢冒險，因此這年仍然只種一畝，在她的想法中，若是沒有遇到過危機繼而解救的經歷，仍是不保險的。

不過提早育苗雖然有利於讓寒瓜搶先上市，比起別的瓜農占了先機，但天氣寒冷，保暖工作要做得極好，不然長不出來不只浪費時間，反而還會比去年更來得晚。

「爹，您說那些苗長出來會不會凍死？」杜小魚忍不住詢問，有些憂心忡忡。

「這可拿不準。」杜顯在給那塊地施基肥。「不然妳再緩緩？晚一點也不礙事，去年不仍是賣得挺好的？」

「一畝地確實早點晚點沒關係，不過以後要是種得多了，那晚的話就不行。怕賣不完，過了六月基本就要開始涼了，除非降價出賣。」

說的也挺有道理，杜顯停下動作。「要不想個法子給保暖保暖？生個火什麼的？」

「外面風大，柴火怕不行。」杜小魚道，而且得燒那麼多天，煙熏都熏死你哦！她頓一頓。「主要還是晚上冷，白天倒是有太陽的，難不成還得有人不睡守在旁邊啊？」

兩人都沈默下來，擰著眉東想西想。

趙氏這時捧著一個大缸出來準備醃鹹菜，腳下就踩到一坨牛屎，立馬叫道：「他爹，你這牛糞下回別曬在門口成不成？都不知道踩幾回了！」

杜顯聽娘子發怒，忙站起來去收拾牛糞。整理到一半，忽地大聲喝道：「是了，用牛糞。」

他一聲吼，把趙氏嚇得差點掉了手裡的白菜，看過去道：「幹什麼呀？呼呼喝喝的？」

「哎呀，娘子，妳這回幫到大忙了。」杜顯笑道，忙叫杜小魚。「小魚，有辦法了，就用牛糞這個肯定好。」

「牛糞？」杜小魚一頭霧水，她最是怕糞了。「牛糞怎麼弄？」

「妳這丫頭，不記得了啊？」杜顯興奮道：「我以前跟妳說過的，牛糞可耐燒了，點燃也不易熄滅，妳晚上睡覺前就放在那苗床四周，可不就暖了？」

杜小魚愣了半晌。「這，這行嗎？」

「當然行了，妳看著好了，爹給妳辦得妥妥當當的。」杜顯拍著自個兒胸口保證。

趙氏見父女倆的樣子，忍不住笑，看這兩人的幹勁，以後家裡二十畝地怕是不用擔心收成不好的。

杜顯是個很勤勞的人，自從養牛後那牛糞就從來沒有丟掉過，都仔細收拾好，一部分拿來灌田施肥，還有些壓扁放太陽下曬乾，然後再收藏起來，到如今已經有五大堆的乾牛糞，現在都擺在小院後面新搭出來的小棚子屋簷下。

那小棚子自是用來擺兔子的，簡陋是簡陋了點，不過已經是春天，拿木板把各處細縫擋了，倒也不冷，小兔子們都健康的成長著，再過些時候就得離開牠們娘的懷抱了。

這一天晚上，杜顯搬來一堆牛糞，弄成十幾坨，確保可以燃燒很久，然後再擺在苗床四處，每坨隔開一段距離。

杜小魚在旁邊看，這時忍不住道：「這樣會不會又熱到苗了？」

「不會，這麼遠不燙的，」杜顯瞅瞅她，略有責備。「妳這孩子，平常我拿這個烤火叫妳來看，妳偏不來，現在都不曉得熱不熱了吧？」

杜小魚嘻嘻笑，她實在受不得坐在牛糞旁邊。

「不過這回妳可逃不了。」杜顯又笑起來，回廚房取了灶肚裡的柴火，把牛糞一一點燃。

牛糞立時發出暗紅色的光，它不像柴火有大大的火苗，而是隱藏在裡面。

「一點不臭吧？跟妳講，這牛糞是好東西。」杜顯得意道：「還好沒有全部拿去做肥，不然真沒辦法呢。」

杜小魚皺皺鼻子，聞了下，果真是不臭，就道：「看著很大一坨，嚇人，沒料到跟兔子糞一樣都不臭呢，真是奇怪，而且，怎麼可以拿來燒的？像豬糞就不行了。」

「牛吃草的嘛，牛糞裡都是消化不掉的草，當然可以燒火。」杜顯笑道：「還當我閨女啥都懂，原來也還是不如我這個爹呀！」

「那是當然，爹吃的鹽比我吃的飯還多，女兒哪比得上您。」

杜顯直笑，上去摟著她肩膀往屋裡走。「外面冷還是睡覺去吧，保管好好的，別擔心。」

「嗯。」杜小魚點點頭進了自個兒的屋。

到得第二日，只見牛糞已經燃盡，四周一圈都是灰燼。

這樣過了八日，杜小魚早上還在睡呢，就聽杜顯在外邊喊：「小魚，苗長出來了，長出來了，快起來看！」

趙氏哭笑不得，搖著頭道：「都多大歲數了你，為個芽還高興成這樣？」

「讓小魚樂樂嘛。」杜顯眨眨眼。「這孩子每天辛辛苦苦的，我看比黃花小時候還懂事，咱們這日子越來越好，可不是有幾分她的功勞？我這個做爹的能做什麼事呢，不能教她寫字唸書，又不像妳還能給她做幾雙鞋子。」他說著忽然覺得悲戚起來，嘆口氣道：「娘子，我不只對不起孩子們，也對不住妳啊，妳跟了我，哎，那回我要是不去南洞村收那筆銀子可不就……」

趙氏打斷他，瞅著眼前那張比實際年齡蒼老的臉，眼睛就慢慢紅了。「一大早的瞎說什麼呢，沒你的話，我跟孩子們早就餓死了，去去去，真要覺得對不住我，現在就烙個餅給我吃。」

杜顯忙不迭地就去了。

等到杜小魚收拾好準備吃早飯，只見桌子上一盤子零零碎碎、樣子難看的雞蛋餅，當下噗哧笑道：「爹今兒怎了，竟然烙餅了？」

「妳爹是想慶賀寒瓜苗長出來了。」趙氏掩嘴笑。

杜小魚心裡也開心得很，寒瓜苗發出來了，看來這個法子真能用，明年得多種幾畝才是。

第四十四章

轉眼間就到二月，林嵩終於從老家過來，風塵僕僕。

一來就去到杜顯家，送上大包小包的東西，說是感謝這些天在他們家用飯，他的表情很是複雜，有幾分欲說還休的怪異。

但杜小魚答應過杜文淵不去試探，是以也只能埋在心裡。

不過旁人可就不歸她管了，杜顯這會兒就在關心他偶像的私事。「林大哥，你一去那麼久，可是家裡有什麼事？村民們都怕你不來了，前幾日還有幾戶人家過來問呢。」都是交了學費的，怕他不來也正常。

林嵩略皺了兩下眉頭，卻是搖頭道：「多年在外，想多陪陪父母罷了。」

「既然如此，何不把家人接來？」

林嵩不曉得怎麼答，他有些心煩意亂，半晌道：「北董村雖不錯，不過我想找處更好的村子安置他們，最好近一些的，」他看向趙氏。「大妹子是南洞村出來的吧？聽說那兒有幾處溫泉，風景也優美，不曉得可有空閒的院落？」

沒等趙氏回答，杜顯搶先道：「那邊是比咱們這兒好，村裡東邊就有個很大的溫泉，可惜早被人占了，一個姓林的大富豪在上面造了別院，旁的人想去見識見識都難呢，除非是當官的，偶有路過會借住在他們家。」

那邊趙氏臉色忽地發白，手指緊緊握住垂下的袖子。
林嵩目光一閃，笑道：「姓林的？倒是跟我一個姓。」
「不過那家也倒楣，」杜顯搖搖頭。「不知怎的就起火了，聽說燒了三天三夜，把別院都燒光了，」他思忖一下，想起來。「是了，那年正好文淵生出來，哎，苦了娘子了，前邊幾個村子發大水淹掉大路，我也未能去岳母那裡照顧到娘子。」
杜小魚還是頭一回聽說這件事，原來杜文淵竟不是在北董村出生的，而是在南洞村。
「原來杜老弟沒瞧見文淵出生啊！」林嵩意味深長，同時瞧了瞧趙氏。
趙氏再也坐不住，站起來勉強笑道：「我進去燒點熱水。」
也是怪怪的，杜小魚很是想不通，林嵩奇怪情有可原，可她娘怎麼也一個樣子？
林嵩又說了會兒話自去開武館門了，還有弟子等著學習功夫呢。
那一整天趙氏都心神恍惚，燒火的時候嗆到煙，洗碗的時候打碎了兩只碗，把杜顯嚇一跳，忙讓她進去休息休息，只當是累壞了。
晚上吳大娘跟秦氏來串門，趙氏這才又出來，精神比白天稍微好些。
「別是病了吧？」吳大娘關心道：「看妳臉蒼白蒼白的。」
「沒事，過幾日就好了。」趙氏笑了下。「怎麼這會兒來了？」
她們只當是女人來的那點事就不繼續問了，吳大娘道：「今兒剛給我們家土旺定了個大名，是我爹取的，也不知道問哪個秀才求來的，叫賢齊，妳聽聽看好不好？」
趙氏雖也識幾個字，但名字什麼的可不曉得到底好不，只得點頭附和，杜小魚插口道：「是出自於《論語》吧，見賢思齊焉，見不賢而內自省也。」

三個婦人愣住，秦氏最先反應過來，拍著手道：「哎喲，跟妳二哥學了點字，都能掉書袋了，好好，倒是有出息。」

「原來是從書裡來的，應是好的。」吳大娘也點點頭，很是滿意。有好友說說話，趙氏倒也心情慢慢好了。

秦氏提了下杏仁茶的事，說這幾日生意都不錯，還誇龐誠越來越熟練，買的人都說好吃，這是喜事，其他人自是恭賀一番。

幾人說了好久才散了。

池塘挖了一個月終於成型，寬有兩丈，長四丈，相當於小半畝地，不算大，因為杜小魚也沒想過用這個賺錢，只是想豐富下自家餐桌而已。

不過現在還不能注水進去，鍾大全說先要下肥料，池塘跟良田一樣，底泥都是要基肥養著的，第二步就是在養東西前全面消下毒，所謂消毒就是用石灰粉撒在池塘裡，幸好這東西很早就已經有了，很容易能買到。

把這一切處理妥當，再等個七、八日便能在裡面養魚了，到時候去河裡沈些漁網，魚總是不缺的。

其間，寒瓜也已經全部移植到田裡，葉了冒出一、二片，每日拔拔雜草，澆澆水倒也費去不少時間。

不知不覺便到二月中旬，杜文淵又到休息的時候，傍晚便歸家了。

見杜小魚在給牛添草，他走到身邊，指指牛棚上的木柱。「可量過了？去年一共長了多少啊？」

「哎喲，忘了！」杜小魚叫一聲，忙去那根木樁前站站好。「二哥，快給我量量。」她忙得暈頭轉向，把測量身高的事情忘得一乾二淨。

杜文淵拿起根稻草貼她頭頂仔細量一下，點頭道：「倒是長不少呢，看，都有個兩寸了。」兩寸相當於六公分多，杜小魚比劃了下倒是挺長，像她這個年紀可以長那麼多算是不錯了，當即高興起來。「看來幹活有好處，而且後半年也吃得好了，長很快呢！」

「後面會長得更快，我也是十歲以後才開始變高的。」

兩人正說著，院子裡這時走進來三個人，清一色男人，其中兩人杜小魚是認識的，一個是杜堂，還一個是杜翼，另外那人是個老頭，看起來差不多得有五十，頭髮花白，背有些駝，國字臉。

「臭小子、死丫頭，見到你們叔公來了還不上來拜見？」杜堂喝道。

杜小魚驚得眼睛都瞪大了，這人竟是他們叔公，叔公的話不就是她爹的叔叔？他來幹什麼啊？

杜文淵一拉她，上前躬身施禮道：「見過叔公。」

叔公叫杜山，上上下下打量他，伸手摸兩把不長不短的鬍鬚。「幾年不見倒是越發出眾了，難怪你太婆捨不得。」他環顧一長排土屋。「倒真是委屈你們，這些年要住在這裡。」

「也算不得委屈。」趙氏聽到聲音早已走出來，身後跟著杜顯。

「啊，叔叔怎麼來了？快請進來坐。」杜顯忙忙地上去扶持。「叔叔不是去了中順村隨女兒一起住了嗎，怎的今兒會來這裡？」

沒等杜山回答，杜堂嘿嘿笑兩聲。「叔叔來還不是為了你，你應該曉得的，聰明點的話就該知道怎麼做。」

杜山回頭敲杜堂一記。「你這小子到現在還喜歡欺負你大哥，在我面前可收斂點，你娘怎麼說的？要你們兄弟幾個和和氣氣，以後住一起互相幫襯，你都忘了？」

趙氏一聽這話，臉沈得像黑鐵似的，冷冷道：「叔叔，說什麼住一起，我們早就被趕出杜家了，難道您老忘了？」

杜山卻是不瞧她一眼，只道：「我自然知道，也勸過大嫂好幾回，前幾年也來看過，但大嫂如此固執，其中緣由大家是心知肚明的，也不怪大嫂。不過如今過了這些年，什麼對錯大嫂也看開了。」他看向杜顯。「你娘心裡仍是疼你的，不然也不會叫我來勸你回去，到底是母子倆，你娘真絕情的話早就把你們除去族譜了不是？」

趙氏氣得臉色煞白。「什麼心知肚明？難道叔叔到現在都不曉得事情的真相？」

杜顯卻是急道：「叔叔，您幹什麼提這些事，我、我不回去，您這就去告訴娘，我們一家子都過得好好的，不用回去。」

杜小魚聽著覺得很奇怪，這分明是在說當年被趕出去的緣由，可是她爹好像並不想提。

杜山嘆一聲。「顯兒啊，你從小就孝順，也是家裡最勤勞的，怎麼如今變得這樣無情！你娘都病成這樣了，作為兒子的難道不應該陪在身邊？文淵又是你娘心疼的大孫子，現在也是秀才了，可讀書的都重孝道，現在他跟著你一樣不去孝敬長輩，那麼就算以後考上舉人乃至進士，就這個品性，能當個好官嗎？」

趙氏死死咬住了嘴唇，卻是一句話都沒有說，杜山明顯不把她放在眼裡，全是輕視之意，只跟杜顯一個人說話。

杜小魚倒是發出一聲驚嘆，這叔公真是個厲害角色！古人最重孝義，若是有個不忠不孝的壞名聲，對這人一生的影響都是極為重大的。

杜顯自然也聽出來了，大聲道：「是我不孝，關文淵什麼事？」

「怎麼不關？他也是杜家的人。」

「唉，叔叔，我早說了，他們一家子就這麼個強脾氣，怎麼勸都是沒用的。」杜堂道。「咱們還是走吧，白白浪費口水幹什麼！」

杜山瞪一眼杜堂。「你給我閉嘴，你娘叫你來是幫著勸的，你倒好，只會說這些話。」

「好好好，我不說行了吧。」杜堂口裡雖這麼說，眼睛卻是死死盯著杜顯。

杜山緩緩道：「顯兒啊，你可想好沒有？你們都是杜家的人啊，不能永遠住在外面的，叫別人也指手畫腳，不如今日就趁這個機會跟你娘和好，如何？也不枉我跑一趟。哎，我年紀也大了，總不能在死前還讓大哥一家子這個樣子啊！再說，你爹在天之靈也不安的。」

他說得有情有理，杜顯一時不曉得怎麼接話。

趙氏恨聲道：「我反正不會回去，就算叔叔來了也一樣！」

杜山照舊不理會她，看著杜文淵。「文淵，你老實跟叔公講，你願不願意去祖母那裡？你祖母可是樣樣都為你準備好，天天日盼夜盼的，你就真忍心這樣為難她一個老人家？」

「祖母對我的好我自然曉得。」杜文淵略低下頭。「但古人云，於禮有不孝者三事，謂阿意曲從，陷親不義，一不孝也。敢問叔公，當年祖母把我們一家趕出杜家到底是出於何種理由？若是祖母對，我無話可說，可若是祖母有錯在先，恕我不能回去。」

看來二哥也並不清楚事情的來龍去脈，只知道娘被打，杜小魚也盯著杜山看，很想知道當年到底發生了什麼事。

不等杜山說話，杜顯一反常態，把杜山身子一架就往外推，催促道：「叔叔，您這就走吧！」

趙氏在身後喝道：「相公你幹什麼，我坐得正行得直，倒要他好好說清楚，不然還真以為當年是我錯呢！」

「娘子，舊事何必重提？我答應妳，我不回去就是。」

杜山瞇著眼笑。「顯兒啊，有道是紙包不住火，你娘守著承諾替你瞞那麼多年，也算是仁至義盡，你不回去也罷，你娘子的醜事可會鬧得路人皆知。」他一瞧趙氏，滿臉的厭惡。「好歹也是有頭有臉人家的媳婦兒，怎麼就鬧出這種事，好好的本分不做，非得去勾搭下作的僱農！」

「啊！」杜文淵兄妹倆同時發出一聲低呼。

竟然說趙氏勾搭別的男人？杜小魚驚得目瞪口呆，轉頭一看趙氏，只見她臉色蒼白、身子輕顫，但偏是站得那樣直，如同風雪中的青松一般。

「那是婆婆誣陷我。」趙氏一字一頓道。「我問心無愧！」

「這麼多雙眼睛都瞧見了，妳還抵賴？真沒有見過這樣的！」杜山滿臉鄙夷。「顯兒你當年要死要活非得娶她回來，到現在還沒認清她真面目嗎？你這一輩子算是被她給毀了。」

「叔叔，娘子不是這樣的人，那日分明是醉了，身邊又沒個人伺候……」杜顯忙辯解。「叔，你可別到處亂說，娘也答應我的，絕不會說出去。」

趙氏叫道：「你怕什麼，就算別人知道又能怎麼樣？我趙秀枝這輩子沒做過違心的事！當天要不是婆婆叫我陪著她娘家小姨喝酒，我會醉嗎？那個人我根本不認識，非要說我跟別人日久生情，哈哈哈，」她忽地大笑起來。「不就是想尋個名頭打死我嗎？好，好得很啊，過了那麼多年終究還是沒有變。」

杜小魚聽得心都疼了，看來爹的腰疼應是護著娘才被打到的，她上前兩步抱著趙氏道：「娘，太婆真是個混蛋，我們不回去，打死也不回去！」

「是，小魚說的是！」杜文淵捏緊了拳頭。「叔公，煩勞您跟太婆說一聲，以後咱們跟她恩斷義絕！」

「你們……」杜山愣住了，不明白他們怎麼就那麼相信趙氏，半晌道：「顯兒，你可要想清楚，這事要是叫村裡人曉得，可不是什麼好事啊。」

杜顯知道人言可畏，他怕趙氏受不得這種折磨，當下咬牙道：「我可以回去，但是……」

話未說完，杜堂嘿嘿一笑。「大哥你可要想好了！」

杜顯只覺胸口一陣發悶，杜堂當年就是對他娘子執行家法的人，這事也是知道的，前陣子還威脅他，說要是回杜家就把消息散出去，今日回也是如此，不回也是如此，他的心就像在烈火中煎熬般難受，忽地眼前一黑，一頭栽倒在地上。

杜山無功而返，把李氏氣得直喘，還是吳婆子給她灌了一早做好的川貝蛇膽露，這才好些。

她確實病了，年前染了風寒一直到現在都沒有好轉，晚上咳得睡不著覺，白天渾身沒勁，身子像爛泥一樣。

「哎，我那大兒子啊，真是我的剋星，」李氏抬著床沿。「瞧瞧，上回來看過我之後病就嚴重了，這孩子果然自出生後就剋我啊，生他的時候便差點沒命！」

吳婆子輕拍她後背。「老太太別生氣，大夫說了，怒則傷肝，可都在壞自己的身體呢。」

李氏不理，自顧自說道：「我隨後兩年總有些小病小難，還是懷了堂兒才好起來的，後來遇到個術士，他掐指一算，樣樣都準，自那以後我就不跟顯兒親近了。」她嘆口氣。「可是這孩子越大越懂事，曉得我不喜歡他，便總是親自卜田跟那些僱農一起幹活，家裡也願意到處收拾，若遇到我不舒服那更是小心伺候，這世上再也沒有比他更孝順的孩子了。」

她說著也不知道是難過還是痛恨，閉著眼睛靠在床上的引枕上，慢慢道：「那次我不應該讓他去南洞村收那筆銀子啊！」就是在那裡，杜顯遇到了趙氏，喜歡上了她，最後求她這個母親，准許他娶趙氏為妻。

吳婆子靜靜地聽著，這時輕聲道：「有些事總也避免不了，老太太還是別想了吧。」

李氏霍地又睜開眼睛。「他長那麼大從來沒有忤逆過我，從南洞村回來就變了，怎麼也要娶那個女人。妳說，他是不是中了邪性？」

吳婆子不曉得怎麼開解她，微微嘆口氣。

「我就曉得那女人不是什麼好東西，但顯兒長那麼大從來不曾求我，我到底還是心軟答應了。」

可趙氏嫁到這裡，卻從不對李氏討好奉承，性子很是強硬，杜顯卻又對她言聽計從，李氏到最後十分厭惡趙氏，那日把趙氏灌醉，命田莊裡的一個僱農與她躺在一起，讓眾人都誤會趙氏偷情。

李氏瞇起眼。「她也確實狠，生下的幾個孩子都像她，沒一個好說話的！」她越想越是惱火，本以為杜山把趙氏偷人的事情當眾說出來，敗壞那個女人的名聲，會惹得那些孩子厭惡，結果一家子反而因此抱得更緊。

就如同當初一樣，杜顯那麼相信趙氏，居然連命都不要地撲上去擋了幾棍子。

她呼哧呼哧的喘著氣，也不知道那女人給她兒子吃了什麼藥，迷了他的眼睛，綠帽子都肯戴。

「這不要臉的婊子，當初顯兒把頭都磕破了求我，我才叮囑幾個兒子別把這樁醜事說出去，她倒好，真當自己清白了。妳把我堂兒叫來，我倒要讓村裡人曉得她的真面目！」

吳婆子一愣，有心勸解，但看到李氏那張臉，只得默默地應一聲退下。

杜顯暈迷後，一家子全都守在那兒，大夫才來看過，說是憂急攻心，稍微休息會兒便能醒轉，又開了一張方子。

杜小魚安慰趙氏。「爹肯定沒事的，娘還是去睡吧，我跟二哥看著就行。」經過下午的事情，趙氏的精神肯定受到極大的傷害。

杜文淵也同樣勸著。

「沒事，我來守，文淵你還要去書院的早點睡，小魚啊，妳也是要照顧瓜田的，都去吧。」趙氏柔聲道：「娘好得很呢。」

怎麼可能好？杜小魚鼻子發酸。「那我陪娘，哦，是了，我去煮點麵一起吃，二哥，你幫我燒火。」

趙氏一愣，才想起來。「對啊，晚飯還沒吃呢。」

「娘就等著吧，我跟小魚去弄。」杜文淵按住她肩膀。

「也好，小心燙到手。」趙氏叮囑一句。

兩人往廚房走去。

剛進屋，杜小魚轉身就把門一關，臉上露出憤恨之色。「真沒想到太婆那麼陰狠，難道跟娘有深仇大恨嗎？居然這樣誣陷娘！二哥，可記好了，以後千萬別去見她，若是當官了倒是可以去，讓她給娘磕幾個響頭，賠禮道歉！」

杜文淵對當年的前因後果也極為震驚，當下點點頭。「事已至此，我自是不會去的，不過，恐怕娘以後的日子不好過。」

「你是說村裡人都會知道？」杜小魚大驚，所謂眾口鑠金，積毀銷骨，流言有時候比任何東西都要來得可怕，她停頓片刻。「娘很堅強的，應該挺得過去，不過要是被我逮到誰亂說，非打得他牙齒都掉下來！」

「妳打得過誰啊？」杜文淵嘴角一扯。「這事還是跟吳大娘商量商量為好。」

杜小魚點點頭。「等用完飯我就去。」

說完一個生火一個煮麵，一炷香工夫就把麵端到堂屋去了。

三個人各自用了些，胃口都不太好，幸好杜顯後來就醒了，除了頭有點發暈，別的倒沒有什麼不舒服，趙氏把藥熬好端著餵他喝。

杜小魚抽空就溜到吳大娘那裡。

已經是戌時，田野裡靜悄悄的，偶爾會有蟲鳴，兩家隔著幾畝地，吳大娘也不曉得今兒杜山來他們家。她輕輕叩了下院門，不一會兒盧坡趿著鞋子跑來開門，一見是小魚，奇怪道：「這麼晚有啥事啊？」

「急事，大娘呢？」

「在炕上呢。」

杜小魚一路小跑，推開臥房門，叫道：「大娘，不好了。」

吳大娘被她嚇一跳，從炕上爬起來。「怎的了？」

杜小魚就把今兒傍晚發生的事情詳細說了遍，吳大娘聽得時不時罵兩句，咬牙切齒的，最後斥責道：「妳那祖母確實不像話，我就說當年怎麼好端端的把你們一家子趕出來，妳娘多好的媳婦啊，趕出來後氣得幾天沒吃飯，瘦得都不成人形了，原來是被這麼誣陷的！唉，我只當是受些尋常委屈，居然還勸過妳娘跟她和好呢，早料到卻是打死也不說了。」

「只怕村裡很快就傳遍了，大娘，怎麼辦才好？」杜小魚道。

「這事不好辦，村裡那麼多人，想瞞著是不可能的。」吳大娘嘆一聲。「也只有以毒攻毒，咱們明兒一早也傳話，就說妳祖母誣陷人，昨兒個還想用這個威脅你們回杜家。」

看來也只能這麼辦，兩人說好，杜小魚就回去了。

第四十五章

到得第二日，村裡頭果然風言風語，這李氏真不是省油的燈，也不曉得找來多少人，趙氏只出去一會兒就回家來了，身上被扔了不少爛菜根。杜顯更可憐，被那些孩子們追著喊戴綠頭巾。門口還有或看熱鬧或來嚼舌根的，杜小魚拿著掃帚一通趕，但哪裡趕得完，村裡頭的人就喜歡湊熱鬧，更別說還有人在背後推波助瀾，恨不得在他們家門口唱大戲呢！

後來還是林嵩來了，那些人方才消停些。

「娘子啊，妳可千萬別往心裡去。」杜顯自己倒是撐得住，就怕趙氏想不開，村裡被人戳著罵繼而上吊的婦人不是沒有，他心裡恐懼著呢。

趙氏早已換了身衣服，雖臉色有些白，但還是很冷靜，聞言理了下頭髮道：「我怕什麼，我又沒有做錯事，一會兒咱們再出去，不就是罵兩句，當我不會還嘴？我總不能因為他們就不管田了。」

杜顯急道：「別出去了，那些娘兒們都是瘋的！娘子，妳不是一直想去看看大哥跟妹子嗎？不如我送妳去南洞村吧？」

「是啊，這個法子好。」吳大娘走進屋。「我看妳還是避一避，雖然我跟秦妹子已經幫妳給鄉裡村民解釋了，可那些壞痞子不少，慣會興風作浪的。還有那邱氏對你們恨透了，也不曉得背地裡會做什麼事。」

「是啊，娘子，等風頭過了再回來。」

「我不走！」趙氏怒道：「走了他們以為我怕了，準會當這事是真的，我怎麼能走？不，我不走，我不能遂了你娘的心意。」

屋裡一時極為沈寂，杜顯又是恨又是難過，沒料到娘親真是一點不顧及他這個兒子，這些年從來都沒有變過，在她心裡，他終究是連根草都比不上。他站起來走兩步道：「說到底都是我連累娘子，這就去跟娘求了把家譜除名，咱們自立門戶！」

「不可！」杜文淵忙道：「這是大不孝，若是祖母追究把爹告上衙門的話，是要行刑的！」

「啊！」杜顯愣住了。「這，這……」

難道一輩子都脫離不了他們了嗎？

杜小魚也是一怔，沒想到竟然還不能自個兒立戶頭，是不是除非李氏主動把他們清掃出族譜外，他們完全沒有辦法？

「罷了，他爹，我們這些年不也過來了嗎，難道還擋不住這些風言風語？」趙氏嘆口氣。「這些人不過是想看我們笑話，咱們挺過去也就好了。」

吳大娘知道趙氏性子倔，放棄了讓她躲避的想法，此時道：「妹子說得也是，等過些時候自會好了，他們說久了不也沒意思？只要你們夫妻感情好，這比什麼都強。」

「娘，我陪您一起出去。」杜小魚挽著趙氏的胳膊。「誰敢亂說話，我叫小狼咬死他們！」不咬死也把他們嚇得屁滾尿流，小狼那副凶相真不是蓋的。

「我跟書院請幾天假，過些時候再去。」杜文淵也道。「咱們一家子一起出門，看誰還敢來嚼舌頭！」

杜顯聽著終於露出笑來，伸手拍拍他肩膀。「好，好，我杜顯雖然沒什麼本事，但還有好兒子、好女兒，咱們一家子都在，怕什麼？走，這就出去！」

林嵩一直沈默地在旁邊看著，此時不由輕嘆一聲。

杜小魚大步走到院子裡，把院門一開，四個人並肩走了出去。

陽光鋪天蓋地地灑落下來，像溫暖的雨。

事實證明，流言有時候也像紙老虎，只要夠堅強，那不過是一陣狂風，吹過去也便罷了。

不過杜小魚這回倒是過足了「放狗」的癮，看到那些陰暗的小人被小狼追得到處逃竄，總是引得她一陣大笑。

終於那些刺耳的聲音漸漸淡了，偶爾有小孩子敢過來說綠頭巾，都被她凶神惡煞般嚇得哇哇直哭，大人們自有杜文淵來對付，若是遇到強悍些的無恥男人，也有拳頭揍得他爬不起來。

更重要的是，杜顯夫婦倆一如往昔，絲毫沒有受到影響，正如吳大娘說的，感情好比什麼都強。

當盾牌足夠牢固，長矛便總有放棄的時候。

等到三月，就再也聽不到那些惱人的事了，田埂邊，山坳裡，庭院前，開滿鮮花，溫暖的春天在那瞬間到了極致。

杜文淵回去書院後，家裡又只剩下杜小魚一個孩子。

崔氏這日帶著白蓮花上門，因為流言這件事白家倒是鼎力相助，幫著對付那些興風作浪的人，是以杜小魚也很客氣。

「大嬸，蓮花姊姊進來坐。」她迎她們到堂屋，瞅一眼崔氏手裡提著的竹簍，裡面裝了隻小公雞，便有些好奇。

趙氏這時正從裡屋出來，手裡拿著兩個剛納好的鞋底。

崔氏一見她就笑起來。「大妹子，這雞是給妳家的，不是說雞棚裡缺一隻公雞嗎？我們那母雞年前孵了幾隻小雞出來，就選了這隻，以後肯定跟我們家那隻大公雞一樣好。」

「這怎麼使得。」趙氏忙推卻。

「妳可別跟我見外。」崔氏說著自顧自的走到院子後面，打開雞棚門，把竹簍裡的小公雞扔進去，回頭笑道：「就這麼著了，妳再不要我可生氣了。」

見她都這樣做了，趙氏也沒辦法，只得連聲道謝。

「今兒來是想拉妳去天行寺上香，不瞞大妹子，」崔氏親熱的挽著她的手。「那會兒真怕妳頂不住，那些骯髒人什麼話都說得出來，我就去廟裡給妳添了平安香。如今這事過去了，你們家也好好的，可不得還個願嗎？」

趙氏有些感動。「大姊真是有心了，既然之前許過願，倒不能不去。」

「是啊，雖說是我許的，但妳誠心的話，對你們家人也有好處。看，外面天氣也好，出去走走舒服得很。」崔氏站起來。「我車都僱好了，咱們這就走吧。」

天行寺是這附近香火最旺盛的寺廟，位於北董村與飛仙縣中間，坐牛車的話來回大概一個時辰不到。

杜小魚當然想去，忙道：「娘，我能不能去？」

「妳蓮花姊也一起去的，人多熱鬧。」崔氏搶先道。

趙氏便答應了，給杜小魚外面多套了件粉底藍花的小衫，配上同色撒花裙，真像是花蝴蝶一般。

白蓮花瞅瞅她。「小魚妹妹這麼穿真好看。」

得人誇獎，杜小魚也讚她幾句。

趙氏去吳大娘家託她給杜顯帶個口信後，四個人就往村口走。

果然早有一輛牛車等在那裡，她們上去後車夫鞭子一甩，牛車就慢慢開始前進了。

三月是踏青的日子，嵐山一到春夏，風景如畫，自是吸引無數遊人前來攀山賞花，也有文人墨客鬥詩畫畫，而天行寺就建在嵐山的半山腰上。

杜小魚拾級而上，兩旁樹木青翠蔥蘢，鳥語花香，如置身畫中。

走得半個時辰，終於來到寺廟門口。

饒是她經常做體力活的，也是微微喘息，心道，這嵐山還挺高，耗去不少體力。

「小魚妹妹以前沒來過吧？」白蓮花看她東張西望就笑道：「裡面可漂亮呢，光這大雄寶殿就夠妳看的，後面還有一座懷光塔，一會兒我帶妳去。」

杜小魚其實也不曉得之前有沒有來過，只含糊其辭敷衍兩句。

幾人往前走去，果然看見一處巍峨大殿，黑瓦黃牆，三個大門並排，極有氣勢，門口有幾個小沙彌在接待香客。

崔氏拉著趙氏去到大門，一邊吩咐白蓮花。「妳跟小魚就不要進來了，四處看看就好。」

杜小魚有些不滿，這崔氏雖說好心，不過今兒有點太替她娘作主了。

「小魚，我帶妳去看那個塔好不好？」白蓮花一指東邊。「也不曉得娘跟大嬸要待多久，我們這麼站著總不是個辦法。」

去就去唄，杜小魚隨她拉著往東邊走。

倒是條好長的路，草木蔥鬱，沿路都有觀賞的遊客，莫約一炷香時間，兩人拐進去一通幽靜小道，前面有個小沙彌攔過來。「兩位施主請回，今兒這懷光塔不方便待客。」

「不方便？」白蓮花皺起眉。「不能進去看嗎？我這小妹第一次來，都沒有見識過，還請小師父放我們進去吧。」

杜小魚瞧這小沙彌的神色，猜想應是塔裡面有貴客在，就拉拉白蓮花的衣角示意別去了。

小沙彌這時豎起手掌一躬身。「還請小施主別為難小僧啊，請回去吧，下回還可以再來看的。」

白蓮花覺得有點丟臉，一來就說要帶杜小魚看，結果就是看不成，她冷哼一聲。「佛家不是說眾生平等嗎？為什麼我們就不能進去？是裡面的人把塔包了不成？你分明就是狗眼看人低！」

杜小魚暗自叫苦，還眾生平等呢，有點權勢的人想取你條小命，都是手到擒來的。

正當要拉她走，卻聽前面傳來拍掌聲。「好，好，說得好，姑娘膽子真大，放她進來就是。」

說話的是個身穿青底黑邊直裰的少年，看著大概有十六、七歲，五官除了眼睛閃閃有如桃花外，並無出色之處，身材倒是挺高大的。

白蓮花見突然走出來一個公子，便有些不想去了，她到底是個姑娘家。

見她不動，那少年目光在她身上打了個轉兒，笑道：「看來姑娘也只是嘴巴上說說，不來便罷了。」

白蓮花被他激將，右腳就要踏上去。

杜小魚忙拉住她。「蓮花姊，裡面都不曉得是些什麼人，妳就不怕危險啊？」

白蓮花想想也是。「那我們還是下回再來吧。」

這下輪到那少年不淡定了，走過來幾步道：「怎麼又走了？果真是膽子小不敢嗎？看我這樣子哪像壞人？裡面縣主的公子也都在呢，大家一起賞花不好？」

「不好。」白蓮花錯開一步又往前走。

「咦，可不是想來就來想走就走的！」那少年嘿嘿一笑。「姑娘留下個芳名如何？住在哪裡啊？」

遇到色中餓鬼了，杜小魚無語，白蓮花確實是清秀小佳人一枚，不過當眾調戲也太不像話了，偏偏剛才那小沙彌現在人影都看不見，要找個求助的人都沒有。

「你讓開。」白蓮花被他攔得心煩。

結果她往哪兒走那人都擋著，杜小魚這時道：「我姊姊叫黃小梅，住在南洞村的，可以放我們走了吧？」

「黃小梅？南洞村？」那少年瞇起眼。「南洞村的跑這兒來幹什麼？」

「我們外祖母住北董村啊，娘在廟裡上香呢，一會兒就找來了。」杜小魚隨口胡謅。

白蓮花有些愣愣地，但見杜小魚衝她擠眼，便領會過來，點點頭道：「是啊，我們要趕回去了，一會兒娘找不見可要著急。」

那少年卻不信，跨前一大步，伸手就把白蓮花頭髮上一支簪子搶下來。「這我留下了，妳要是想取回，來縣裡姜家茶葉鋪便是，我叫姜鴻。」說完一甩袖子就走。

白蓮花氣得發瘋，那簪子是她極喜歡的，難得出門才戴一次，卻被他搶走，當即就要去拿回來。

「蓮花姊，這人登徒浪子一個，妳真要去追他？簪子下回讓大嬸替妳去拿便是。」杜小魚可不想發生意外，這個少年舉止輕浮，誰曉得還會做出什麼事。

白蓮花直跺腳，指著那人背影罵幾聲，一步一回頭地走了。

那邊廂趙氏跟崔氏也正好出來，看見白蓮花的表情，崔氏問道：「怎回事？誰欺負妳們不成？」

「有人搶了蓮花姊的簪子。」杜小魚道：「說是要她去姜家茶葉鋪……」

「姜家茶葉鋪？」崔氏皺皺眉。「怎麼會有這種人，光天化日之下就搶妳簪子？走，咱們去找住持，可不能這樣欺負人的，那人還在寺廟裡吧？」

白蓮花點點頭。「就在塔那邊呢。」

「聽說是和縣主的公子一起的。」杜小魚補充一句，那男人色膽包天，可見也是有後臺的，不然豈敢亂來？

聽到跟縣主的兒子有關，崔氏猶豫了，一個小百姓膽子再大也不敢得罪任何跟縣主有關係的人，她立馬裝作無所謂的樣子。「也就是支破簪子嘛，就當給花子了，下回可小心點，遇到些臉生的避遠點走，」又招呼趙氏一聲。「大妹子，我們走吧，還得去縣裡紙馬鋪一趟，這明兒可就是清明了。」

白蓮花仍氣不過。「那簪子我很喜歡的。」

「乖，下回給妳買支更漂亮的。」崔氏忙哄著她。

杜小魚看一眼趙氏，只見她神情淡淡，倒也看不出任何情緒來，便無法猜測之前上香有沒有發生過什麼事。

四個人下山而去。

到縣裡肚子已經很是餓了，杜小魚拉著趙氏去尋龐誠，見他果然正在集市門口賣杏仁茶，當即就要了幾碗。

現在已過午時，是以人也不多，小車前面幾張凳子都空著，四個人坐下慢慢飲用，龐誠又給她們端來兩大盤各色烙餅。

「倒是比小魚做的還好吃哩。」趙氏誇幾句。

龐誠只憨憨地笑。

熟能生巧，確實是越做越好吃了，杜小魚連喝了兩大碗，肚子吃得飽飽的。

臨走時趙氏要付錢，龐誠怎麼也不肯收，只得作罷，四個人又往紙馬鋪去了。

說到紙馬鋪，飛仙縣原是有兩、三家的，但自從王家紙馬鋪開張之後，其他鋪子生意一落千丈，過得幾年便僅剩他們一家，但這生意到底是不吉利的，王家賺了個盆豐缽滿後便把鋪子盤與林家，也就是吳大娘的親家，如今是那大兒子林慶真在打理。

「那王家聽說已經不做了？」趙氏問。

崔氏笑道：「是啊，都搬去府城了，不過這林家紙馬仍是縣裡獨一家，可是比以前的王家還要厲害。」

「林家？」趙氏微一思忖，就想到林美真的大哥，覺得有些惋惜，便搖搖頭。

說話間就已經走到鋪門口，這鋪子的位置比較偏僻，集市出來往右拐走到最裡面便是，但是此刻卻是門庭若市，人來人往，看得出來生意極為興旺。

門口擺著三樣東西尤其引人注目，都是用紙紮就而成，一是兩丈多高的樓閣，二是金燦燦的高頭大馬，三是一對金童玉女。

杜小魚都看呆了，以前參加別人喪事也見過這些東西，可沒有一樣像這些精緻，樓閣外表華麗不說，裡面還有廂房，桌椅等一應俱全；駿馬則似騰空而去，栩栩如生；金童玉女五官細緻，動作自然，沒有一處瑕疵。

這人的功夫真真是好，難怪有那麼多人來買呢。

「呀，是小魚啊！」有人送客出來正巧看到她。

杜小魚抬頭一看，可不是吳大娘的兒子盧德昌嗎？便叫道：「盧大哥。」又問：「盧大哥是來幫你大舅子的呀？」

「是啊，清明了嘛，他一個人哪忙得過來，妳娘哩？進店鋪了？」盧德昌笑道：「妳娘要買東西，我可得便宜點兒。」他說著就進去尋了。

杜小魚也走進店鋪，只見裡面客人很多，這個要買元寶，那個要買紙錢的，一片鬧哄哄。

「小魚，來。」趙氏找到她。「剛才一回頭就不見人了，嚇我老大一跳，可別到處跑啊，清明人多呢。」

「我在外頭看那些祭品，真好看！」

「是啊，這人手藝真好。」白蓮花看著鋪子裡各式各樣的祭品，忽地用手一指。「都是他紮的嗎？」

側門那裡正坐著一個少年，此刻拿了瓦刀剖竹條，他的手指細長細長，竹條在手裡左右穿幾下，也不見怎麼複雜就變出一張古樸的小籐椅來。

十分迷你，正好適合那個小樓閣。

白蓮花張大了嘴，又見那少年側面挺直的鼻子、帶笑的嘴唇，一時都癡了去。

杜小魚走上前兩步，蹲下來專注地看他編東西，她早已認出那個少年是誰，就是林美真的大哥林慶真，當初她娘還看上過的呢。

林慶真也沒在意，繼續編著東西，只片刻又做出一張小床、一個屏風。

那邊崔氏已經把東西選好，趙氏也尋了些紙錢、元寶給杜顯明兒去拜祭先人。

盧德昌這時走過來道：「大舅子，這兩位大嬸是我們一個村的，我可便宜賣她們了啊，你沒啥意見吧？」

林慶真笑道：「憑你作主。」

盧德昌呵呵一笑，伸手拍拍杜小魚的頭。「有這麼好看？大舅子你編個小玩意兒送給小魚玩唄。」說完就領著崔氏她們結帳去了。

林慶真聞言就把之前編好的小籐椅遞給她，又問。「還是喜歡別的？」

他的聲音極溫柔，是種很特別的低沈，杜小魚臉一紅，搖頭道：「就這個，這個好。」

他笑笑，低頭繼續剖竹條。

那樣專注，心無旁騖似的，哪怕鋪子裡人來人往他也沒有受到任何影響。

像個藝術家，杜小魚對他做了評價。

離開鋪子時，她才發現崔氏竟然捨得花錢買那麼多的祭品，有黃金床、有大白馬、有婢女，還有很多很多元寶。

走在路上令人側目。

趙氏也覺得誇張，但面上自不表現出來，伸手幫她一起拎著。

杜小魚在旁邊拿著小籐椅玩，越看越是精緻，擺在手心裡還能左右搖晃呢。

「給我也瞧瞧。」白蓮花一伸手，接過來之後左右看著，臉上隱隱有紅暈浮現，忽地道：「這個送我行不行？」

「啊？」杜小魚無語了，小孩子的東西都搶啊！

見她有不肯的意思，白蓮花偷偷從頭上摘下一朵淡紅色的珠花。「我拿這個跟妳換好不好？」

剛才被人搶一根簪子都念叨半天的，居然願意拿珠花換個籐椅，杜小魚忍不住盯著她看，這小籐椅再怎麼好應也比不上首飾對女孩子有吸引力啊。

「算了，妳要就給妳。」杜小魚擺擺手，嘴角微一挑。

「真的？」白蓮花高興極了，恨不得上前抱她，又把小籐椅小心的放在荷包裡。

第四十六章

趙氏跟杜小魚回到村裡的時候已經是傍晚。

杜顯在院子裡揀菜，竹籃裡放著半籃子野山筍，地上有幾個土豆還沒有削，牛棚裡的羊咩咩叫著，小狼懶洋洋的趴在身邊。

空中有炊煙裊裊正升起，杜小魚快走幾步，笑道：「爹，我們回來了。」又一看竹籃。「爹今兒去山裡了？」

杜顯抬起頭。「哦，回了，那山筍是二丫送來的，妳正好不在，她說是揀多了送些給我們嚐嚐，真是個熱心丫頭啊！」

這丫頭抽空來一趟居然正巧就沒碰見她，哎，杜小魚嘆口氣。

趙氏這會兒也進來了，杜顯問道：「她娘，雞棚裡怎的多出了一隻公雞？哪家抱來的？」

「崔大姊送的。」趙氏把紙錢放在堂屋，走過來從井裡吊桶水到大盆子裡，嘆口氣道：「我不要，她硬是給塞棚裡，下回等棉花收成了，彈條厚被子送過去，他們家也沒種棉花的。」

「也好，總不能白要他們東西。」杜顯停一下，奇怪道：「不是嫌咱們黃花還要學兩年嗎，怎麼好好的又要送公雞，還拉妳去天行寺？哦，他們家蓮花也大了，該不是想跟我們文淵……孩子他娘，這倒是不急啊，我們家文淵還得去考鄉試呢。」

趙氏瞅瞅在旁邊偷聽的杜小魚，本想避著她，後來一想也罷了，反正這孩子心思成熟，準能從其他地方得知，就說道：「倒不是文淵的事，今兒在廟裡還求籤了，都是上籤，那解籤人先給崔大姊看的，準得不得了。」

「說什麼了？」

「她是給他們家與時求的，說否極泰來呢，又說好事將近，日後夫妻和順，事事如意，大姊便又讓那解籤的指點什麼時候成親最佳，結果說是這一年之內為好。」

杜顯啊的一聲。「一年內？也太急了吧？」

趙氏也是這個意思。「是啊，我也覺得急了點，她那兒子也才稍微好些，誰曉得……」她頓一頓，覺得說這話不太合適，便道：「我也給黃花求了籤，唉，倒真是讓我為難，竟說眼前就有一樁良緣，這指的可不是白家嗎？」

「有這事，那籤文怎麼說的？」杜顯忙道：「唸給咱們小魚聽聽，她現在有學問哩，啥都看得懂，文淵上回也跟我說，要有看字什麼的就叫她來。」

「我哪裡記得，不過叫人抄下來了，那解籤人雖說前面解得準，可我瞧著賊眉鼠眼的，總覺得不舒服，又怕崔大姊不高興，當面也沒說，還是等她不在才請一個在畫畫的公子給我抄的。」

趙氏從懷裡掏出條帕子遞給杜小魚。

籤文如下——禹門跳浪翻，魚變化為龍，己意成君意，方為吉亨通。

一看就是上上籤，不管問家宅、生意、求財、婚姻都是好的，杜小魚心道，真要抽到這支倒不是糊弄人，確實是好運來了，可是這抽籤的方式她卻不相信。

「怎麼說啊，小魚？」杜顯追問。

「確實是好籤。」杜小魚不情不願回道，質疑神佛她可不敢說，要說抽籤這事完全沒意思，那準得被責罵。

「那倒是好事。」杜顯很高興，但轉念又一想。「但也不能就確定是白家吧？指不定黃花還有別的好姻緣呢。」

趙氏有些煩惱。「是啊，但是我看崔大姊是想把這事給成了，其實他們家兒子若身體真好了，倒也不錯。」言下之意還是擔心他好不了。

這一點杜小魚也同樣擔憂，想了想道：「就算娘同意也沒辦法，姊不是還要學兩年嘛，白家又不是不曉得，這會兒非急著要結親幹什麼？」

「對啊，他們家早知道的，黃花可是簽了契約的。」杜顯雖然也挺喜歡白與時，可自家女兒未免寶貝，哪敢有一丁點的冒險。「要是她下回還這麼急，妳就這樣答，難道還能去萬家鬧不成？」

「也只有這樣了，我也不想跟他們家為這事鬧得不高興。」趙氏把籃子裡的野山筍洗乾淨端著去廚房了。

杜小魚去小棚子裡餵兔子。

之前生的那批兔子，現在已經有四個多月大，分開放在四個大木籠裡養著，再過兩、三個月基本就能出欄了。

不過她對此不太滿意，兔子生長得有些慢，她記得曾經看過關於養兔的資料，像一般肉兔其實只要三到四個月就能長到六、七斤，可這批兔子已經四個月了，拿最重的一隻出來稱稱也只有五斤多。

大概還是品種的關係，因為餵食上面是精心照料的，房舍也一直保暖通風，到現在都沒有一隻兔子生過病呢。

小兔子見到人來，一個個都探頭探腦，性子急的就在那裡啃木頭了。

她抓了半捆草料放進籠子裡，又去餵那邊的大兔子，卻見兩隻大公兔沒幹好事，把尿噴得到處都是。

這是發情的症狀，上回在二月本想給牠們配種的，結果硬是不配合，想是天氣還不夠暖，到三月份果然就不同了，杜小魚立馬高興起來。

很快就要有第二批兔子出生了。

忙了會兒，給幾隻大兔子餵完青菜葉、玉米碎，等她打開小棚子的木門走出來，卻見杜顯坐在後院一根木樁上發呆，很有些心事的樣子。

「爹在想什麼呀？」她笑問。

杜顯抬頭看看她，皺了下眉頭，猶豫會兒才小聲道：「小魚啊，妳跟妳姊感情好，妳覺得黃花會中意那白與時不？」

杜小魚嚇一跳，難道他瞧出來了？忙垂下頭掩飾表情。「爹您說什麼呢？我哪會曉得，姊又不是樣樣話都跟我講的。」

「哦，」杜顯嘆口氣。「上回那白與時不是來咱們家了嗎？我跟妳白大叔去堂屋的時候，見黃花笑得可開心呢！唉，妳姊命苦，小時候天天跟著咱們往田裡跑，大一點，我腰病又嚴重了，她又是沒個舒服的日子過。」他頓一頓。「萬一那白家等不得找了別的媳婦，妳姊又是看中他的，那不是要恨我們？」

杜小魚沈默會兒。「爹跟娘也是為大姊著想嘛。」

杜顯搖搖頭。「我總覺著是不是應該問問黃花，若她有這個意思，我這個爹得想法子成全她才是啊！」

「可是白大哥萬一好不了呢？難道爹也捨得讓姊嫁給他不成？」都說人在戀愛中的智商為零，杜黃花也許什麼傻事都做得出來呢，這個誰曉得。

杜顯又不說話了，半晌摸摸杜小魚的頭。「我只是心疼妳姊啊，這傻孩子什麼都悶在肚子裡，要是我們替她作主錯了，怎麼辦才好？」

杜小魚忽地鼻子發酸，什麼話都說不出來。

她從來都在怕杜黃花吃虧，可是卻沒有像她爹那樣子為大姊想過，比起趙氏來，杜顯更多了些仁厚與諒解。

「爹，咱們抽空去河裡下網吧，那池塘可以養東西了呢。」最近因為流言蜚語的事一直都沒有料理池塘，現在自是有空了，她轉移開話題。

「好，好，我們明兒就去，多養些鯇魚吧，看妳喜歡吃那個魚片呢。」杜顯站起來。「走吧，給妳娘燒火去。」

夕陽落在他肩頭，好似披上一層燦爛無比的外衣，他的皺紋一條條聚集在眼角，笑起來那樣慈祥而溫和。

杜小魚揉揉鼻子，把手放在他寬大的手掌裡，兩人笑著進去了。

趙氏正在切山筍，打算煮個山筍湯喝，旁邊竹籃裡擺著切好的土豆絲，還有幾根大蔥，那土豆絲浸過水後，炒出來脆生生的，再撒上蔥絲，好看又好吃，是她的拿手好菜。

不過要是事先放點辣椒在油裡過一遍炒，應該更香吧？她想著上前道：「娘，我上回在縣裡不是買了好些香料嗎，您放點辣椒進去試試成不成？」

「辣椒？聽說那東西吃著心裡冒火，還有人吃多了流鼻血呢！」

「沒事，縣裡那些酒樓炒菜都放的，娘少弄點就行。」杜小魚蹲下來打開櫃門，拿出一小包辣椒，挑了小小的兩個出來。「就這麼兩個吧，要是好吃咱們下回再多放。」反正不是朝天椒，應該沒有關係的。

趙氏想想同意了。「那跟什麼炒好吃？小油菜？」

「土豆吧。」

「那行，妳給我去灶肚裡添點麥稈子。」

趙氏燒完山筍湯就開始炒土豆絲了，結果那麻油裡放了辣椒一滾，一股濃烈的辣味直衝鼻尖，杜顯夫婦都嗆得咳嗽起來。

「哎喲，喉嚨都疼了，這能吃？」杜顯驚道。

「嚐了不就知道了，娘，這辣椒不能炒黑了，快點放土豆。」杜小魚毫無反應，這點辣味對她來說跟沒有一樣。

趙氏只好咳嗽著把菜炒好了。

等到吃飯的時候，兩個人都不去挾土豆絲，杜小魚看他們恐懼的樣子，身先士卒挾了一筷子放嘴裡。

先不說菜好不好吃，單看這綠色的蔥、紅紅的辣椒、黃黃的土豆，顏色都好看不少，杜小魚慢慢嚼了兩下，果然是更香了，辣椒就是好東西啊！

「能不能吃？」杜顯緊張的盯著她看。「妳少吃點啊，別一會兒舌頭都大了。」

「一點都不辣，爹您快吃。」杜小魚挾一筷放他碗裡。

女兒孝敬自己的，杜顯只得苦著臉嚐一口，結果還沒嚥下去眉頭就皺起來，奇道：「明明炒的那會兒味道很怪的，怎麼吃起來沒啥感覺呢，倒是香很多，」他又細細品了下。「嗯，有點那啥，怎說不出來……」

「那就是辣味，還不錯吧？」杜小魚笑道。

「哦哦，辣得好，辣得好，她娘，妳也快嚐嚐，香著哩！」杜顯興奮地給趙氏挾了一大筷子。

趙氏便也吃一口，反應跟杜顯一樣，都覺得比以前的好吃了。

看來他們都能吃辣，其實吃辣本就是講天賦的，杜小魚很高興，想著等明天加大量，看看他們的承受能力到底有多高，對了，還有花椒。

又麻又辣才好吃嘛，到時候做酸菜魚這才叫過癮！

過得幾日，從河裡陸陸續續網了些魚上來，有鯽魚、有鯇魚、還有鯉魚，都放在池塘裡養了，杜小魚晚上還去抓了幾隻螃蟹，也一併扔在池塘裡。

白天就撒些麩皮、剩飯去池塘，不想大量養殖的話，是很省心的。

杜文淵中間回來過一次，她尋了兩隻最小的兔子給他帶過去萬家，做寵物的話小點比較萌嘛，相信萬芳林也會喜歡的，又叮囑了怎麼養。

不知不覺便到四月，寒瓜開花比之上回早了半個月，已經開出雄花、雌花，她白日都在田裡忙活，又要擔心下不下雨，若是下雨就會影響授粉，是以每日都是心力交瘁，晚上倒頭就睡，一晚上夢都不作一個的。

這日杜小魚睡眼矇矓的走到堂屋用飯，卻見秦氏竟然在，也不知道大早上的來幹什麼。

「總算起來了，可把我等的。」

「等我？」杜小魚打了個呵欠。「等我幹什麼？」

秦氏指指地上。「看，給妳送兔子來了，聽說是哪個小販給妳帶的，妳二哥曉得我經常兩地跑，就把兔子託我帶回來。」

聽到兔子，她立馬清醒過來，往地上一看，在秦氏身後可不是有一個大籠子嘛。

她謝了一聲就蹲下來看那些兔子，一共有五隻，兩隻土黃的，一隻黃白的，兩隻黑的，看上去有兩個月大小，形態上面都略有不同。

秦氏見她很專注，輕笑道：「小腦袋瓜又在想著賺錢了吧？這兔子是叫人從齊東縣買的？可是大老遠呢。」

「是啊，我本來想自己去的，不過沒機會。」

「妳哥說一共用了三兩銀子，那章公子幫妳先付了。」秦氏說著嘻嘻一笑。「不就是齊東縣嘛，等我以後賺到銀子了僱馬車帶妳一起去，聽說那邊是好，指不定可以進些東西來賣賣，稀奇的多著哩。」

「好啊！」杜小魚眼睛一亮。「那我先預祝大嬸發財嘍。」

「哎，妳大嬸現在是沒有太多心思啊……」秦氏訴苦。「妳也曉得妳龐大哥年紀大了，得先給他找個好媳婦才行。」

杜小魚撇撇嘴。「大嬸您不挑三揀四的話，龐人哥早成家了。」

「瞎說，我怎麼挑了？」秦氏不滿。「妳小孩子懂什麼，這終身大事能隨便亂找一個的？要讓妳大姊在街上拉一個就嫁人了，妳肯不肯？」

「別急啊，跟大嬸說說話。」秦氏道：「難得來一次，妳這孩子就不想我啊？」還跟她胡扯起來了，杜小魚懶得理她，站起來道：「我去餵兔子。」

杜小魚雞皮疙瘩都要冒出來，怎的跟她肉麻起來了，不過秦氏這個人慣常是什麼話都說得出來的，也不在意。

趙氏餵完雞就進來了，秦氏見她忙完，也不避著杜小魚就道：「大姊，聽說妳上回跟那崔氏去天行寺了？」

也不是秘密，不用瞞著，只有些奇怪，趙氏嗯一聲。

「是不是他們想把女兒許給你們家文淵啊？」秦氏又道。

白家確實隱約有這個意思，但也沒有肯定，趙氏一時不知道該怎麼答。

「哎喲，大姊，這白蓮花可不能要！」秦氏拍一下桌子。「我就是特地來告訴妳一聲的，這姑娘不像話啊！」
杜小魚本來要走的，立時停下腳步，看來又有八卦可聽了。
趙氏奇道：「蓮花怎麼了？」
「我昨個兒在大街上碰見她，妳道怎的，居然醉醺醺被個公子摟在懷裡。」秦氏嘖嘖搖著頭。「幸好我去問一聲，不然這姑娘明兒醒來都不曉得在哪兒呢！」
這事非同小可，趙氏大吃一驚，想了下道：「蓮花這孩子不像不知輕重的啊，怎麼會做出這種事？別是看錯了吧？」
「怎可能看錯，這姑娘嬌小玲瓏的，臉上還有一個酒窩，我見過幾回自然記得的。再說，就算記錯，她娘總不會認錯的，蓮花娘後腳跟就來了，那公子當著人家娘的面到底也不好再放浪，把蓮花往她娘身上一推就走了。」
趙氏聽得咋舌。「那崔大姊認不認識那個公子？」
「她說是不認得，還說他們家蓮花清清白白的姑娘，許是被人給用藥迷昏了想拐賣走，在大街上一通哭，說不應該自己一個人去當鋪的。」秦氏鄙夷地嗟一聲。「什麼被藥迷，當我連酒味都聞不出來？分明就是喝酒喝醉了，那公子也不是什麼拍花子(注)，我找人打聽過，是姜家茶葉鋪的二公子，風流成性，整天就曉得跟些姑娘廝混，他們家蓮花就不是個好東西，正經姑娘哪會跟這種人喝酒？」
秦氏一口氣說那麼多話，端起茶喝幾口道：「還讓我別告訴別人，省得污了他們家女兒名聲，真是好笑！這縣裡大街上就這樣了，還會怕羞？大姊，旁的人我倒是可以不說，但是怎能不知會妳一聲呢，是吧？」

不過趙氏並沒怎麼領情，只笑了笑。「我覺著還是有些誤會在裡面，蓮花這孩子還不至於……」說著又怕秦氏不高興，添一句道：「不管怎樣也不關咱們家的事，我們文淵還不急著找媳婦呢！後年又要考鄉試，怎麼也得過後再說。」

「是了，若考中舉人他們白家算什麼？」秦氏勸道：「就是這個理，妳可別跟他們家定下來，文淵以後是有大前途的，考上舉人啊，將來可是能做官的啊，他又年輕，要我說，娶個像萬家這樣的小姐都不為過。」

杜小魚聽著瞅瞅她，哪不曉得那些鬼心思，若是他們家跟萬家結成親家了，秦氏少不得有些好處。

所以今兒特地跑來告知這件事，除了是要提醒白蓮花的人品外，也摻雜著不少私心。

等秦氏告辭後，趙氏嘆口氣，這白家啊，兩個孩子都是讓父母操碎心的啊，這白士英夫婦也真是不容易。

杜小魚自是拿著幾隻兔子去研究了。

新買來的五隻兔子是三個不同品種，土黃的那種是漸變色，背毛最黃，往肚子下方顏色漸淡，頭比較小，耳朵比較長。而黃白的那隻耳朵比較短，鼻子四周，脖子到前腳都是白色，剩下的地方便是黃色，很是機靈的樣子。最後那對黑色的最精神，皮毛油亮，臉方方的，很有個性。

她先一一稱了重量，記在本子上，然後再放入籠裡。

注：拍花子，意指用迷幻藥騙人或拐賣小孩的人，多假扮成乞丐降低受害人的戒心。

這裡的每隻兔子都有自個兒的成長記錄，多久長多大，身體健康情況都寫得清清楚楚，因為她要在裡面挑出最好的將來做種兔。

一般種兔只能利用兩、三年，所以這個挑選工作得不停地繼續下去。

過得幾天，杜文淵從縣裡回來了，手裡拎著兩尾魚，那魚自是死了，硬挺挺的垂立在那裡，嘴巴張得老大。

杜顯忍不住皺眉。「大老遠的帶個魚幹什麼？咱們池塘裡養了好些呢，你要吃爹這就去撈，哪不比你那新鮮。」

杜小魚眼尖，驚喜道：「爹，這可不是一般的魚，是鱸魚，上回姊跟我提的呢，說好吃得很。」

「就是姊讓我帶回來的，說讓你們嚐嚐鮮。」杜文淵笑道。「也是走之前才讓殺好洗乾淨的，爹快拿去給娘燒了。」

杜顯撓撓頭，接過魚左看右看，見果然長得怪異，嘆一聲道。「黃花這傻孩子真想得出來，還讓帶魚回來，」又問杜文淵。「這是不是很貴？可不是浪費錢嘍！」

趙氏也聞聲出來了。「是啊，回來就回來，還帶什麼東西，就跟你爹說的，浪費錢。」

「怎叫浪費，我跟姊掙錢也是想讓爹娘吃得好穿得好，這算什麼？」杜文淵從衣袖裡摸出兩錠銀子。「娘收好了。」

足足有四兩重，可是不小一筆錢，趙氏奇道：「這哪兒來的？」

「在書院掙的，有些央我寫字，有些討幾首詩，也攢了不少時候。」杜文淵笑笑。「娘不用擔心，影響不了唸書的。」

趙氏仍有些不高興，抿著嘴一會兒道：「你可專心點，咱們家不缺這點錢，還用不著你去做這些事，你……」她看著這個兒子精緻的五官，深藍色直裰襯得他出眾風采，不由暗嘆一口氣。

「你是讀書人，何必沾了這些銅臭氣，以後再不要這樣了！」

從小到大，這個娘都不讓他承擔家裡的苦，他一個男孩了，對家裡的奉獻卻是絲毫都沒有的，杜文淵沈默會兒，點點頭。「好，我不做便是。」

杜顯見氣氛忽地有些凝重，忙道：「哎喲，這魚該怎麼燒？小魚，要不要用辣椒、花椒燉著吃啊？肯定好吃。」

杜小魚噗哧一聲笑了，她爹還真吃上癮了，啥都要放辣椒、花椒，不過這鱸魚可不行。

「清蒸著吃，」杜文淵道：「聽說還可以做鱸魚膾。」他頓一頓。「不過咱們家裡沒有這種蘸料。」

「哦，那就蒸著吃。」杜顯笑呵呵道。「既然有好魚，我去喊林大哥來，他倒是好幾天沒來了，整日有人拉著他喝酒吃飯哩。」

「娘，滴些豬油再上去蒸。」杜小魚添一句。

趙氏應一聲就拿了魚去燒火上鍋，杜小魚掏出一兩銀子給杜文淵。「這你給章卓予帶去，替我謝謝他。」上回給過小販二兩定金的，因此章卓予應該只用再給一兩。

杜文淵笑道：「早幫妳給了，我既然有四兩銀子，難道一兩還拿不出來？」

杜小魚挑起眉。「難道你還不只這些，準備藏著幹什麼呢？」

「就四兩娘都不高興了，我要全拿出來不曉得什麼樣呢。」杜文淵拉她走到書房裡，又回頭把門關上，在袖子裡一陣摸索，這回掏出來兩個大銀錠。「這銀子妳收著，買些豬啊、牛啊養著，我看種田累得慌，又是擔驚受怕的，少弄這些。」

「也沒有啊，種田也很好玩的，等收割的時候多開心啊。」收穫了就有很大的成就感，只要自己付出了辛勤勞動，不過杜文淵恐怕沒有體會過。

杜文淵盯著她看看，半晌道：「隨妳吧，反正銀子放妳這兒，妳可別給我賠光了。」

杜小魚把銀子掂量了下，估摸著也有十兩，忍不住好奇道：「真是這麼賺到的？果真是大詩人哦，還能有人花錢求詩。」

「看不起妳哥？一首詩一兩銀子呢！」杜文淵輕蔑道：「這書院裡好些有錢人家出來的公子，要面子得很，奉到家裡慶生或聚會就想一鳴驚人，花點這錢算什麼？不過我也不想賺這種錢了，腦袋都想空了，這麼想想，可能種田真沒有我這樣累呢。」說著往炕上一躺，手擺在腦後，眼睛微微閉起來。

杜小魚看他想休息的樣子，就自個兒把銀子收好，正好杜顯在外面喊他們吃飯了。

兩人剛走到門口，就聞到一股鮮美的魚香味撲鼻而來。

林嵩這時也進了屋，左手提著一罈酒，右手拎著一隻燒雞，看來這頓飯可美呢，杜小魚高高興興地蹦去堂屋了。

天漸漸黑下來，晚風從窗前吹過，帶來薔薇花濃郁而誘人的香味，她在院子裡四處都種了些，如今這時節自是開得遍地都是。

杜小魚站在窗前看著月光下的花圃，裡面也是滿滿當當的花草，忍不住唇角就翹起來，回轉身掐了手指算，再過一個月，她扦插的金銀花就該開花了，若是成功的話，明年就要弄個一畝地試試。現在藥鋪給的價格還是挺高的，可見應用確實廣泛，而山裡野生的卻是不多，實在是個很值得種植的藥草。

第四十七章

五月終於在炎熱中緩緩來臨。

寒瓜一個個都滾圓了，用不了幾天就能拖去縣裡賣。

今年他們家一枝獨秀，別人家的寒瓜都沒有他們早，所以鐵定是能多賺好些的，杜小魚心裡歡快得很，連耳邊聒噪的知了聲聽起來都無比悅耳。

偶爾飄過的穿堂風吹在身上極為涼爽，她在院子裡觀察那些金銀花。

最近她發現一個問題，這金銀花很奇怪，除了從山上挖下來的每年開幾次花外，她自己扦插種植的居然都不開花，也不曉得出了啥問題。

若這樣的話可種不起來呢，莫非是要用種子種植？可金銀花結的果子都是漿果，也不曉得怎麼弄。

她想來想去得出一個結論。

這金銀花大概種下去是要幾年後方可開花的，可惜看過的醫書只簡單介紹它的功用、性狀，卻沒有提到這些東西，看來還是得問問有經驗的人才行。

杜顯對林嵩的事情很上心，這日請了林嵩來，又問起他要在南洞村置辦院子的事。

林嵩像是忘掉了，笑了笑道：「倒是不急，我還有一件事沒有處理完。」

「什麼事，可有我能幫上忙的？」

林嵩沒有立刻回答，只微微側頭看著屋外的陽光，一時極為安靜，很久之後，他終於慢慢道：「不瞞杜老弟，我多年不著家，四處遊歷其實是為了尋找我的外甥。」

「啊！」杜顯驚訝道：「你那外甥怎麼了？」

那邊杜小魚也是極為訝然，不知怎的，她就想起周二丫送她的那顆紅寶石，那是林嵩那把劍柄上掉下來的。

原來他是在尋人呢，難道他的外甥曾在北董村出現過嗎？

林嵩卻不繼續往下說了，只搖著頭道：「他如今也該有文淵那樣大了，不知何時才能曉得我這個舅舅啊。」

他說完就往外去了。

杜顯嘆一聲。「林大哥竟有這樣的傷心事，也不知道他那外甥到底怎麼了，不然我們也好幫著一起找找，他娘……」他說著哎呀一聲。「他娘，妳臉怎那麼白，是不是不舒服？妳怎麼了？」

杜小魚忙看過去，只見趙氏身子在微微發抖，額頭上布滿汗珠，一雙眼睛更是瞪得老大，像是受到驚嚇一般。

兩人一通喚，趙氏才慢慢回過神，抬手拭了下額頭。

「娘，您哪兒難受，我去請大夫！」

「沒事，我，我是想起昨晚上一個夢……」趙氏站起來。「進去歇歇就好。」說罷跌跌撞撞走出堂屋，杜顯忙跟了上去。

好半晌他才出來。

「娘怎麼樣？」

「扶著睡了，唉，死也不要大夫來。」杜顯有些煩躁。「妳娘啊心裡藏著事呢，也不告訴我，這叫我怎能安心！」

「也許真是昨晚沒睡好呢。」杜小魚忙勸慰道：「娘跟大姊一樣，心思重，準是樣樣都想多了，那崔大嬸沒事就來串門，要我也受不了，娘又不好意思直接說得清楚，作噩夢也是正常的。」

那崔氏像狗急跳牆一樣，就想說服兩家結親，可她越是這樣，別人越是懷疑，哪敢貿然答應？

杜顯想想也有理，便不再想這事了。

過得幾日，寒瓜全都成熟，杜小魚挑幾個最好的瓜把種子給洗乾淨曬乾，放在密封的小罈子裡保存好，就跟她爹僱了輛牛車去縣裡賣瓜。

正是最熱的時候，兩人在途中就口乾舌燥了，開了個寒瓜一路吃著去，沿途也有來往的商旅，見著有車拖著寒瓜，便紛紛下車來買，這樣竟就賣去了四分之一。

到得縣裡，果然見沒一家賣寒瓜的，物以稀為貴，杜小魚當然要漲價了，不過她也沒有漫天開價，到底還是要留些厚道的，只由原來的六文錢一斤漲到九文錢。

這多出來的三文嘛，真正的有錢人家是不在乎這點錢的，而原本稀少的物資向來都為少數人所擁有，更別說還有買來孝敬人的，那就更不算什麼了，只一會兒工夫，寒瓜就賣得光光，足足賺了十二兩銀子。

杜小魚把銀子全數遞給杜顯，笑嘻嘻道：「看吧，果然提前種有好處，爹，我看咱們家的牛糞不夠用呢，明年我想多種一畝地試試。」

杜顯取出五兩銀子給她。「寒瓜地都是妳在照料，出來時妳娘叮囑過我了，說妳心大，給些銀子讓妳自個兒搗鼓去。」又道：「牛糞還不好弄？妳龐大叔家兩頭牛呢，我問他要他還能不給？他們家現在又是賣雜貨又是賣豬肉的，田反而不太種了。」

看來她娘還是很瞭解她的，杜小魚喜孜孜接過銀子。「那我想再買兩畝地成不成？」

「行啊，爹給妳張羅去。」杜顯笑道：「都種寒瓜呀？」

「還想種個藥草，我今兒就想去請教下萬老爺呢。」

「種藥草？倒是頭一回聽說啊！」杜顯道：「咱們村裡沒有人種的，這東西估計難弄著呢，萬一生個啥病也不曉得，妳倒是想想好。」

杜小魚點點頭，兩人一路說著去萬家了。

正是午時，他們去的時候，萬家正在用飯，下人通報後，就請著進去。

聞到飯香味，杜小魚肚子咕咕直叫，他們賣寒瓜賣得起勁，完全忽略了飢餓，這會兒被一刺激，頓時覺得吃不消。

「哎喲，看我糊塗的，都忘了吃完飯來了。」杜顯一拍腦袋。

杜小魚笑道：「爹也餓了啊？那咱們先把飯吃了再來。」

兩人正要走，章卓予從堂屋出來。「怎麼又走了？不是想要見我大舅的嗎？」

「餓了。」杜小魚撓撓頭。「過會兒再來。」

見她很是坦白，章卓予笑起來。「這還不容易，咱們廚房的飯菜多呢，我這就叫人弄上來，你們吃完再去見我大舅也不遲。」

「那倒是打擾了。」杜顯忙道，又問。「文淵呢？」

「哦，他今兒有人請吃飯，不回來了。」

「啊？」杜小魚奇道：「誰請我二哥吃飯啊？」

「我也不太清楚。」章卓予搖搖頭，這個師兄才學出眾，詩名漸起，總有不少飯局的，有些是富貴人家的子弟，有些是同好之人要鬥詩，他又善於交際，結識的人五花八門，鮮少有空閒的時候。

杜小魚跟杜顯在偏廳用飯，萬芳林也來了，手裡抱著她送的白兔，看得出來很是喜歡。

章卓予笑道：「表妹晚上都抱著一起睡呢，這兔子也是乖巧，乾淨得很，還認識表妹，整日都圍著她轉。」

「那就好，我還怕牠們不乖，到時候反而讓萬姑娘不高興。」杜小魚笑道：「其實也是可以訓的，自個兒能去專門的地方方便呢。」她就教了兔子上廁所的法了，萬芳林聽得一臉認真，隨後就叫人去訂做。

「上回小販不是給我買了些特殊的品種嘛，等以後有漂亮的，我再給妳送兩隻。」

萬芳林有些害羞，又有些高興，拿眼睛啾著章卓予。

「小魚給妳的收下就是，反正咱們都是朋友嘛。」章卓予拍一下她的手。「大不了妳以後請她吃頓飯。」

萬芳林就點點頭。「嗯，小魚，我下次請妳吃飯。」

「好啊。」杜小魚笑。

用完飯後，章卓予就帶著她去見萬老爺了。

萬炳光正在賞畫，他有個習慣，每回用完飯都要來一趟書房，若是看不到那些珍藏的畫，他好似肚子都不消化了，而見到之後自是心情愉快，腸胃暢通。

「舅舅，小魚來了。」章卓予在門口敲了下門。

萬炳光便讓他們倆進來。

杜小魚向他行了個福禮，說起來意。

聽她竟然談到草藥的種植，萬炳光很是驚訝，問道：「妳想種金銀花？」

「是啊，我已經觀察一年多了，先是從山上挖下來移植，後來發現能活，就插種了一些，不過今年發現插種的金銀花不開花，萬老爺，您知道這是怎麼回事嗎？」

「妳這個丫頭倒是細心。」萬炳光笑道：「這金銀花啊可不好種，雖說近百年來一直都有人在嘗試種草藥，可是金銀花不同別的，它得種夠三年才開花。妳那些從山裡挖出來的是年份夠了，自然開花，別的還得再等兩年，所以一般人都不願意種。」

果真跟她想的差不多，杜小魚皺皺眉。「不過金銀花的價格挺高呢，三年的話其實也不算長，而且一年開幾次花，這一點就比別的草藥好上很多。」

「都沒耐心唄。」萬炳光笑笑。「人都貪圖眼前利益，三年說長不長，說短不短，若是遇到個風吹雨打，前兩年工夫不就白費了？」

說的也有道理，杜小魚想了下道：「不過我還是想試試看，」她頓一頓。「萬老爺，那金銀花的種子您知道哪兒有賣嗎？」

萬炳光瞧瞧她，道：「小丫頭真想種啊？」

聽他語氣有些質疑，杜小魚笑道：「萬老爺您可別小瞧我，那寒瓜地多數時候都是我一個人照看的，而且，我雖然年紀小，可是農書看了好多本啦。」

章卓予也在一旁道：「是啊，舅舅，她還養兔子呢，小魚很能幹的。」

聽他幫腔，杜小魚衝他感激一笑。

萬炳光斟酌會兒，心道這杜家三個孩子倒真是厲害得很，大女兒聽夫人說悟性極佳，比起以往任何弟子學蘇繡都要來得通透，那杜文淵自不用說，沒想到這小女兒還是個能種地的，聽剛才一番話，卻是瞧得出來頗有雄心壯志。

還想開先河種金銀花，真是初生牛犢不怕虎！

「妳就真不怕前兩年都白幹了？」他又問一句。

「大不了銀子打水漂，有句話叫失敗乃成功之母，若不經歷這些，又怎麼可能積累經驗呢？所以我不怕種不好。」

「好，失敗乃成功之母，這話說得好！」萬炳光目光閃動，想當年他那藥材生意還不是經過多少彎路才做起來的？

這世上本就沒有天上掉餡餅的事。

「小丫頭，金銀花的種子我給妳提供，」萬炳光鼓勵她。「妳要好好種，將來成了，我們藥鋪全部收購，包妳賺個缽滿盆滿的。」

杜小魚大喜，兩手平伸至胸前，右手壓著左手，屈膝行了個大禮。「謝謝萬老爺。」

萬炳光撫著鬍鬚笑。「種子過些時候送來，反正也要等明年開春下種呢。」

從書房出來，杜小魚呼出一口大氣，臉上慢慢籠了層憂色，剛才一番大話委實是太過自信，到底能不能種成始終是個未知數。

「卓予，你覺得我能種好嗎？」她輕聲道，有些像自言自語。

金燦燦的陽光跳躍在她睫毛上，有些時候未見，她長高不少，頭髮也長了，但不像縣裡那些女孩喜歡梳成各式各樣的髮髻，也不像村裡的姑娘胡亂拿個髮帶紮著，而是把頭髮的上半部分弄成馬尾，再直直垂落下來，跟那些俠士一樣，顯得英氣又明朗。

她總是那樣朝氣蓬勃的，若說表妹像月亮，她就像個大大的太陽。

章卓予慢慢笑起來。「妳當然種得好了，看我大舅都願意給妳種子呢。」

「那就承你貴言啦。」

「到時候我幫妳找找有沒有合適的書。」

杜小魚一拍手。「好呀，我也正有此意呢。」

兩人往堂屋那邊走，半路上她道：「我大姊在紅袖坊還是在哪裡？倒是好久不見了，我要去看看她。」

說到杜黃花，章卓予臉色稍變，微側過臉道：「在，在……」

見他猶猶豫豫，杜小魚覺得奇怪。「到底在哪兒呢？」

「妳，妳還是別去見黃花姊了。」章卓予低著頭，小聲道：「黃花姊說，她、她忙得很，等這段時間過了自會回家一趟的。」

居然避開她的目光，那不是心裡有鬼？杜小魚豈會相信。章卓予的為人她也瞭解，是個很誠實正直的人，不慣於撒謊，現在說的話明顯不是他想說的嘛。

「你瞞著什麼事了吧？」杜小魚盯著他。「我姊到底在哪兒？臥房？」說著就往那個方向走，上回來過一次，她是記得的。

「小魚！」章卓予在她身後叫道：「黃花姊受傷了。」

「什麼？」杜小魚急道：「哪兒受傷了？」

「手，被燙傷的。」章卓予嘆口氣。「她怕家人擔心要我跟師兄瞞著你們，哎，這件事我辦砸了，黃花姊肯定會怨我的。」

「辦成了不怕我怨你啊？」杜小魚咧了咧嘴。「沒事，我一個人去找我姊，不告訴她便是，你去跟我爹說一聲，是了，我爹那邊你別透露這事啊。」說著就自去了。

那邊廂房門是關著的，杜小魚走到門口，平了下情緒才伸手敲門。

「誰啊？」杜黃花在裡頭問。

「是我，姊，快開門。」

裡面立時安靜下來，接著傳來嘩啦聲響，也不知弄翻了什麼東西，隨後又是窸窸窣窣的聲音，之後門才打開，露出張稍顯緊張的臉。

「啊，小魚啊，妳怎麼來了？」杜黃花笑道，卻堵著門。

「來賣寒瓜的。」杜小魚奇怪道：「姊妳站門口幹啥，不讓我進去啊，難得來一趟，倒是要趕我走不成？」

直接斷了她要說的話，杜黃花無奈之下只好讓開。

杜小魚打量她一下，只見她穿了件寬大袖子的淺白上衣，腰帶都沒有繫好，想是剛才匆忙間才換上的，好方便遮掩受傷的手。

也不知為什麼要這麼遮遮掩掩的，她更加奇怪了，坐下自己倒了碗涼茶。

「家裡還好嗎？」杜黃花問。「忙得很吧？別讓爹娘累著了。」

「嗯，我曉得的，忙的時候都請全叔來呢，爹跟娘身體很好。」杜小魚喝兩口茶，問道：「姊姊刺繡學得怎麼樣了啊，娘上回還在問呢，雖說三年的契約娘已經接受了，但還是希望大姊可以早些學成。」

杜黃花沒有立刻答話，半晌才道：「師父打算教我雙面繡了。」

「哦？」杜小魚瞇起眼，難道是因為萬太太要教她雙面繡的緣故，所以這時候才會傷到手？可學刺繡的人哪個不珍惜自己的雙手，加上杜黃花做事一向謹慎，人又是小心翼翼的，豈會自個兒把手弄傷？

是了，一定是有特別的原因，她才會瞞著。

「姊，妳真厲害啊！不愧是我的好姊姊，聽說就算是萬太太的弟子，也不是每個人都能學雙面繡呢！」杜小魚走到杜黃花身邊，拉住她的手道：「哎呀，我怎麼也得看看這雙巧手呀！」

這動作太突然，杜黃花嚇一跳，忙要把手藏起來，可杜小魚已經把她的袖子撩開了，右手上赫然裹著一圈白紗布。

「這怎麼回事?!」好大的範圍，比她想像中還要來得嚴重，杜小魚驚道：「姊，妳怎麼受傷了?疼不疼啊？」她心疼極了，白紗布下面露出的皮膚都是紅紅的，也不知裡面會是個什麼樣。

「沒事，大夫上過藥好多了。」杜黃花縮回手。

「可這到底怎麼傷到的啊？」杜小魚看著她。

杜黃花抿了抿唇，苦笑道：「倒水的時候燙傷的，哎，我笨手笨腳的，不小心潑到自個兒手上了。」

「妳騙我！」杜小魚皺眉。「是不是別人弄的?是不是那個容姊？」就算倒水燙傷，那也不會那麼大範圍，像是整個茶壺裡的水都澆在上面似的，這怎麼可能！

真是自個兒倒的，只要濺到一點就會住手了，又不是傻子。

「不是，確實是我自己弄的。」杜黃花抬頭笑道：「沒幾天工夫就好了，看著嚴重，其實好起來很快的，大夫都這麼說的。」

杜小魚覺得一股氣堵在胸口憋得難受，什麼話都說不出來，只瞪著杜黃花瞧。

被人欺負成這樣了還瞞著，到底是個什麼破性子啊！

「妳快回去吧，天色也不早了，爹還在等著吧?」杜黃花催促，又叮囑道：「別讓爹娘曉得這事，省得他們白擔心一場。」

看她溫柔如夕陽般的目光，杜小魚的心又軟下來，是啊，這就是她總也不想拖累人的姊姊啊，便暗嘆一口氣，輕聲道：「真好得了嗎？以後還能繡東西？妳可別誆我。」

「師父請了縣裡最好的大夫瞧的，」杜黃花寬慰她。「師父難道還會騙我不成？」

「那好吧，我不告訴爹跟娘。」杜小魚輕輕撫了下她的手臂。「姊妳好好養傷，我過些日子再來看妳。」

說完轉過身沈著臉就出去了，她曉得就算再問，杜黃花也一定不會說出真相的。

第四十八章

杜小魚出來時見章卓予居然在門口徘徊，奇怪道：「咦，你還在啊？」

「杜大叔那邊我叫人領著在偏廳等了，黃花姊……」

「傷得很厲害！」杜小魚咬牙切齒。

他忙安撫道：「就是怕妳擔心呢，舅母那會兒找了最好的大夫，黃花姊的傷看著很重，其實休息會兒時間就會好的。」

都這麼說，看來應該是可以痊癒，可她的氣哪有那麼容易消？杜黃花不追究別人，她可辦不到。

「卓予，我大姊燙傷手的時候，還有誰在那兒？」

章卓予一愣。「聽下人說，那日容姊也在的。」

果然是她！

杜小魚捏緊拳頭。「這麼顯而易見的事，你們竟然都相信是我姊自個兒把她的手燙傷嗎？這怎麼可能？原以為萬太太也是個秉公辦事的人，卻也不過如此！」

請了最好的大夫又如何？就可以包庇容姊了嗎？

章卓予被她說得一通臉紅，喃喃道：「我舅母不、不是這種人，實在是黃花姊要一力承擔，容姊又不承認，這事就……」

見他急著辯解，杜小魚這時也覺得自己話說過了，到底萬太太是他的舅母，忙道：「剛才是我失言，實在對不住，還請你別放在心上。」

章卓予吁出一口氣。「妳在我面前說這些話也是當我朋友，只不過我舅母定不是這樣的人，小魚妳放心好了。」

「嗯，不過我還是想去見一見萬太太，卓予，你帶我去吧。」

「啊？」章卓予驚道：「妳不信我說的話？難道想當面質問我舅母？」

杜小魚笑道：「這怎麼可能，萬太太到底也是大姊的師父，我是知道禮數的，只是想問明白她對這件事的看法，現在我姊還沒學雙面繡就被燙傷手了，那以後可怎麼辦？」

章卓予也是瞭解容姊的為人的，當下點點頭。「好，那我帶妳去，我舅母應是在園子裡。」

此時是仲夏，天氣炎熱，萬府的園子裡種下不少林木，正是納涼的好地方。

萬太太坐在一張藤椅上賞花，前面高几上擺著各色水果，身後有個丫鬟拿著團扇給她搧風，端的愜意無比。

見到章卓予領著杜小魚來了，微微笑道：「小魚來了啊。」

杜小魚向她福一福。「見過太太。」

「小魚有話要跟舅母說呢。」章卓予道。

萬太太眉梢一挑，心裡已猜到是什麼事，略略坐直道：「黃花受傷我這個做師父的也很心疼，妳若是想讓她回去休養幾日，倒也無妨。」

「姊姊不願爹娘擔心，怕是不肯跟我回去的。」杜小魚道。

「哦？那妳又是為何事而來？」

「我姊的性子，想必萬太太也看得出來，她有什麼委屈都喜歡藏在心裡，如今爹跟娘都不在大姊身邊，她能依賴的也只有您這個師父。」杜小魚低下頭道：「可是萬太太，按照現在這樣的情況下去，我怕我姊在學得您真傳之前只怕手就要毀掉了！」

這話有些重，旁邊的章卓予都變了臉色，輕聲道：「小魚……」

萬太太亦是看著這個小姑娘，杜黃花的手被燙傷，真相到底如何其實誰都清楚。

容姊是她看著長大的，五歲的時候就收做弟子，可惜女大十八變，那性子是越變越不討喜，可十幾年的感情擺在那裡，卻不是一朝一夕就可以斷掉的。

而杜黃花是個軟柿子，又太善良，竟是不肯說出實情，她又能奈何？

不過這內斂的弟子倒是有個潑辣的妹妹，年紀小小就已經懂得為她姊姊出頭了，萬太太微微一笑。「妳大姊有一雙難得的巧手，我這個做師父的又怎會輕易讓它毀了？這事情出過一次就罷了，下回誰再這樣不小心，我定不饒她！」

杜小魚也就是想聽到這句話，看來萬太太並不是那樣袒護容姊，不然她一個村裡丫頭如此咄咄逼人，萬太太真是是非不分的人，恐怕早就惱了，可見心裡是有明鏡的，便行個禮道謝。

告辭時她想起一件事，又回轉身問萬太太。「若是我大姊有門好姻緣的話，太太可會准許她嫁人呢？」

萬太太愣了下。「有人上你們家說親了？是了，黃花年紀也不小了啊。」

「還沒有確定，我只是想問問太太。」

萬太太想了下道：「黃花是個真心喜歡刺繡的，就算嫁人生子也定是能專心學習，若你們家實在想把黃花嫁出去，我也不耽誤她終身大事。這三年契約嘛，中間鬆動幾個月、個把年的也沒有關係。」

杜小魚聽了就更放心了，看來萬太太是真的看重杜黃花，當下喜笑顏開。「我大姊真沒有拜錯師父，萬太太您那樣珍惜弟子，真是個好師父呀。」

萬太太笑了笑。「妳這孩子也是個百變的，黃花有妳這個妹妹倒是有福分呢。」

杜小魚這時又正色道：「不過這契約的事，還請太太別答應別人，若是有旁人來給我大姊求情說到結親的事，太太千萬不要准啊！」

萬太太是聰明人，自然猜到應是有杜家不喜歡的人家要來說親，可杜家又拉不下面子，想借她當黑臉呢，忍不住伸出手指點點杜小魚，卻是一臉笑意。

杜小魚又是衷心感謝一番，這才告辭而去。

這樣就不怕白家先來做什麼手腳了。

兩人走出園子，章卓予笑道：「我也正好要去書院，一起走吧。」

杜小魚就順勢問問書院裡的事，趣聞倒也挺多，有關於夫子的怪癖的，有蹺課被夫子責打鬧事的，還有近期修葺書院的事，說半邊牆倒塌了，縣主上書要求擴充書院，上頭已經批准，不日就要動工。

不知不覺就到偏廳門口，杜顯見兩人肩並肩走出來，臉上露出一抹笑，又問道：「黃花在忙？哎，早知道我也去瞧瞧，老是這麼學，可別累倒了。」

「就是累了，現在正休息呢，爹下回再來看她。」杜小魚道：「天色也不早了，咱們這就回去吧。」

杜顯招呼章卓予。「章公子下回再來咱們村玩啊。」

「有空一定來。」章卓予頷首笑道。

「我們家自己養了螃蟹呢，等秋天就肥美了，管你能吃飽的。」

杜小魚抽了下嘴角，爹這麼殷勤幹什麼呢，人家萬府要吃什麼沒有，上回來也不過是體驗下抓螃蟹的樂趣罷了，當下推著杜顯就走。

回到家中，她說起萬老爺要送金銀花種子的事，趙氏跟杜顯都很高興，杜顯第二日就出去給她張羅買田了。

用了幾天工夫倒是尋到一家肯賣地的，那家人是要搬到縣裡去住，家裡開了個木匠鋪，專門給人打些小家具，也賺夠了銀子不想種田了，但價錢有些高，稱自己家的田是上品良田，要賣六兩銀子一畝。

地段倒是好的，跟他們家那十畝好地就隔著條小道，可惜平日裡是點頭之交，沒有什麼來往，要壓價便有些困難。

「要不再找兩家看看？」趙氏也覺得貴，以往買的田都是五兩一畝的，直接多出來一兩銀子，實在有些不捨得。

可這地方好，杜小魚很是中意，這其中一畝是要種草藥的，既是第一次種，難免要時時照看，要是離得遠還真是很不方便，她想了下道：「他們家一共有幾畝好田要賣出去？」

「五畝。」杜顯看著她。「妳莫不是想把這些都買了？」

「反正早晚都要買的，不是？」杜小魚嘿嘿一笑。「那些銀子放著也生不出錢來，不如就用掉了。那五畝田，問他們家二十七兩賣不賣，實在不賣，最多再加一兩，不賣就拉倒了。」

「好，好，我明兒就去問。」杜顯點點頭。

五畝田後來花了二十八兩銀子買下，杜顯套著牛給耕了三遍，準備稍後種些黃豆、紅薯等，這些東西在春天來臨前就能收穫，自家吃不完還能拿去換點錢。

杜小魚對這幾畝地也是很滿意，貴是貴了些，不過勝在離家近，而且確實是好田。「田種者一畝十斛，謂之良田。」聽吳大娘說，那家人去年種水稻收成就很高的，這樣說來確實不虧。

等到明年，除了兩畝地她拿來種寒瓜跟金銀花外，其他的仍是繼續種水稻。

到得下午，杜文淵回來了，身後還跟著吳大娘跟秦氏。

「今兒還有件事要跟你們說說。」秦氏露出幾分猶豫。「縣裡有家開油鋪的，姓胡，吳大姊應該曉得，他們家二女兒今年十五了，說是看中誠兒老實，能吃苦，有意結親，你們說這該怎麼辦？」

「姓胡的啊，我倒是真認識。」吳大娘道：「他們家五個孩子呢，不過他家娘子可不是好相與的啊！」

「看著很是潑辣，聽說油鋪也是她一個人操持的。他們家二女兒我也去看過了，倒是長得不錯，個子高高，皮膚白白的。」

看得出來她還很滿意，趙氏笑道：「難得還有入得了妳的眼的，你們家誠兒是該成家了啊，不過要是不放心，就再看看。」

「怕是聘禮要得不低。」吳大娘道：「他們家還有三個男孩未娶妻呢。」

秦氏微微搖頭。「是啊，還是再看會兒吧。」那姑娘是不錯，可是姓胡的夫婦都是出自農家，家裡沒有任何幫襯，她仍是有些不太滿意。

這婚事若依照她原先的想法，根本就不會考慮的，可自家兒子再不成家的話就得二十了，他又不考功名，別人只當哪兒有問題呢，而且，家裡相公也催得緊，為這事都吵過幾回了。

她嘆口氣，人生不如意十之八九！

「妳還嘆氣，這一路順風順水的，不是又買了小豬玀，要養豬了嗎！」吳大娘斜睨她。「馬上又要發財了！」

「喲，倒是被妳看到了？」秦氏睜大眼。

趙氏也是驚訝道：「要養豬？妳這哪忙得過來喲！」

「大不了請人看著，咱們家賣肉的老是去別家進豬肉，可不是便宜別人？我就跟相公商量著不如自個兒養豬，如今一天賣一頭也差不多，咱們自己養豬自己賣，多好。」秦氏越說越高興。

「買了六隻小豬仔，四頭母的，以後你們兩家要不也方便得很。」

秦氏不愧頭腦靈活啊，杜小魚暗暗稱讚，只怕她養了豬還得搶別的農家批發豬肉的生意呢，如今她有房子在縣裡，指不定就跟集市上賣豬肉的打好關係了。

「真是個能折騰的。」吳大娘指著她笑。「也該妳賺錢多。」

幾人說笑了會兒才散去。

那邊杜小魚拉著杜文淵說話。「姊的傷勢好些沒有？你在那邊怎麼也不好好護著姊。」

杜文淵嘆口氣。「妳又不是不知道大姊的性子，什麼都不說，我怎麼護著？就說那日燙傷，我想好好教訓容姊的，結果姊非拉著不讓，說好歹是萬太太的大弟子，不能壞了她們師徒情誼……傷倒是好一些了，大夫說過幾日就不用再抹藥。」

杜小魚沈默會兒。「反正你注意著些，對了，二哥，林大叔的事你曉不曉得？」這件八卦事她還沒跟杜文淵提起過呢。

「什麼事？」

「原來林大叔一直在找他失散的外甥。」

「啊！」杜文淵驚愣。

「看來你不知道啊。」杜小魚瞅瞅他，見他一臉驚異。「難怪林大叔會到處跑呢，不曉得他的外甥是不是在咱們村裡。我跟你說件事啊，林大叔可能早前就來過咱們村了，這會兒定下來，怕是有他外甥的消息。」

杜文淵平緩下情緒。「師父什麼時候提起的？」

「就在我賣寒瓜之前。」杜小魚皺眉道：「還有娘也古裡古怪的，最近老是亂發脾氣，可把爹折騰慘了。」

「娘也知道這事？」杜文淵忙問。

「當然了，林大叔在咱們家說起的。」

杜文淵點點頭不再說話，過一會兒就去自個兒臥房了。

時間一晃而過，轉眼便到初秋，第二批小兔子都已經有兩個多月大，至於第一批早就養成了大兔子，個個都白白胖胖的。

杜小魚這日在小棚房巡視了番，出來找趙氏。

「我一會兒讓爹宰兩隻兔子，娘醃一下吧。」

「這天氣怕不行，要壞的。」趙氏看看屋外的陽光，搖頭道：「醃的得擺些日子才好吃，只有冬天才行啊。」

「那醃鹹菜怎麼夏天都行的啊？」

「這哪會一樣，醃菜怎麼同？」趙氏一點她腦袋。「反正醃兔肉就是不行。」

沒有冰箱果然不方便啊，看來也只有冬天才能指望賣醃兔肉賺錢了，可不做成成品賣的話，這兔子也值不了幾個錢，每隻大概就一百六十文吧，比野兔子價錢還低些，野兔子肥些的話得有二百幾十文錢呢。

杜小魚犯難了，雖說兔子的菜式很多，可他們家不是開酒樓的，燒出來又能如何？還不是給別人賺了去，她得弄一種在自家做好再拿出去賣的菜式。趙氏醃肉手藝好，本想弄醃兔肉賣，看來這法子行不通。

「娘，那您會做哪幾樣兔子的菜啊？」

趙氏在忙著揀菜準備午飯，不太有空搭理，隨意道：「咱們平常哪有兔子吃，會做什麼菜呀，也就跟豬肉一樣，燉著吃，弄些肉片溜溜唄。」

完全沒特色！

「我看弄個滷的不錯，這天氣能放幾日。」杜顯回來用午飯，順便提了個建議。「就放些辣椒、花椒的，又麻又辣肯定好吃。」

杜小魚想了想。「也好，一會兒試試看。」

用完飯後，杜顯就去宰了一隻兔子，光下水就有小半盆，晚上可以炒幾個菜吃，又問杜小魚這兔皮怎麼辦。

上回那隻兔子的皮毛忘了處理，後來就臭掉了，把她給後悔的，杜小魚忙讓留著，清理清理放起來。

這兔子雪白雪白的，皮毛也很漂亮，扔掉實在太可惜了。

杜顯就把皮毛小心剝下，把兔子洗乾淨後讓趙氏下鍋煮，杜小魚拿來幾大把的香料放進去，又是放糖放鹽的，不一會兒香味就飄起來。

不過還得一會兒工夫才能入味，父女倆就在後院處理兔皮。

這兔皮的保存也是要有技術的，首先要把兔皮裡面的脂肪或淋巴等東西處理乾淨，然後用小刀細心的刮，把上面刮得乾乾淨淨，只有層內膜，再用滑石粉搓擦，等到所有的沈澱物都沒有後，再掛在通風的地方晾乾。不能日曬，也不能用火烤，得天然的風乾才行。

「也不知道放酒樓好不好賣呢。」兩人弄完兔皮走到屋簷下。

杜顯聽了笑道：「這都沒吃呢就想著賣不賣了，妳這丫頭也是心急。」

杜小魚吐吐舌頭。「也是，萬一不好吃肯定就不好賣了。」

又過半個時辰，終於滷好了。

一家人都圍在灶邊，趙氏揭開鍋蓋一看，倒是很誘人，香味也是濃濃的。

杜顯把滷兔提上來，等稍微涼一些後就用刀砍成小塊小塊，堆了滿滿一大盤子，挑了個給杜小魚。「剛才還急著呢，這會兒又不吃了？」

杜小魚一笑接過來往嘴裡啃，味道還可以，不過似乎比起她以前吃的滷味還是差了很多。

趙氏跟杜顯也先後吃起來。

「哎，這不行。」杜顯咂咂嘴。「味道不夠濃啊，也不夠香，跟紅燒的差不多，怎麼能叫滷呢！」

被他一說，杜小魚也發現了，這整個就是麻辣紅燒兔了嘛！

「沒有老滷能做出什麼味，就這樣不錯了，咱們家又不是開滷味店的。」趙氏一語中的。

是了，老滷！

老滷才是滷味的基礎所在，杜小魚皺著眉，這可不好辦了。老滷到底怎麼做，她還真不知道，誰讓不是個廚師呢？

「娘，您會不會做老滷汁啊？」她只好向趙氏求救。

趙氏搖搖頭。

「問妳吳大娘就是了。」杜顯卻忽地眨眨眼道。「她那親家就是在辛村開滷味店的。」

「別胡說，這些都是人家的祖傳秘方，哪會告訴別人。」趙氏忙阻止道：「再說，總不能叫吳大姊去問這些吧？她親家會怎麼想，可不是讓人難做？」

杜顯拍一下腦袋。「說得也是。」頓了頓又道：「不過就問問基本的法子，咱們又不是全照著做，那些秘方他們自不會說的。」

說到吳大娘的親家，杜小魚就想起那個林慶真來，既然他們家是開滷味店的，怎的他卻來飛仙縣開個紙馬鋪呢？真的好奇怪。

「哎，我明兒去試探試探，你們別瞎攪和。」趙氏沒法，退了一步，心想著小女兒一心養兔子致富，這兔子個個都長大了，總要賣出去的，滷兔子倒是個出路，若是弄得好吃，倒不成問題。

聽到她願意幫忙，杜小魚高興極了，撲上去便是一通馬屁話。

吳大娘自是好說話的，聽說他們要學做滷味，二話不說就去縣裡找林美真了，他們林家就兩個孩子，林慶真自小就對做紙馬感興趣，因此林美真倒是學了個七、八成，見到自家婆婆問起這個，立刻就要了紙筆唰唰唰的寫下來。

吳大娘怕她透露祖傳秘方，這個是人家的根本，真要完全洩漏出去倒是要惹親家不滿了，當下忙提醒林美真。

結果林美真嘻嘻一笑，說他們家就怕她洩漏秘方，所以也沒有教全，說是等以後實在沒有傳人了才全部教與她。

也是對自家女兒瞭解得很啊，吳大娘感慨，心裡是越發喜歡這個媳婦，難得有這樣天真單純的人，她兒子也是有福氣。

見到方子的時候，杜小魚高興壞了，沒想到吳大娘的動作那麼快，感謝的話自是說了一大筐。

「妳瞧瞧，大概是放這些料，還有啊，滷味不能放大醬，都是用紅糖調製出來的。」吳大娘又補充幾句，解釋道：「到底也是人家的秘方，不太全。」

「這樣已經很感激了，我一定要好好謝謝美真姊姊呢。」杜小魚笑道。

「妳下回做滷兔肉帶去給她，保管很高興，這孩子嘴饞呢。」吳大娘笑，她那個兒媳婦跟小孩一樣，喜歡吃。

「那個還用大娘說呀。」杜小魚嘻嘻笑。「做得好以後就拿去酒樓賣，經常去縣裡呢，美真姊姊想吃儘管說。」

「她倒是有口福嘍。」吳大娘呵呵笑，又點點那方子。「據說裡面還少了三、四味香料，也不知是那幾味，恐怕就是他們家的秘法子，你們自個兒琢磨琢磨吧。」

趙氏端過來大碗紅棗羹，瞪一眼杜小魚道：「這孩子成天就會麻煩妳，也只有妳肯慣著她。」

吳大娘拿勺子喝幾口笑道。「還不是妳親自來說的，自個兒疼孩子還在這兒裝什麼呀？小魚，妳娘就是刀子嘴豆腐心啊！」喝完羹之後又道：「得了，忙妳們的滷味去吧，我要回了，我那小土旺等著穿新棉衣哩！」

見她興沖沖地走了，杜小魚抿嘴笑，吳大娘大概是她見過最幸福的人，因為從沒見她有過煩惱啊，有好兒子，有好媳婦，又有孫子，相公也是個體貼的，娘家親家都和睦，整個是一團和氣呢。

不過大概也跟她天生的樂天性子有關，所謂知足常樂吧。

第四十九章

一個月的時間，兩隻母雞先後孵出了十五隻小雞，毛茸茸的十分可愛，為避免那些大雞欺負小雞仔，杜顯專門在後院用木柵欄圍成一個圈來養著牠們，每天都餵些切碎的菜葉、泡軟的米粒、玉米碎等東西。

至於那隻大公雞，趙氏不想要太多的種蛋，因此把牠散養了。

經過一些天的準備，老滷汁的材料差不多都買齊，下午趁著有空，一家子就聚在一起做老滷湯。

其實有些像高湯，不過比高湯多了些香料，但同樣要用到各種提鮮的食材，比如筒子骨、雞、肉皮等，這些先要用小火熬成清湯。

接下來是糖色（注），這糖色是用油炒出來的，主要是注意火候。

這兩個趙氏做起來基本不費功夫，下面最重要的就是香料的投放。

一共有二十來種香料，放多少並沒有定量，因為會隨著湯底的多少而改變，所以要靠製作者的感覺，親自嘗試才能準確的把握。

而杜顯夫婦平常都不太接觸香料，也是最近才開始在飯菜上應用的，是以這項任務只好由杜小魚來完成。

注：糖色，意指利用糖經過炒製過程中使食物呈現的一種顏色。

既然是要做麻辣的，辣椒、花椒必不可少，她把香料逐一挑揀出來然後放在早就做好的香料包裡，香料包可以避免香料的碎屑混入滷汁，影響口感。

趙氏先去忙活別的了，杜顯則留下來幫忙，此時見香料包已經在水中煮開，忙問道：「怎麼樣，這些配得好不好？」

杜小魚湊過去聞聞，搖搖頭。「香倒是很香，可惜我不是小狼啊，還是得吃過才行。」說完把香料包撈起來扔進少量清湯，又在清湯裡加入糖色和鹽。

這滷汁一下子便看起來有模有樣，紅紅的，又很香。

「來，來，把豆腐乾滷起來試試。」杜顯把豆腐乾扔了進去。

父女倆都目不轉睛盯著鍋瞧。

一炷香工夫後，杜小魚挾了一片拿出來，只見外面顏色倒是透了，不過裡面還是淡得很，但嚐起來味道還算不錯，比起早前她拿去集市賣的豆腐乾好多了。

果然老滷汁就是不一樣啊！

可惜太新了，聽說好的老滷都得經過幾年乃至幾十年才能發揮更好的效果，跟酒一樣，越老越醇厚。

杜顯咀嚼著口裡的豆腐乾。「這八角味是不是重了點？」

「我也覺得有點。」杜小魚笑道：「還有桂皮好像放少了點。」

兩人細細品嚐，不時評價兩句。

「再多放點辣椒。」

「要不要弄點陳皮進去？」

「胡椒少放點，可貴得很呢，吃著也怪，還不如不放。」

「鹹了，快加點清湯。」

足足弄了一整日，從窗戶都能見著月亮了，兩人才算尋到一個比較好的口感，最後就按記著的各種香料比例，把剩下的清湯都做成了滷汁。

然後又用這滷汁先後滷了些豬耳朵、牛肉、鴨子，送眾人試嚐過後都覺得不錯，這才算定下來。

杜小魚後來又問秦氏要了個大陶缸，她雜貨鋪裡反正什麼都有，而滷汁就是要保存在陶器裡面才不容易變質，天氣熱的時候還要每日早晚煮沸一次，像秋冬季節也得每日煮一次才能保證不會變壞。

滷過東西以後還要濾渣，固定擺放，真需要挺多耐心跟細心的。

這日下午家裡就開始滷兔肉，因為杜文淵要回來嘛，也讓他嚐嚐鮮。

到了吃飯時候杜顯又去請了林嵩來，這些天林嵩來他們家越發少了，也不知道怎麼解決自個兒的吃飯問題的。杜顯念叨著生怕他餓肚子，可是去武館又見林嵩忙著教徒弟，相請時又總推辭說以後再來，可這次卻爽快得很，因此他也很高興。

可趙氏卻相反，杜小魚發現她臉兒繃得緊緊的，似乎不太待見林嵩過來，這個發現讓她覺得極為奇怪，用飯時候便少不得觀察一下。

結果她更加肯定了這個想法，就是她娘對林嵩的態度很怪異。

的。

比如不正眼瞧他，也不跟他搭話，避免跟他有任何交談，就連林嵩面前的菜她都不去挾一下

反而林嵩卻很自然，跟杜顯談笑風生，至於杜文淵，似乎比往常靜默了些，其實杜小魚也沒怎麼注意他，一門心思都在研究她娘跟林嵩之間的氣氛呢。

難道中間發生過什麼事不成？

她終於想到這個問題，當下再也忍不住，悄悄用肘子撞了下杜文淵，示意他看下趙氏。

杜文淵隨便看了眼，沒任何反應。

怎的突然那麼呆了？杜小魚無語，用完飯就把他拉去後院了。

「你沒發現娘有些怪嗎？」

「哪兒怪？」

「她不待見林大叔啊！」杜小魚小聲道：「我想來想去總算明白了，娘有幾次發脾氣就是在我跟爹說起林大叔的時候呢，難道林大叔他什麼時候得罪過娘了？」

杜文淵淡淡道：「別亂想，我師父怎麼會得罪娘，妳看錯了吧。」

「我怎麼會看錯，這很明顯的好不好？」杜小魚皺起眉，慢慢點下頭。「是了，林大叔肯定也有什麼事，難怪最近也不太來咱們家，難道他們互相都得罪對方了？可是不太可能啊，林大叔跟咱們爹那麼好，有什麼理由去得罪娘呢？」

杜文淵抿緊了唇，半晌一拍她腦袋。「想這些亂七八糟的事情還不如好好整妳的滷兔肉呢，什麼時候拿去賣啊？」

杜小魚瞪著他道：「什麼叫亂七八糟，林大叔現在可是咱們家的強力後盾啊，怎麼能讓他跟娘有矛盾呢？」

「妳要關心師父，還不如關心關心人姊呢。」這句話最終成功的轉移了話題，杜小魚急道：「姊怎麼了？手難道變嚴重了不成？」

「手倒是好了，不過崔大嬸來萬家找過她。」

「什麼？」杜小魚啪的一掌拍在堆得高高的麥桔桿上，這崔氏果真是狗急跳牆了？竟然真去萬家。「她去找姊幹什麼了？你沒有攔住她？」

「我在書院怎麼攔？還是後來一個丫鬟告訴我的。」杜文淵見她著急，伸手握住她肩膀笑道：「她也是白跑一趟罷了，先是要見萬太太，聽說帶了不少禮呢，結果萬太太不領情，後來又要看看姊，萬太太也沒有准，說姊忙著趕上，她就走了。」

萬太太果真一諾千金，當了黑臉了，杜小魚笑起來。

那笑容得意洋洋，藏著狡黠，杜文淵捏一捏她漸漸圓潤起來的臉蛋，輕笑道：「妳未雨綢繆，真是及時，萬太太那日晚飯時說妳料事如神，極為喜愛，聽意思還想讓妳來萬府陪萬姑娘呢。」

陪萬姑娘？杜小魚嘴角一揚。「他們萬府難道還會少陪著小姐玩的丫頭不成？」這種寄人籬下的事她才不幹，想著她說道：「等咱們有錢了也在縣裡買個院子，二哥到時候就不用再住在萬家了。」

還很心高氣傲，不愧為他的家人，杜文淵一點頭。「我也有此意，不過，妳不是很喜歡師弟嗎，住在萬家倒可以時常見到。」

「啊？」杜小魚抬起眼。「什麼？誰說我喜歡，咳咳，二哥，我才多大啊，什麼喜歡不喜歡的。」

「妳過完年也十歲了，人家十二、三歲便有說親的。」

「我才不要。」杜小魚從沒有跟杜文淵談論過這種事，臉上不由慢慢紅起來。「我，我至少也要十五歲以後再說。」十五歲其實也很早，最好十七、八歲嘛，哎喲，想這些幹什麼，她現在還小得很，杜小魚完全沒考慮過這個問題，對她來說，眼下最重要的就是掙錢。

「不過這事可由不得妳，我看爹跟娘都挺滿意師弟的。」杜文淵見她的反應很有趣，忍不住想繼續逗逗她。

不過杜小魚此時槍頭已掉轉過來。「二哥，要說年紀，你可比我大了好幾歲，怎麼著也是該先談談你的事。」

杜文淵眉頭一挑，立馬快速地回到之前的話題去了。「我看白家確實有些問題，上回沒見著大姊，以後指不定還會來，也不知這麼著急幹什麼。」

「是啊，還經常來家裡煩呢，一會兒我去跟娘說說，怎麼也得下決心拒絕了，不然就讓他們家等到一年後再說。」杜小魚也擔憂這事。「白大哥倒確實是個不錯的，可惜……崔大嬸那麼急，可真有些欲蓋彌彰啊。」

「那白與時的病不是……」

「怕是假象。」

兩人一時都沈默下來，杜小魚腦海中浮現出白與時那張沈靜的臉，剎那間被一塊巨石擊中，像破碎的鏡片般散落了。

第二日，杜小魚就滷好了三隻兔子，準備明日跟杜顯、杜文淵一起去縣裡。其中兩隻是拿去酒樓的，還有一隻是作為謝禮送給林美真的，要不是她的無私奉獻，這滷兔肉他們也弄不出來，自然要好好感謝一番。

另外，她還收拾了些薔薇乾花，這東西泡茶不錯，聞著很香，順便帶去給杜黃花嚐嚐。

一切準備就緒後，她便跑去趙氏的房裡講話了。

自從昨日林嵩來過後，趙氏的情緒還沒有徹底穩定下來，也不知道藏著什麼事，可她雖然好奇卻也不能貿然問出來。

「都弄好了？」趙氏見她笑吟吟地進來，招招手道：「來，把這給妳姊帶去。」

杜小魚低頭一看，居然是雙簇新的棉鞋，手工精巧，左右鞋面上各繡著兩朵金黃色海棠花。

「前段時間看娘納鞋底，原是要給姊做鞋子呢，真好看，姊肯定高興壞了。」說完眼巴巴瞧著趙氏。

「妳不用眼饞，也有。」趙氏露出些許笑。「這天現在看著不冷，可變得快呢，一眨眼就要打哆嗦了。妳姊現在不像在家裡，下田腳熱，她成天坐著繡花，可不得把腳凍壞了。」

「還有大炕呢，說得姊好像不會上炕似的。」

「那坊裡哪兒有，我去看過的，都坐著繡花呢。」

杜小魚笑起來。「是了，是了，我都忘了，娘果然疼大姊呀。我一定好好叮囑姊別把腳凍壞了，不然娘可心疼呢。」
趙氏瞟她一眼，低下頭收拾曬好的衣物，臉色又慢慢沈下來。
杜小魚瞧瞧她，躊躇會兒慢慢道：「二哥說崔大嬸去萬家找過姊呢。」
「什麼？」趙氏霍地抬起頭來。「文淵說的？」
「嗯，閒話的時候提起的，二哥也不太清楚白家的事，我是曉得的，他們整日的來咱們家煩著娘。」
趙氏皺起眉，一時不說話。
「二哥說那日姊在忙，崔大嬸也沒見著，萬太太後來也沒有收她送的禮。」她試探道：「娘，崔大嬸是不是想把姊娶回去做媳婦啊？」
趙氏這時本來就說不出的心煩意亂，聞言厲聲道：「他們倒是想！也就那回帶了他們家兒子過來一趟，若真好了，早就在村裡四處蹦躂了，豈會還縮在家裡？」
「說的是啊，娘，下回崔大嬸再來的話，妳可不要那樣好說話了，她還以為咱們家是答應的，只要求了萬家太太放人，就能把姊娶回去呢。」
趙氏看了下杜小魚，點了下頭，叮囑道：「在妳姊面前可別多嘴，妳姊心軟，指不定曉得這事會亂想。」
聽到這話，杜小魚忽地想起杜顯那日說的話，他說要去試探下杜黃花的心意的，也不知到底跟她說了沒有？可這兒趙氏卻在叮囑她不要跟杜黃花講這件事……

她沒有立即回應，在想要不要繼續試探下趙氏跟林嵩之間發生的事，可話到嘴邊還是嚥了回去。趙氏的脾氣發起來還是挺恐怖的，她永遠記得她被狠狠打過手掌心，當下應了聲拿起鞋子就轉身出去了。

第五十章

杜文淵是後天要去書院，並不趕早，所以他們是午時才出發的。

杜顯在牛車上就問些兒子唸書的事，夫子教得好不好啊之類的問題，杜小魚才曉得書院原來還有歲考這種東西，杜文淵今年便要參加。這歲考必須要成績優良才行，這樣才能進行科考選拔，而選拔通過了才能去參加鄉試。

不得不說，本朝的科舉制度真的是很嚴厲。

杜小魚覺得比高考制度恐怖多了，試想想，他們那會兒大學生遍地都是啊，可這兒哪來這麼多舉人、進士哦。

想著，她忍不住朝杜文淵投去同情的一瞥。

到了飛仙縣，幾個人下了牛車往酒樓而去。

「小魚啊，這滷兔子妳打算賣多少錢一隻啊？」杜顯問道。

「爹說呢？」

「我看野兔子的話，這麼重得要二百二十文錢，咱們要不賣個一百五十文？」

杜文淵在旁邊笑起來。「爹果真是厚道，這兔子就算不滷也得一百五十文，咱們都處理洗乾淨煮了還賣這麼多，掌櫃可得大便宜了。」

杜顯撓撓頭，憨笑道：「這兔子都是大兔子一窩窩生下來的，吃的菜葉又是自個兒家裡種的，咱們可沒有花一文錢啊。」

「是沒花錢，可花的是用錢都買不到的東西呀，爹……」杜小魚挽住杜顯的胳膊，笑道：「爹您想想，咱們等兔子長大得要五、六個月吧，這五、六個月咱們花費了時間照顧吧？要給牠們打掃髒東西吧？噓寒問暖吧？哪樣不費功夫呀，時間可是用錢都買不到的。」

杜顯被她一通說，想了下道：「說得也是，哎，我不管了，隨你們賣多少錢，爹這把年紀就是應該享享兒子女兒福了呀。」說著裝作一副老大爺的樣子。

引得兩人一陣笑。

「其實兔子還有個吃法。」杜文淵這時道。「我在書上看到的，叫撥霞供。」

「剝什麼？」杜小魚睜大了眼睛，表示聽不懂這三個字。

「在宋朝的時候曾經風行一時，《山家清供》裡記載，『山間只用薄批，酒醬椒料沃之，以風爐安座上，用水少半銚。侯湯響一杯後，各分一筯，令自筴入湯、擺熟、啖之，及隨宜各以汁供。』那兔肉削成薄薄的片，在熱湯中燙熟，色澤宛如雲霞，因此得名。」

旁邊二人聽得要流口水。

杜小魚心道，這不就是兔肉火鍋嗎？她還真沒想到這種吃法呢！

「那等你下回休息，咱們家裡就吃這個。」杜顯搓著手。「天氣冷的時候吃起來肯定痛快，你師父定也是愛吃的。」

「回去的時候買個風爐。」杜小魚也蠢蠢欲動。

「要不到時你把章公子叫上吧，人多熱鬧，最好黃花也能一起回來。」

杜文淵聽到這話便朝杜小魚眨了一眼。

後者立時想到昨兒兩人說的話，他就是提到爹娘對章卓予的想法呢，當下一推杜顯。「爹說啥呢，到時候咱們難得一家子聚在一起，叫個外人做什麼？」

「外人？」杜顯不滿了。「妳這丫頭沒良心的，人家萬家對咱們多好啊，章公子跟妳哥是同窗，又經常幫妳的忙，請人家吃個兔肉怎麼了？文淵，別理你小氣的妹妹，你就把章公子叫來。」

杜小魚揉了揉額頭，自己突然就變成小氣的了……

說話間，三個人便已經到望月樓。

毛綜平常都坐鎮酒樓，聽說有人要跟他做買賣，當即就叫夥計請了進來，一見又是那杜家的人，忍不住笑道：「你們家跟我這個酒樓也有過多宗買賣了，不知這回又有什麼好東西？」

杜小魚把包在滷兔肉外面的油紙揭了，香味便散發出來。

「喲，是兔肉啊。」毛綜鼻子一動。「嗯，麻辣兔肉，好！」

聽他讚好，杜顯頗為自己的女兒驕傲，笑道：「都是我們家閨女自己養的兔子。」

「自己養兔子了啊？小姑娘果然能幹。」毛綜又順便誇了兩句，但話鋒一轉道：「不過咱們這兒吃兔肉的人少啊，來酒樓點菜的百來個裡面也不曉得會不會有一個人點，所以我平常都不賣兔肉的。」

杜顯聽到這話有點急了，那這傻丫頭養這麼多兔子怎麼辦啊！

杜小魚早有心理準備，早在很久前就已經跟毛綜調查過吃兔肉的情況，所以並不驚訝，笑道：「毛掌櫃以前說咱們朝的人還都不吃辣椒呢，這不現在也流行開來了？我相信吃過兔肉的人一定會喜歡上的。」

這是個很好的例子，毛綜一時不知道怎麼反駁，半晌道：「妳要賣也可以放咱們酒樓試試，不過醜話說在前頭，這兔肉可貴不了，有人吃就不錯了。」

早知道他要壓價，杜小魚笑笑。「這兩隻兔子我不要錢，如果毛掌櫃誠心跟咱們做生意，到客人用晚飯的時候，請每桌都送上一碟，免費品嚐。毛掌櫃，您說如何？」

毛綜聽得眼睛都瞪大起來，這兩隻兔子加起來少說也要四百文，對於農家來說算是不小的錢了，這小姑娘倒想得出來。

杜顯也愣在那裡，沒想到他們專門來飛仙縣賣兔子，結果這兩隻滷兔子竟然是白送人吃的，當下推推杜小魚。「丫頭，真不要錢啊？」這孩子的心思真是深，他這做爹的算是這輩子都難以看懂了。

唯有杜文淵嘴角露出一抹笑，她總是會有好的法子的，出手又大方，果真是做生意的材料，可惜不管是為他自己還是為整個家，他都只能走上這條唯一通往官道的科舉路，不然就算一起開個撥霞供的飯館，也未必不能過得快活。

想著，他眼簾半垂，微微苦笑了下。

杜小魚曾問起趙氏的事情，其實娘跟林嵩之間的事他又豈會不曉得，他比任何人都要知道得清楚。

這幾年本是想明白了，就算他不是趙氏所出，可她撫養他長大，家裡每個人都那樣疼愛他，慢慢地他也不想再去尋找真相，想著也許可以一直這麼過下去。

然後，如今看來怕是不成了。

可若真有離開的一天，這些年的情誼又如何能輕易割捨？

他靜靜的立著，面上難以掩飾的露出些許悲傷，可轉瞬間又恢復過來，抬眼卻看見杜小魚正眼都不眨地盯著他看，當下微微一笑。

這笑容還是脫不開無奈，像明媚之極的春染到了秋的蕭瑟一般。

杜小魚忍不住皺了下眉，猜想他定是有不小的心事，因為這是她第一次見到他這樣的表情，可杜文淵在她心裡，一直是個瀟脫的人，是那種他想得到就能得到，這樣充滿自信的人。

所以，能讓他覺得很煩惱的事會是什麼呢？

不過現在不是想這些的時候，杜小魚咳嗽一聲，轉過頭繼續道：「毛掌櫃，您覺得這個提議怎麼樣啊？」

毛綜眼睛轉了轉。「好啊，反正妳不要錢，就算試試也無妨，不過嘛……」

「不過什麼？」

「試可以試，但價錢得談好不是？既然你們東西都拿來了，總不能白跑一趟，這滷兔子吃起來肯定沒有野兔子香，可你們既是已經滷好了，我不用再費功夫，就多算些給你們，以後就按一斤十五文買進如何？」他瞧瞧杜顯。「老弟，這價格還算公道吧？」

要不是事先跟杜顯說過了，他肯定忙著點頭，這會兒卻拿眼睛瞧著自己的兒子跟女兒。

「野兔子的話一斤要二十二文，咱們這兔子雖然不比野兔，可味道也不差，掌櫃不妨先嚐嚐看。」卻是杜文淵開口了。「如果掌櫃覺得咱們是占了你們酒樓的便宜才能把滷兔肉給客人品嚐，那麼掌櫃想錯了。這滷兔肉大可以當小吃來賣，不管是餅子鋪、茶鋪、還是早點鋪都可以賣，如今放在望月樓，也是因為掌櫃跟咱們有過買賣，所謂做生不如做熟，挑選合作的酒樓其實也是一樣的道理，您說是嗎，毛掌櫃？」

一席話說得毛綜啞口無言，他哪裡不曉得杜小魚免費送兔肉品嚐定是會帶動一批客人，只是想著在這事成為事實前把價錢壓下來，誰料到這想法早被他們洞察，當下搖著頭道：「哎，也罷，你們倒是說說看想賣多少錢。」

「以後這滷兔肉我會陸續供給，不過還是想看看這些客人吃得滿不滿意，我也不想誆掌櫃的銀子，若是最終不好賣的話，把價錢談了掌櫃豈不大虧？」

這精明丫頭，看過之後若好賣，恐怕又得獅子大開口，可眼前這樁生意他並不想放棄，兔肉這一塊是個空缺，倘若真做起來了，自己的酒樓怎麼也得占個一席之地。

毛綜想了想道：「謹慎也是好事，晚上咱們就看看情況如何吧。」

離用晚飯還有一個多時辰，三人離開酒樓後便找去盧德昌家。

結果大門緊閉，竟是不在家。

「可能在紙馬鋪。」杜小魚道：「聽說紙馬鋪就美真姊姊的大哥一個人在看著，恐怕忙不過來。」

「那咱們去紙馬鋪找。」杜顯點點頭。「順便買些紙錢，馬上又到中元節了啊。」

中元節就是後世說的鬼節，家家都要祭奠先人，杜顯不便回杜家，也只能在自個兒家門口燒些紙錢給祖先。

三個人便又去了紙馬鋪，那盧德昌夫婦果然在那兒，林美真抱著小土旺在玩，盧德昌幫著林慶真削竹條，見到他們，忙高興地迎進來。

「美真姊，我給妳送滷兔肉來了。」杜小魚獻寶似地把滷兔肉拿出來。「妳一會兒嚐嚐可有哪兒不好。」

「好香啊！」林美真眯起眼睛，露出甜甜的笑。「小魚做的肯定好吃的，土旺，你說是不是呀？」

小土旺哪聽得懂，只揚著手格格地傻笑。

林慶真很投入地在做一個寶塔，也沒有來跟他們搭話。

「我這大舅子是這樣的，顯叔您可別介意。」盧德昌笑著搬來幾張椅子。「你們坐，我去倒茶。」

杜顯問道：「德昌你那貨郎生意還做不做了？」

「不做了，大舅子一個人忙不過來，我跟岳父、岳母一合計，索性咱們就幫他打理鋪子，讓大舅子專心做祭品。」

必須得這樣，杜小魚暗道，就林慶真這藝術家的派頭，還有林美真那天真的性子，這鋪子交到他們兩個手裡，不曉得成什麼樣呢，還是得需要盧德昌這樣會做生意的人運轉下才行。

杜顯點點頭。「這倒是好，我看用不了多久，你們這鋪子就得擴張了。」

「承您吉言啦！」盧德昌拱拱手。

杜顯喝完茶就去那邊買紙錢。

因為時間還多，他們便又去逛了下集市，把風爐買了，又買了些日常要用到的麻油、鹽等東西，不知不覺便到酉時，酒樓簷下的大紅燈籠此刻都已經點亮，陸陸續續有客人進去用飯。

望月樓也一樣，兩隻滷兔子現在已經被分成了五、六十個小碟。

見到杜小魚他們來了，毛綜站在二樓過道上叫他們上去，然後吩咐夥計公布今日每桌送一碟免費滷兔肉的事，下面食客一片讚好。

「這兒倒是看得很清楚。」杜顯也上來了，看著夥計走來走去，又不時聞到各種食物的香味飄上來，便跟杜小魚道：「開酒樓真不錯啊，看這兒人多的。」

毛綜哈哈一笑。「老弟這話說的，酒樓真要那麼好開，只怕縣裡滿地都是了。」

「說得也是，也得掌櫃有能力啊！」杜顯一聽，也覺得自個兒剛才說的話有些蠢，就笑起來。

幾人看了會兒，杜小魚道：「二哥，好像他們並不排斥呢。」

「不要錢的菜多數人都貪吃，」杜文淵一指最右邊靠著窗口那兩張桌子。「妳得看有錢人愛不愛吃，他們不會因為這點錢就改變自己的愛好。」

杜小魚順著他指的方向看去，頓時心裡涼了半截。

那兩張桌子的人一口都沒有動滷兔肉。

「怎麼辦，難道不好吃？」她伸手抓住杜文淵的袖子。

「急什麼？」杜文淵好笑，之前一直胸有成竹的，這會兒又慌起來。「妳要對咱們的滷兔肉有信心啊，這兒有錢的又不是只有這兩桌。任何好東西總有愛吃的人，也有不愛吃的人，是不是？」

杜小魚一愣，慢慢點了下頭。

確實，人無完人，食物也沒有完美的，滷兔肉總會有人不能接受，所以又靜下心慢慢觀察。

事實證明，果然還是有人欣賞的，有幾桌吃完了便要夥計再添一碟，漸漸地，越來越多的人要，最後兔肉就用光了。

夥計遵從掌櫃吩咐，說今日的滷兔肉就供應到此，想吃的以後再來。

「看來還不錯。」毛綜滿意地擼著鬍鬚。「小丫頭，妳現在倒是報個價。」

「每斤二十二文。」杜小魚道，她要的不貴，跟野兔肉一個價。

毛綜點點頭，這丫頭倒是沒有漫天要價，他表示對這個價位可以接受，又問道：「那妳每日能供應幾隻？」

杜小魚眨眼笑起來。「不一定，倘若確定能做下去的話，以後每日都供應三、四隻應該沒有問題。」

這兔子畢竟不是一朝一夕就能養成大規模的。

「好，就像妳這丫頭說的，咱們暫且試試吧。」毛綜提筆寫了下契約，綁定了兩者的買賣關係。

以後杜家出的滷兔子便只能賣給望月樓，一手交錢一手交貨。

這項生意最終算是達成了。

從酒樓出來時天色已黑，比起村裡每到夜晚的寂靜，這兒顯然熱鬧得多。

因為不實行宵禁，有些鋪子照舊在做生意，但大多是飯館、酒樓，要嘛就是風月場所，門前彩燈高掛，鶯聲燕語飄到街上，濃郁的胭脂香味散在空中，引人遐想。

杜顯拉著他們匆匆而過，還不忘訓導杜文淵兩句。「這地方你可不能進去，知道不？」這種銷金窟只會讓人墮落，什麼好兒郎沾到都得毀了。

見杜文淵點頭應了，他才放心。

三人走到十字路口，萬家就在不遠處，杜顯道：「如今也晚了，咱們明兒再去看黃花，你去萬家歇著吧，我跟小魚找誠兒去。」

「要不我也去。」

「你去幹什麼，萬家不比他那邊好睡？再說你今兒要不去說一聲，指不定萬家老爺太太以為你出了什麼事呢，去吧去吧，明兒還得去書院呢。」

杜文淵沒法，跟他們告別一聲轉身走了。

杜顯牽著杜小魚去找龐誠。

聽說要在他那兒借住一晚，龐誠二話不說收拾行當領著他們回去了。

第五十一章

早上杜小魚是在各種香噴噴的早點味道裡醒來的。

龐誠這院子直走出來就是集市，賣什麼點心的都有，吆喝聲更是五花八門，此起彼伏，因此，晚上若睡不好就有些慘了，別指望能補睡，不像村裡隔絕了喧囂，愛睡多久是多久。

「哎喲，你這孩子真客氣，買這麼多點心啊！」杜顯看著一桌子的包子、餅子，不好意思的道謝。

龐誠只憨厚的笑。「你們吃吧，我出去賣茶去了。」

杜小魚胡亂洗漱一下跑出來，拿了個肉包子放嘴裡。

「誠兒這孩子可惜了。」杜顯連連嘆息。「都被他娘給耽誤了，也不知道這回能不能成呢。」見杜小魚吃得津津有味，推一推她。「昨兒個咱們買油的時候，我看那胡家二姑娘倒是勤快得很，給她娘裝油算錢，可見是個會過日子的。」

杜小魚翻了下眼睛，可是那胡家娘子一臉奸詐相，看著就是個會算計人的啊！龐誠真要娶了那二姑娘，也不曉得會被丈母娘欺負成什麼樣。

不過也罷了，秦氏半斤八兩，兩家鬥法起來估計好戲連連。

她想著搖搖頭，這事他們也管不了。

兩人用完飯便去了萬家，照例是跟萬家老爺太太問好，萬太太說杜黃花在房裡，讓她自個兒去，杜顯不方便進去內宅，就在外頭等。

下人們都認識，也不攔她，沿著青石小路，不一會兒便到一處幽靜的院子。

只見裡頭正走出來一個人，嘴角含著嘲笑，頗為得意。

杜小魚見著她，立時心裡有怒火冒上來，但想著也不能拿她怎麼辦，究竟不是自個兒的地盤，當下沈著臉從容姊身邊擦過去。

「妳給我站住！」容姊拿手指著她。

「有什麼事？」杜小魚照舊背對著。

容姊看她這樣，氣不打一處來。「真是個鄉裡出來的，好沒有教養！這兒是妳隨便進出的？」

「萬太太准我來的，妳要不信自己去問。」

「師父是心好，哪有像你們家這樣的，隔三差五的上門來，先是兒子寄住在這兒，妳是不是不用多久也得住過來啊？」容姊鄙夷的嘖嘖兩聲。「乾脆你們家都搬到萬府來好了，真真是不要臉皮！」

杜小魚忍受不得，回身瞪著她。「我二哥是萬家老爺讓他住過來的，妳要不滿，這話對萬老爺去說，要說沒有臉皮，這世上妳稱第二，沒有人敢稱第一的！」

「妳說什麼？」容姊臉色發紅。「妳這鄉下丫頭沒有禮數也便罷了，還敢來這裡撒野起來了？」

「撒野？」杜小魚冷笑，上上下下看她幾眼。「技不如人就把滾燙的水澆在別人手上，這算不算撒野？這算不算有娘生沒娘教？這算不算卑鄙無恥下賤？」

容姊氣得跳腳，抬手就往她臉上搧來。

杜小魚好歹跟林嵩練過些時候的，當下把手裡東西全往她臉上扔去，然後抬起一腳用盡全力踩在她右腳的腳趾上。容姊只顧著用手擋東西，哪兒會想到她乘機襲擊人，只覺一陣疼痛傳上來，忍不住蹲下來捂起腳大聲慘叫。

看這狼狽樣，她心裡生出一些快意，撿起地上東西快速向前走去。

「妳這小賤人，妳，妳別跑！」容姊在後面大聲叫道。

杜黃花聽到動靜跑出來。「怎麼回事？」

杜小魚拽著她就往屋裡去，回身砰地把門關上。

「剛才好像聽到大師姊……」

「還大師姊呢，這種人也配？」杜小魚不屑，往窗外看一眼，嘴角露出抹笑。「她被我踩了腳，估計腳趾得腫了。」

時下天氣都穿著精美的繡花鞋，這種鞋子極為單薄，被人踩一腳可想而知。

杜黃花擰起眉。「妳怎麼這麼胡鬧！」

「她就不胡鬧？」杜小魚不解地看著杜黃花。「她把妳的手弄成這個樣，妳難道就不恨她？」

杜黃花嘆一口長氣，不說話。

杜小魚拿住她的手一看，好倒確實好了，不過皮膚還有點紅，她問道：「剛才她是不是來找妳的？」說著往屋裡環視了下，只見杜黃花的床上堆著好些布料。

「沒有。」杜黃花矢口否認。

杜小魚看著她垂下的脖頸，說不出的失望，為何這個姊姊就那麼能忍呢？都是別人家的孩子，憑什麼就要給人欺負？她咬著唇道：「姊，娘給妳做了雙厚棉鞋，怕妳天冷了凍到腳呢，妳瞧瞧可好看？」

「好看。」杜黃花摸著棉鞋，眼睛有些紅。「倒是讓娘擔心了，我總是不在家，不能在她身邊伺候，妳要好好對娘，聽她話，知道不？」

「我知道，可是姊實在太不孝順了。」

杜黃花瞪大眼。

「身體髮膚受之父母，妳的手給人弄傷了，就是不孝順。」杜小魚氣道：「姊在家裡也是有爹娘疼的，就算現在簽了契約，那也不是賣給別人家了。這容姊什麼東西，就敢這麼對妳？姊妳要再這樣讓她白白欺負，還不如回家呢！」

正說著，門口傳來吵雜聲，卻是容姊喚了人來。

「妳這賤丫頭給我開門，打了人就想躲起來嗎？」容姊在外面叫囂道：「李婆子，妳給我把門撞開來。」

「幹什麼？誰打妳了？」杜小魚在窗口喊道：「沒有證據不要亂說，這門撞壞了妳可得賠錢給萬太太。」

李婆子一時不敢動手，容姊怒極。「妳敢說不是妳踩我的？妳這下流東西，小小年紀不學好，什麼骯髒手段都使得出來。」

「就不是我踩的，怎麼樣？」杜小魚衝她翻著眼睛。「妳這麼大人了誣陷一個小孩子，要臉不？真是白長那麼大，飯都被狗吃進肚子裡了，自個兒走路摔跤也能怨到別人。」

容姊氣得渾身發抖，抬手啪啪啪的敲著門。「杜黃花，妳給我開門，妳別想著包庇妳妹妹！杜黃花，妳聽到沒有？」

杜黃花瞧瞧杜小魚，後者一臉委屈相，當下又嘆口氣。「不是我妹妹做的，還請大師姊不要冤枉人。」

這邊廂一番吵鬧，早就引得些丫鬟紛紛過來圍觀，一時指指點點。

容姊見杜黃花也不聽話了，可那會兒又沒有個證人，她眼睛一轉道：「好啊，死丫頭，妳既然說不是妳踩的，那妳敢發誓要是撒謊騙人，你們全家都遭五雷轟頂，死無葬身之地嗎？」

古代是很迷信的，都信發毒誓，容姊身邊幾個丫鬟也隨之起鬨，讓她發誓。

杜黃花便有些慌。「要不妳就承認了，我幫妳求求情。」

承認個屁！杜小魚叉起腰喊道：「那妳敢不敢發誓呀，就說不是妳用熱水燙傷我姊的手，不然臉上長瘡，肚裡流膿，一輩子嫁不出去！」

容姊立時呆住，手指著窗口愣是說不出一句話來。

杜黃花手燙傷的事府裡人也曉得，可迫於容姊的蠻橫，從沒有人說起這個真相，如今被杜小魚點破，臉上都露出看笑話的表情。

容姊臉一陣紅、一陣白，這回真是搬石頭砸自己的腳，她結巴道：「一、一樁事歸一樁事，妳們姊妹倆給我出來！要是好好認個錯，我大人有大量也不計較了。」

「誰都知道容姊心胸大如鴿蛋，人道宰相肚裡能撐船，容姊肚裡齷齪藏啊，我們可不敢出來！」

這話引得旁人一陣輕笑。

容姊再也撐不住，叫了身邊丫鬟扶著轉身就走。

杜小魚這才把門打開，看著她們的背影微微一笑。

「姊看到沒，容姊也就這個本事，妳要狠點，她才壓不住妳。」又道：「萬太太其實也是向著妳的，何必老是向她低頭？妳這樣被人欺負，傷心的可是我們，燙傷手這件事也只有我跟二哥曉得，若是爹娘知道了，他們該多心疼啊！」

杜黃花伸手把她摟過來，淺笑道：「有妳這樣的妹妹，我還怕被人欺負呀？」

「可我不能護著妳一輩子啊。」她倒是想呢，可杜黃花以後嫁人了，她難道跟過去不成？

「我曉得了，以後定不會順著大師姊。」杜黃花心道，這次以後，怕容姊更是恨她了，以後斷沒有和好的可能。

聽她應了，杜小魚笑起來，又啊的一聲。「爹還在外頭等著呢，咱們快出去。」

兩人忙忙地關門走了。

見到大女兒，杜顯少不得噓寒問暖一番，又叮囑幾句尊敬萬家老爺太太之類的話，就怕給萬府添麻煩。

杜小魚蹲在地上察看買來的風爐，這東西好，以後天冷了就可以經常吃火鍋了。

這時聽到杜顯聲音忽然壓了下來。「黃花啊，妳崔大嬸最近老是往咱們家走哩，妳要是……爹就給妳想個法子……」

沒想到他會挑這個時候試探，不過話說得含含糊糊，就算杜黃花聽懂了，恐怕也不曉得怎麼答。

果然接下來一片寂靜。

杜顯急了。「妳怎不說話啊？」

杜黃花聲若蚊蚋。「我，我跟師父簽了三年的。」

「這我當然曉得，可白家，哎，非得要今年啊，這不是太沒誠心了嗎？」杜顯道：「這白與時的病……」

杜黃花霍地瞪大眼。「白大哥的病怎麼了？」

「瞧著像是好了，可是他們家那麼急，我跟妳娘生怕他好不了，所以也不想答應。」杜顯一跺腳，索性把話說清楚了。「可黃花妳若是有心，爹怎麼也得給妳想想法子不是？要是他身體真好了，只是父母急，爹就去讓他們等到妳學成出來，要不就是去求萬太太放妳嫁人也成。」

「這使不得……」杜黃花擺著手。

「什麼使不得，妳這孩子，自己的終身大事都不擺在心裡啊？」

「我……」杜黃花滿臉通紅，用力絞著手指。

杜小魚嘆了口氣，站起來給她解圍。「大姊，剛才萬太太不是有事吩咐妳嘛，妳還不快進去？」

聽到她要忙，杜顯便不再說了，從萬府出來後一直皺著眉，半晌道：「小魚，妳說妳姊這到底對白與時是滿意還是不滿意？」

「爹，姊是女孩子，哪好意思說這些事？」

「可她不說，我怎麼幫她呢？」

杜小魚停下腳步，揉著額頭，想了下道：「甭管滿不滿意了，只要爹查到白與時的身體是不是真好，一切不就容易多了？若真的治不了，就算姊滿意，難道爹要她嫁過去受苦不成？若身體治得好，那咱們再商量讓姊嫁人這事。」

說得也對，這崔氏三番四次的來家裡，就不見她帶著兒子一同過來，杜顯點點頭，下了決心，他得抽空搞清楚這件事情，聽說給白與時治療的就是村裡一個姓趙的大夫。

兩人臨走時，杜小魚又去小販子那裡買了十來隻兔子，跟上回一樣，還給他二兩定金，讓留意商隊一些特別的品種。

小販最近的兔子是越來越賣不出去了，可這丫頭卻總是來買，越發覺得蹊蹺，追問道：「小丫頭真是買了玩啊？」

見他一臉愁苦之相，杜小魚想著好歹也要經常麻煩他，有心給他指一條路，便告知真相。

聽說居然是買回去繁殖兔子給人食用的，小販不由大笑，說這兔子味道不比野兔，而縣裡吃兔子的人又少，哪賣得出去，好心勸她不要作夢。

杜小魚也沒反駁，只道以後就見分曉，提著兔子就回家去了。

趙氏老遠就站在門口等，見到他二人少不了幾句斥責。「回不來也不叫人帶句話，害我當你們出事了。」

「哪有這麼容易出事的，是要留下來看滷兔肉好不好賣。娘子啊，以後咱們就靠著小魚吃飯得了，她現在跟望月樓簽了協議呢，一會兒就去滷幾隻兔子，明兒拿去縣裡賣。」

大好消息趙氏聽了自然高興，又見杜顯手裡抱著個風爐，便低頭看了眼。

「這個可以吃什麼，什麼……」杜顯想不起來了。

「撥霞供，兔肉切薄片湯裡涮兩下就成。」杜小魚替他解釋。

「是啊，是啊，咱們一家子圍著這個吃，冬天多暖和啊。」杜顯笑咪咪道：「等文淵跟黃花回來咱們就弄，加上林大哥，是了，還有章公子……」

他越說越高興，全沒有注意到趙氏的臉色。

果然是對林嵩有成見啊，杜小魚見趙氏轉身走了，忙推了下杜顯。「爹，娘好像又生氣了。」

「不是吧，為啥啊？」杜顯一頭霧水。

「我瞧著是不是跟林大叔有關係？」杜小魚斟酌著語句。「林大叔是不是最近跟娘發生過啥衝突，得罪娘了啊？」

「胡說，怎麼可能！」杜顯瞧著趙氏氣沖沖的背影，耳邊又傳來哐噹一聲關門的重響，立時閉了嘴，半晌思忖道：「妳娘以前好像也這樣過，是了，就是懷了妳啊，那會兒逮到誰都鬧，妳大姊、二哥沒少被罵，還經常躲起來偷偷哭哩，難道……」說著面露喜色，喜不自禁起來。

杜小魚直抽嘴角。「爹您別瞎猜，沒見娘喜歡吃酸的。」

這句話又難倒杜顯了，似乎除了亂發脾氣外，還真沒有別的相似的特點，接著又奇怪的瞅瞅杜小魚。「妳這娃兒怎啥都懂……」

好吧，敗給他了，杜小魚不再同他談論這個事，想來杜顯心裡也不願意相信趙氏跟林嵩之間有罅隙。

晚上三人一起滷了四隻兔子，杜小魚提議明兒找人帶去望月樓，一來一回時間用得太久，她不願意專程跑一趟，找個村裡要去縣裡辦事的人順便帶過去，給些別人酬勞。

也就幾文錢的事，四隻兔子賣出去可是差不多要一兩銀子，所以他們也不反對這個想法，到得第二日，就由杜顯去村頭找相熟的人送去了。

不過這事也有個副作用，送了幾回兔子後，村裡漸漸就傳開了，說他們家養兔子賺了不少錢，這兔子一個月生一窩，一窩就是七、八隻，那得多少錢啊！所以眼紅、羨慕的都有，那些滿肚子壞心思的便又舊事重提，說起趙氏的壞話來。

被人嫉妒說明你成功，杜小魚倒不怕，他們一家子已經經歷過風雨，這點毛毛雨怕什麼，全不當回事。她只在煩惱兔子不夠，望月樓那邊滷兔子好賣得很，可家裡加上第二批的兔子一共也才七十來隻，前些日子就賣掉二十隻，所剩不多了。

這樣子每日都去賣的話，到了冬天，恐怕一隻滷兔子都供應不出來，所以只能隔幾日去賣一次。

但這是好現象，一旦望月樓把這兔肉賣出名堂，別的酒樓也會仿效，到時候對兔子的需求會增多，那麼養兔子的人也會越來越多，勢必帶動整個市場。

所以她要做的最重要的事，便是將來在這場競爭中立於不敗之地！

那時候便不是滷兔子還是醃兔子的問題了，而是兔子的品種，因為這是關鍵，決定了兔子出欄的時間長短。

最終，還是印證了那句話，時間就是金錢。

第五十二章

這日她趁著陽光好，洗了幾大籮筐的蔬菜，擺在院子裡曬。

現在兔子的數量多，每日要吃不少，可能在將來，她得專門買幾畝田種牧草也不一定。其實牧草也是一種經濟作物呢，想當年她為了養好兔子，從網上買了多少錢的牧草啊！

她正在盤算呢，秦氏來了，直接就去找趙氏。

「今兒還有件事要跟妳說呢，」秦氏神秘兮兮，「我看見蓮花她娘去當鋪了。」

「當鋪？」趙氏立刻露出疑惑的表情，包括杜小魚。

因為當鋪可不是個好地方，在古代相當於放高利貸的，一些缺錢的人沒法借錢，就把些東西放那兒做抵押，看著好像很方便，其實很多人為此傾家蕩產呢。

可崔氏不應該是沒錢花的人啊，她為什麼要去當鋪？

白家雖說稱不上什麼富裕，可是比他們家現在的境況也差不了多少，怎麼看也不會淪落到要去典當東西。

所以趙氏不信地說道：「妳別看錯人了吧？」

「我眼力可好得很。」秦氏一翻眼睛。「這可不是第一回了，還記得上次白蓮花那事，她也是去當鋪的，當時她自個兒說漏嘴都沒注意，我現在倒想起來了，她就是說因為自己去當鋪才會跟她女兒分開走的。」

這細節杜小魚也不記得了，但秦氏不是胡說八道的人，她雖然利益為先，但還不屑於撒這種謊話。

「可她去當鋪幹什麼啊？難道去典當東西不成？」

見趙氏都不相信，秦氏嘿嘿一笑。「還真是去典當東西呢，我見她走了便進去找那夥計問話，就說跟她是親戚，怕她要面子不好意思說家裡困難，想問些情況。那夥計倒是好說話，原來她已經在那兒當過三回東西了。」

屋裡的人聽得鴉雀無聲。

半晌，杜顯搖著頭道：「難道欠人銀子了？他們家不像啊，白老哥就喜歡釣釣魚玩，也不是個會賭錢的，怎麼會要當東西了呢？」

「是啊，他們家還有幾房親戚，難道不會去借錢，竟要走這一步？」趙氏也想不通。

杜小魚亦是一頭霧水。

「反正他們白家古怪著呢，你們最好也離遠點。」秦氏丟下句忠告就走了。

杜顯夫婦也琢磨不出什麼，只是覺得奇怪。

杜小魚這日問趙氏要了些棉花，自個兒在院子裡搗鼓幾張雪白的兔皮。

眼見天氣就要冷了，她打算做些暖袖出來，中間填充棉花，裡外都縫製兔皮，到時候暖手肯定舒服，正好做兩個出來送給杜黃花跟杜文淵。

一連弄了三、四天，總算成形了，趙氏看了也誇漂亮，說這兔毛摸上去軟軟的、暖暖的，做暖袖最合適，既好看又實用，還說抽空給她補補針腳。

得她肯定，杜小魚當然高興了，又接著去弄第三個，怎麼著也要給她娘做一個啊。

不知不覺便到八月。

天氣漸漸轉涼，就算在陽光大好的午時也得穿件夾衣，院子外的幾棵樹已經開始往下落葉子，飄悠悠的像黃褐色的蝴蝶。

杜顯繃著張臉走進來，腳步帶風。

杜小魚瞧見了，奇怪道：「爹怎麼了，誰惹您了？」他可是很少有憤怒的時候，平日裡都是一副溫和老實樣。

杜顯重重嘆口氣，背著手進去了。

趙氏正在雞棚裡挑雞，想著杜文淵過幾日回來宰隻母雞給他補補身體，這幾日就要歲考了，很用腦子。

「唉，那白家不像樣啊！」杜顯張口就來了一句。

「怎的，他們又來催你了？」

「不是，是我今兒找那趙大夫去了。」杜顯皺著眉頭。「趙大大說那白與時的身體根本就沒治好。」

趙氏早就懷疑這個了，所以也不太驚訝，只問道：「那趙大夫聽說跟他們白家也有點關係的，怎的會把這事告訴你？」

「這個我就不清楚了，反正他說得有理有據，我看錯不了。這白家也太不像話，明明自個兒也曉得的，還非得拉咱們黃花下水，你要真有個誠心，哪怕老老實實說了，若黃花也願意，咱們就算一起想想辦法把那病治好，不也行嗎？何必要騙來騙去的。」

「你不用理他們，下回敢再來，我也顧不得什麼情面了！」

「我看也只能如此，本還以為……唉，真是可惜了。」杜顯很是惋惜。「咱們黃花也是跟他們家兒子無緣。」

兩人說了會兒方才從後院出來。

杜小魚放下手裡的暖袖，迎上去道：「爹、娘，我有事跟你們商量。」

「啥事？」看她認真的樣子，杜顯不由自主挺直了身子。

「天馬上就要冷了，這小木棚有點透風，大兔子倒是沒事，可小兔子恐怕受不了，我想索性造一間大屋子出來專門養兔子。本來這小棚就有點擠了，我上回又買了十幾隻兔子，光籠子就得好幾十個呢！」

杜顯看看趙氏。「她娘妳看？」他肯定是同意的，只要是小女兒的事，肯定全力支持。

趙氏也瞧見兔子賣得好，哪兒有不願意的，當下點點頭。「你就幫她張羅吧，既然怕冷，這大屋子就通著廚房，冬天也能有些暖氣。」

杜小魚立時笑起來。「還是娘想得周到。」

「那好，我明兒就去找人來弄，妳這屋子要多大？」

「越大越好。」

父女倆便頭碰頭商量去了。

說了會兒，杜顯回頭見趙氏進去了，小聲道：「妳那邊銀子夠用啊？又是買兔子又是買籠子的，這鐵籠也不便宜啊，現在還得弄房子。」

「夠用呢，再說，不是還在賣著滷兔的嗎？」反正前期就算虧錢也得投資進去，幸好杜文淵還給了十兩銀子的，倒還不至於用光。

「那就好。」杜顯點點頭。「妳還要些什麼東西沒有，爹給妳一次解決了。」

杜小魚便回屋拿了張圖給他，上面畫了一些木架子，專門擺放兔籠的，兩人又說了會兒話方才各自忙去。

秋分一到，正是種冬小麥的最佳時候，不用說，杜顯夫婦又是忙得腳不沾地，飯菜都是由杜小魚負責的，自從杜黃花去萬府後，她肩上的負擔自是重了好些。

幸好屋子只造一大間，沒用幾天就弄好了，不然她恐怕要忙得團團轉，就是木架子還沒有做好，但這些天已經開始往屋子裡搬兔子。

如今她留了二十隻母兔，五隻公兔做種兔，下次生下的小兔子數量肯定更為龐大。

至於上回小販代為購買的幾個新品種，其中兩隻黑兔子倒是一對的，就皮毛來看的話，是比白兔子的皮毛要油光滑亮些，不過論到長得快，倒是那兩隻土黃色的兔子最快些，只用了五個多月就長到十斤了，比原先那些白兔子快了一個月。

剩下的那隻黃白的母兔子，沒什麼奇特之處，她暫時先用白色公兔交配了，等以後生下幼兔再看情況。

她在本子上一一記下日期，忽聽身後一聲笑。「家裡來賊了，只怕妳也不曉得。」

抬頭看去，卻是杜文淵回來了，他穿著件石青色的盤領窄袖袍，腰間繫條雪青腰帶，雖仍是翩翩少年，但在這身打扮襯托之下，眉宇間已然顯現出成熟男子的味道。

「二哥，你穿這個看起來真不錯。」她不由讚嘆。

這還是第一次聽她稱讚他的容貌，杜文淵微微一愣，隨即又朗聲笑了。「難怪路上姑娘頻頻回顧，原是如此。」

「哈，給你幾分顏色就開染坊呀！」杜小魚樂道。

杜文淵走進來，四處看看。「這屋子倒是造得快，上次回來還沒有呢。」

「是啊，我叫他們日夜趕工才建好的，不然這些天田裡又要忙，哪處處顧得了？」杜小魚蹲下身把一個兔籠子挪到角落。

杜文淵瞧見草垛上的本子，拿起來一看，見上面寫得密密麻麻。

有些字真是慘不忍睹，他一目十行，竟好些都不認得，便忍不住皺眉道：「這些字是妳自創的不成？」

「啊？」杜小魚回頭看到本子在他手裡，忙搶上幾步拿過來。「寫得快漏掉些筆劃而已，咱又不是秀才，自個兒看懂就行了。」

這本子別的人她倒是一點不怕被看到，可杜文淵不同，他曉得的東西太多了，杜小魚咳嗽一聲，緩解下情緒。「明兒是中秋呢，姊不能回來呀？」

「在外頭整理東西呢。」杜文淵伸手拉她。「我買了月餅回來，是縣裡五仁堂做的，妳去嚐嚐。」

聽到杜黃花也回來了，杜小魚高興地跟著出去了。

杜黃花真是個勤勞的人，難得回來一次還在忙著擦洗廚房灶具，杜小魚招呼她一聲，叫著一起吃月餅。

這個朝代的月餅已經跟後世做的很是相像，餡有芝麻的、花生的，還有棗泥的，十分可口，表層更是精美，竟還能把嫦娥奔月的圖案刻在上方。

「好吃嗎？」看她驚訝的樣子，杜文淵問道。

「好吃，還很好看呢。」杜小魚掰一半遞給他。「今兒還不到中秋，這些留著明天晚上賞月的時候吃吧。對了，你上回歲考怎麼樣？娘可是宰了隻老母雞給你吃的呀！」

杜黃花聽了抿嘴笑。「妳還不信妳二哥啊？」

「這個誰曉得，馬有失蹄呢。」

杜文淵敲敲她腦袋。「就妳沒個好話，反正是通過了。」

過了會兒，杜顯夫婦回來了，見到兒子、女兒在十分高興，這個中秋節是能團團圓圓的了，趙氏接著就去準備晚飯。

到得第二日便是中秋，往年杜顯還會想去盡盡孝心，如今是一點這種心思都沒有了，跟那邊算是真正斷了關係，估計李氏也沒有臉再派人來騷擾他們，上回做得那麼絕不給人留餘地，真正是撕破了臉。

這樣也好，總算可以清淨了。

杜小魚喜孜孜地跟杜文淵把桌子椅子搬到院子裡，晚上就對著月亮用飯，再喝上幾口小酒，一家子別提多歡樂。

席間，杜黃花送了她們兩條雙面繡的帕子，杜小魚的是荷花白鷺，趙氏的是富貴花開。

兩人愛不釋手，趙氏見女兒的繡藝已經如此高明，高興得差點流下眼淚來，杜小魚則很欣慰。

有多少人在追求理想的過程中是漸漸遠離了當初的理想呢？杜黃花是幸運的，遇到一個可以傾囊相授的師父。

她自己又是那樣用心，以後的成功指日可待。

正其樂融融的時候，院門吱嘎一聲，卻是有人來了。

夜色裡看見兩個身影，走近時才發現竟然是崔氏跟她女兒白蓮花。

杜小魚擰起眉，這兩人也太不識趣了吧，中秋佳節本是團圓日，她們不在家裡跟家人相聚，跑來別人家幹什麼？

崔氏提著個小食盒，見到他們在院子裡用飯，立時笑道：「你們倒是有閒情雅致啊，別怨我壞了氣氛，實在是月餅做多了，就想拿來給你們也嚐嚐。」

伸手不打笑臉人，又是這樣的佳節，趙氏忍住氣，站起來接了。「那謝謝崔大姊了。」

「咱們兩家還用謝啥啊？」崔氏目光落在杜黃花臉上，語氣曖昧。「黃花也回來了啊，一會兒去我們家玩玩？」

趙氏皺起了眉，這話可有些露骨。

白蓮花看著她娘，很是不明白，明明她哥身體已經好很多了，何必非得急著要跟杜家結親，人家杜黃花還在學藝呢，就不能等等？這都讓人厭惡了，對自家大哥又有什麼好處？當下一拉她娘。「都這麼晚了，叫黃花姊幹啥啊？」

「妳這孩子還害羞呢，不是老念叨見不著妳黃花姊嘛，眼下可不是機會？」

白蓮花也不好太駁她娘的面子，只得含糊兩聲承認。

杜顯因為曉得真相，看著滿眼難受，此刻道：「那妳讓蓮花來這兒玩便是，老是叫黃花去你們家幹什麼？你們家兒子年紀也大了，黃花怎麼也不方便的。」

這口氣有些衝，崔氏臉色便沈下來。「咱們兩家也來往這許久了，互相的孩子還不熟悉嗎？我好心叫黃花去玩玩，倒像是做了什麼錯事一般。如今你們黃花學了蘇繡了，果然是不一樣了啊，咱們孩子問連朋友都高攀不上了。」

都圍繞著她在說話，杜黃花有些侷促不安。

「小魚，跟妳姊收拾收拾這些，都下露水了。」趙氏忙道。

杜小魚就拉著杜黃花，捧著些碗兒碟兒物什進去了。

見還把女兒藏起來，崔氏更加火大，這段時間其實哪看不出來他們的想法，可就是嚥不下這口氣，冷笑幾聲道：「我兒雖然以前身子弱，可如今不同，將來也不會比你們文淵差，不曉得來過幾家說親的了，就當你們家黃花矜貴啊？她橫豎也不過是個繡女罷了。」

「妳說什麼？」杜顯一拍桌子，怒道：「妳敢說咱們黃花？」

「我有說錯不成？說什麼給萬太太做徒弟，我看就是賣身去做丫頭了，回趟家都不成，以後還不是個下人的命！」

白蓮花聽得臉色煞白，忙揪著她娘袖子，這可是要把兩家關係完全毀掉的啊！

杜顯怒不可遏，瞪著崔氏道：「妳那兒子好個屁，我去找過趙大夫了，妳別在這裡裝神弄鬼的糊弄人！」

見他一副清楚真相的表情，崔氏只覺心直往下沈，抖聲道：「你、你找過趙虎？」

「沒錯，他什麼都說了。」

崔氏差點跌倒在地，這趙虎真不是東西，上回到家來想讓白蓮花做他兒媳，沒料到成不了就做出這種事，分明都給了銀子的，這卑鄙小人！

白蓮花聽得莫名其妙，不明白好好的怎麼扯到趙大夫。

「妳以後提也別提妳兒子，滾，給我滾出去！」

白蓮花見事情突然就變成這個樣子，忙忙地上去求杜顯。「杜大叔，我娘喝多了說胡話，您不用同她計較啊，我大哥是個好人，肯定會對黃花姊好的，杜大叔……」只見他撇了臉不理，她又去求趙氏。「趙大嬸，我娘平常都好好的，今兒不曉得怎麼了……」

趙氏打斷她，語氣冷淡。「妳快跟妳娘回去吧，咱們家不歡迎妳們，以後別來了。」

她又要說話，崔氏猛地衝上來。「走，跟我回去！他們家以後就算來求，咱們也不要來！什麼東西，不過是些男盜女娼、一窩子齷齪的地方……」

崔氏罵完一連串髒話後，抓住白蓮花的胳膊風一陣似地跑掉了。

月亮大如銀盤高掛在夜空，本是如此美好的節日，白蓮花此刻卻覺得有種大難臨頭、說不出的恐懼之感。

這一切到底是怎麼回事？

她再也忍不住了，用力甩掉崔氏的手，大聲質問道：「娘，您到底想幹什麼？難道是想把大哥的親事攪和掉嗎？為什麼啊？」

崔氏鐵青著臉。「他們家黃花有什麼好，我還看不上呢！」

「黃花姊哪兒不好了？性子溫和，人又勤勞，我覺得配大哥挺合適，娘您到底怎麼了？」白蓮花不明白她娘為什麼突然轉變了態度，之前明明也很滿意杜黃花的。

「呸，不過是個繡花的，妳大哥要找媳婦還不容易，比她好的多得是！」

白蓮花越發覺得奇怪，皺著眉道：「那也得大哥看上才行，我看得出來，大哥對黃花姊還是喜歡的，那會兒從他們家回來，大哥心情都很好。娘，您何必要那麼急，也就再等一年多的時間，非得去逼著他們家幹什麼呀！」

聽到女兒埋怨，崔氏只覺有針尖在挑著自己的心，疼得身子都抖了。

「那劉家的小女兒也不錯，明兒我就跟他們說把親事定下來，妳大哥那邊妳去好好說，那杜黃花也不是什麼好東西，既然不肯嫁給他，那就娶別家的姑娘。」

一字一句毫無感情，硬生生擠出了牙齒。

白蓮花聽得呆若木雞。

崔氏不管她，徑直往前走去。

半晌，白蓮花才回過神，追上去抓住她娘，叫道：「不行，您不能這樣對大哥啊，劉家女兒那副醜樣子，哪兒配得上大哥？」她覺得眼前的人陌生得好像認不出來了。「娘，您、您到底怎麼了？為什麼非得要讓大哥急著成親？娘，您快回答我啊！」

崔氏閉著眼睛，在女兒的質問聲中終於流下淚來。語氣裡滿是深深的無奈與悲痛。「妳大哥，他活不長了啊！」

「什麼？」白蓮花大驚，不可置信的捂住嘴，抖聲道：「大、大哥不是好很多了嗎？」

崔氏搖著頭，慢慢蹲在地上，臉若死灰，喃喃道：「我哪兒不曉得他們家黃花好，可是妳大哥等不及了啊，我總得要，總得要給他留個種……」

白蓮花立在那裡，腦中一片空白，半晌才搖著頭道：「娘您騙我，您騙我，大哥他明明好了，他能走能跑的，他會完全好起來的！」

「蓮花，我也不瞞妳了，」崔氏抽泣著抹著眼睛。「蓮花，娘也瞞得很辛苦，這事連妳爹都不曉得的。」

「不，您騙我的，您騙我的！」白蓮花跳著腳，眼淚一顆顆滾下來，大哥仍是沒有好嗎？大哥竟然要死了嗎？

這一切原來是個噩夢！

崔氏曉得他們兄妹感情好，眼見女兒如此傷心，忙伸手抱住她。「蓮花，事已至此，咱們也沒有辦法啊！妳哥他命苦，活著享受不到好日子，這些年就沒有真的開心過，難道在他死前連個媳婦也不能娶嗎？天下沒有這樣的道理啊！」

白蓮花只是哭。

「蓮花妳是個乖孩子，這件事斷不能告訴妳大哥。」崔氏長嘆一口氣。

這樣殘酷的事如何說得出口？

了。

白蓮花捂著臉，覺得自個兒的心都碎掉了，原來欠他的終究還是欠他，自己這輩子都還不了了。

「娘，您答應我，不要讓大哥娶劉家女兒，」她霍地抬起頭，目光灼灼逼人。「再說，大哥也不願意的，娘若是逼他娶，對大哥也不是好事。」

「可是……」

「我會想辦法的！」白蓮花一捏拳頭，站起來往前跑了。

崔氏呆呆站了許久，好半天才動起來，像是全身被抽空了力氣。

第五十三章

而杜小魚此刻正在房裡炕頭上坐著，旁邊的杜黃花在不聲不響地繡東西。

剛才趙氏最後的話明確表明不再跟他們白家來往，杜小魚倒是有些擔心她姊，但也不想再提這件事，也許就這樣慢慢地讓它過去也未必不對。

因為杜顯剛才的所作所為讓她知道，那白與時的病定是好不了的。

人生總有這樣或那樣的遺憾，與杜黃花來說，也是如此吧？

哪怕她是真的喜歡白與時，可一個病重的人，父母必定是不同意的，依她的性子也不會違抗。

那麼就這樣吧……

杜小魚暗自嘆口氣，看著窗外的月亮，忽然有種悲涼的感覺。

杜顯到現在還在生氣，憤然地跟趙氏道：「幸好沒有結親，妳看看崔家娘子那德行，咱們不同意，她就出口侮辱黃花，實在太不像話了！」

趙氏只淡淡道：「反正這次也說清楚了，他們斷不會再來。」

「還敢來，來了我打他們出去！」

「聲音小些，別給黃花聽見了。」趙氏提醒道：「她好好的被人這樣說，恐怕心裡正難受著，咱們就算了，這事過去也別提了。」

杜顯想著點點頭。「也罷。」

第二日下午，杜文淵跟杜黃花便要回萬府，看得出來，杜黃花沒睡好，眼睛有些腫。

杜小魚送他們去村頭，路上悄悄拉著杜文淵道：「你沒事多陪陪姊啊。」

他應一聲，對白與時這個人，杜文淵本來也挺滿意的，覺得他身體若好了，將來考取功名不是難事，誰料最後卻是竹籃打水一場空。

想著，他低聲道：「書院裡倒也有幾個適合大姊的師兄。」

「你別瞎找事，大姊現在哪有心情。」

「以後總要找的。」

「那以後再說。」杜小魚把暖袖拿出來獻寶，跑到杜黃花身邊道：「姊，看看，這漂亮不？等天冷了，妳可以暖手呢。」

杜黃花眼睛一亮，伸手摸上去。「嗯，真好看，妳做的啊？」

見她終於露出笑，杜小魚也稍微高興了點。「是啊，不過娘也幫我整了下。」

「沒我的分？」杜文淵湊上來。

「你的。」杜小魚把暖袖扔給他。

杜文淵扯了下嘴角。「這顏色……」那樣雪白，怎麼看也是給女人用的。

「不要算了。」杜小魚撇撇嘴。

「怎麼不要，妳做的哪怕再不合適我也得戴著啊。」杜文淵笑起來，往手上一套，讚許道：「確實很舒服，要是顏色換一個就更好了。」

錢？」

「現在只有白色的，等幾個月，我給你做套黑的。」

「那妳可別忘了，」杜文淵伸手攬住她肩膀，拉近過來道：「不過這東西妳沒想過拿去賣

「想啊，過幾天就拿去賣。」

「那不得滿大街都是妳這暖袖了？」杜文淵皺起眉，有些不滿。「我還想戴去書院讓別人羨慕下呢。」

杜小魚噗哧笑了，想了下道：「那我等你炫耀完再去賣兔皮，不過你可得好好戴著啊，最好戴得別人都想要。」又看看杜黃花。「大姊就在那些姑娘們中間露一下，最好戴去紅袖坊，反正繡花手也冷嘛。」

杜文淵一眨眼。「好說。」

杜黃花只是輕笑，末了拿手指戳戳她的頭。

三人一路往前去了。

天越來越冷，終於可以做醃兔肉，比起她這個做滷味的新手，杜小魚始終覺得還是醃兔肉更有市場，畢竟趙氏摸索了這麼多年，經驗豐富。

於是後來供應的兔子改了比例，三分之二都是醃兔肉，三分之一是滷兔肉。

毛綜也沒什麼不同意的，親自試嚐過後，覺得這醃兔肉絕對是下酒的好菜，自是高興，他們酒樓如今自己也收購兔肉做菜了。

杜小魚這日剛打掃完兔舍，那麼冷的天竟然渾身都出了汗。

這勞動量確實有點高啊，主要她還是孩子，力氣小，如今兔子多了，光是清理糞便都有夠受的。

誰讓這兔子拉屎量龐大呢！

見她一頭汗，杜顯心疼了。「要不以後爹給妳弄，餵食什麼的也行。」

「不行，您又不懂。」她一口否決。

「這孩子，妳不會教爹啊？」杜顯拍一下她的頭。「還嫌爹笨了是不？」

「倒也不是，爹您管田已經夠累了，又要忙著餵牛羊，哪兒還有時間管我的兔子啊。」杜小魚嘆口氣，想到明年還要種金銀花，就有些頭疼了，真是分身乏術啊！主要還是他們家人口太單薄，不然有個弟弟妹妹多好的，她越想越是鬱悶。

杜顯這會兒道：「要不還請妳鍾大叔來幫忙？」

「不行，鍾大叔做那些重活也夠嗆的。」

又被她回絕，杜顯也沒轍了。「那妳說怎麼辦？」

「我想再請個人來。」杜小魚說著點點頭，下了決定。「以後肯定也要請的，這兔子也不能老是關著，沒事要放出來跑跑才健康，得有個人看著才行，我以後又要去管草藥，怎麼也得找個人弄兔子。」

「那妳不得還教別人這些？」

「那當然，不然我也不放心啊。」

杜顯慎重道：「那可得找個牢靠的，」他頓一頓。「我抽空去問問妳鍾大叔，他認識好些僱工，說不定有合適的，妳鍾大叔人老實，他介紹的必定也是好的。」

杜小魚也很相信鍾大全，自然同意。

「不過最好找年輕些的，學得快，識字的更好。」這養兔子是新知識，她最怕那些倚老賣老的。「反正直接就說來看兔子的，價錢的話可以面議，總不會太低的。」

「好，我曉得了。」這小女兒向來想得周到，杜顯點點頭去忙了。

杜小魚心裡輕鬆了些，若找到個合適的人就好了，以後就能分出更多的時間來做比較重要的事情。

一過霜降，天便一日日冷下來了。

萬炳光中間叫人帶來一小包種子，說是品種比較好的金銀花，讓她好好種植，至於傳授經驗方面，一句話也無。

看來還是得靠自個兒慢慢摸索，杜小魚把種子放在乾燥的地方保存好，等到明年開春就能下地播種。

這日，鍾大全帶了僱工過來。

杜小魚在兔舍聽到杜顯喊她，便擦著手走出來，卻見那僱工竟是個跟她差不多大的小男孩，當下便想著要拒絕。

只是說年輕些，可沒想要這麼小的孩子啊，太小不定性，萬一調皮誤事怎麼辦？

杜顯這方面想法跟她一樣，有些尷尬的道：「鍾老弟啊，這娃還不到十歲吧？」

那孩子聽到這話抿了下嘴，臉微微發紅。

鍾大全擺手道：「他十二歲了，全是因為家裡窮，吃不上飯才長那麼小。對了，他叫李錦，你們叫他小錦就是了，他識幾個字的。」

奇怪了，飯都吃不上還能識字？

看出杜小魚的疑問，鍾大全道：「他爹也是個秀才，」他聲音輕了點。「在他小時候得病死了，就靠他娘一個人給別人做針線活養大的，不容易啊！」

杜顯露出同情的表情。「這孩子也是個命苦的。」

「你們別看他年紀小，做事可麻利呢，我心想看管兔子也不是什麼重活，就想著叫他試試，」鍾大全生怕他們為難，又添一句。「你們要覺得不合適就直說，我來之前就跟小錦他娘說過，只是來給你們先看看的。」

「小魚，妳看？」杜顯問。

沒等杜小魚說話，李錦抬起頭道：「我能做好的，要是做不好，你們再不要也行，我不會要工錢的。」

他小而蒼白的臉繃得很緊，聲音有些乾澀，聽得出來很緊張，這份工對他們家相當重要吧？畢竟年紀那樣小，要賺到錢不容易。

「那就讓他試試好了。」杜小魚微微笑了下。

李錦沒想到這麼容易就成了，不由呆了呆，但看到眼前的小姑娘才這麼大年紀，以後自個兒還得聽她吩咐，臉上又露出一些彆扭。

鍾大全高興極了，忙道：「好，好，小錦，你以後要聽小魚的，這兔子可都是她養的，曉得不？」

李錦點點頭。

「那你跟我去那邊屋子吧。」杜小魚指一下兔舍，自己先走了。

鍾大全又叮囑兩句才讓李錦跟過去。

屋子裡全是兔子，除了幾隻黑的、黃的比較顯眼外，其他的都是雪白雪白的，有些是幾十隻放在一個大木箱裡，這種比較小，還有大些的單獨放在鐵籠子裡。

空氣中飄著濃重的草味，地上很乾淨，李錦看了幾眼後就不動了，端正的立在那裡等杜小魚說話。

現在看著倒像是個守規矩的，杜小魚道：「你要是以後能在這裡長久做的話，每天付你十五文錢，你看如何？」

已經是很高的價錢，因為這不是全天的，李錦露出驚喜之色，但很快他又平靜下來，低聲道：「我會好好做的。」

「好，那你把這個籠子搬到木架上去。」

看他那麼瘦弱，杜小魚真擔心他搬不動，這樣都做不了的話，那肯定是不行的。

但是李錦蹲下身很輕鬆地就搬好了。

男女果然有別，看著一樣大小，力氣可差太多了，杜小魚放下心，又道：「有幾件事你要注意下，我說的時候你可聽好了哦。」

「請小……」李錦不曉得怎麼稱呼她，小姐？

杜小魚笑起來。「叫我小魚好了。」

他嗯一聲。

「明天開始你每天來兩趟，辰時來一次，申時來一次，辰時給兔子餵食倒水，把屋子打掃一遍，下午那次比較久。你先要把這些兔子放出來，讓牠們活動一個時辰，中間順便打掃，」杜小魚指指幾隻大兔子。「這籠子上面都繫了彩帶的，每隻兔子的脖頸上也有，你對應下，放回籠子的時候別弄錯了，最後再給牠們餵食，放些水。」

她說得有條有理，李錦很是驚訝，聽鍾大叔說這個小姑娘才九歲，沒想到做起事來一點不含糊，他彆扭的感覺消淡了些，應了聲是。

「還有，若是發現兔子的糞便有異樣，也要及時告知我。」

「異樣？」李錦不明白。

「你看，現在這些糞便不都是一粒粒硬硬的，分開的嘛，聞起來也沒有臭味，可要是黏連著，或軟軟的，又有臭味，那就不行了。」

居然還要觀察糞便，真奇怪，李錦想了想道：「難道這樣是、是生病了？」

倒是反應很快，杜小魚看著他笑。「沒錯，所以這個很重要。」

「好，我會好好看的。」李錦認真的說道。

「行，那你先回去吧，明兒見。」

鍾大全跟李錦走後，杜顯問道：「這個孩子真合適？」

「看看唄。」路遙知馬力，哪有一開始就知道行不行的，不過窮人的孩子早當家，這小少年也是早熟的，而且就以他的年紀來講，已經算得上很沈穩。她本來也就想僱個能做事、少說話的人。

第二日，李錦準時來了，做事果然不馬虎，掃地餵食樣樣都很認真，遇到不知道怎麼做的也會詢問，比如兔子每日的飲水量，還有草料的添放，都仔細記下來。

下午給兔子活動的時候也專注地看著，杜小魚從窗戶觀察，只見他看到兔子打架或亂挖洞的時候都會去阻止，看來腦袋也是靈活的，動作亦不粗暴，很有耐心，心下便已經很是滿意了。

不過還是要多觀察觀察。

過了幾日，用飯的時候杜顯說道：「最近田裡也不大忙，我跟妳娘商量過了，準備去南洞村一趟，妳也一起去吧，看看妳大舅、小姨。」

「那不得去好幾日，家裡怎麼辦？」

「我把鑰匙給妳吳大娘，讓她沒事來看看。」杜顯早就想好了。「我看小錦這孩子做事也周全，他照舊每日來兩次，讓吳大姊帶著進咱們家就是了。還有牛羊狗，吳大姊也會幫著餵的，這妳倒不用擔心。」

既然都安排好了，何樂而不為，杜小魚自然要去了，只可惜大姊、二哥沒得空，不然一家出去就當遊玩呢。

杜顯接著就去採辦了一些禮物，吃食、布疋什麼的，上門探親這是必須要帶的，杜小魚提議還帶兩隻兔子去，不管是給他們養著玩或是吃都行。

準備好之後，在一個晴朗的天氣他們就出發了。

南洞村離這兒有三天的路程，本來是要用走的，可杜小魚不幹，這走三天得多累啊，餐風飲露不說，還有危險呢，萬一半路走到林子裡天黑了怎麼辦？這世道可不太平，還是花點錢僱個車的好，所以在趙氏的絮絮叨叨中，杜小魚毅然僱了張大的牛車。

這樣就減少了三分之二的路程，除開夜裡住宿的時間，他們隔了一日在早上到達了南洞村的村口。

村子都差不多，杜小魚四處看看沒發現有啥區別，偶爾路過的村民見有陌生人進來，不由時不時地打量他們幾眼。

「大舅舅跟小姨住哪兒啊？」杜小魚問，聽說她只三歲的時候來過一次，所以記不得是正常的。

「很近的。」杜顯牽起她的手，一邊挽著趙氏往前走去。

不到一盞茶工夫，三個人走到一棵很大的棗樹前。

這棗樹長得很高，掛了些紅紅的大棗子，看起來喜氣洋洋的，後面便是一個很大的院子，圍牆是青磚砌成的，院門上貼著去年的對聯，已經有些褪色。

「這棗樹越長越好了。」杜顯指著笑。

趙氏眼睛忽地有些濕，幾年沒有回來，其實哪會不想念？從小長大的地方，總是最讓人難以忘懷的。

這時院門被人從裡打開，有個溫和的聲音道：「是誰啊？」

「大嫂。」看到來人，趙氏身子往前一傾，走了過去。

那婦人穿件灰色的大襖，下身是同色的棉褲，大圓臉，看起來很是和藹，見到竟是大姑子，當即叫道：「哎呀，是秀枝啊！妹夫！這、這是小魚吧？長那麼大了！」她喜得拍起手，忙把秀枝拉進來，又往裡大聲道：「他爹，妹夫跟秀枝過來了！」

裡面呼啦一下走出來五個人。

「秀枝啊！」當先的一個中年男人忙忙地走過來，上下看著趙氏道：「好，好，就該來了，你們再不來我得要去你們村了。」

杜顯過去打招呼。「大舅子、大姊。」

這個就是趙氏的大哥趙大慶，她的舅舅。杜小魚看看兩人，發現長得還真一點不像，她這個大舅舅完全是五大三粗，可能比較像外祖父。

「見過大舅舅、舅母。」她主動上去見禮。

「小魚真乖。」見她一點都不怕生，那婦人笑起來，往幾個孩子招招手。「這是你們小魚表妹，都來見見。」

趙家最大的孩子已經成親了，還有兩個小的，但最小的也比杜小魚大上兩歲。

「這是妳大表哥趙榮，這是他媳婦。這是妳二表哥趙忠，這妳三表姊趙梅。」趙家娘子陸氏給她一一介紹。

杜小魚微微笑著叫人。

「走，走，都進屋去吧！」趙大慶一揮手。

陸氏笑道：「妳大哥幾年沒見到妳，多少話要講哩，我現在去冬芝家，她要是知道妳來了，不曉得高興成什麼樣。」

趙冬芝是趙氏的小妹，住得也離這兒不遠，陸氏說完就出去了。

趙冬芝家有六口人，四個孩子，最大的是個姑娘，十三歲；最小的是男娃，才一歲多，他們家一過來，房間頓時就擁擠了。

陸氏便讓趙忠帶著孩子們去另外一個房間玩，又端著些吃食過去。

炕頭上熱，那些孩子都是相熟的，齊齊脫了鞋一窩蜂的爬炕上，手裡抓著東西吃，趙冬芝家的是完全把這兒當成自己家一樣。

杜小魚看著不由得羨慕，心想要是他們家也在南洞村生活那該多好啊，那麼熱鬧，親戚之間又如此融洽，哪會像祖母那邊，只會擾得人不舒服。

「小魚妳也上來啊。」趙冬芝家大丫頭黃曉英向她招手，在女孩兒裡面，她是年紀最大的。

「是呀，快上來，」趙梅也招呼道：「來嚐嚐我們家自個兒做的花生糖，可好吃呢。」

其他三個都是男娃，跟她們女孩子話不投機，只擠在一起，一會兒伸手推推打打，一會兒又在講去哪兒掏鳥蛋的事。

其中趙冬芝那二兒子黃立樹最調皮，也不怕生，因為杜小魚離他近，偷偷揪了她好幾次頭髮，被發現了只擠著眼睛笑。

見他圓頭圓腦，而且這動作未必惡意，杜小魚也不跟小孩子計較，稍稍坐遠了些。

可黃立樹手又癢了，這新來的小表妹頭髮烏黑烏黑的，在眼前飄啊飄，他就是忍不住，當下又伸出手來。

誰料黃曉英一聲喝，劈手就往他頭上打去。「小樹你幹啥？合著當我沒瞧見，要欺負你小魚表妹？昨個兒跪得不夠，腿又癢了是不？」

旁邊幾聲大笑，趙梅道：「這小子就是皮，跪有啥用，打斷板子都沒用呢。」

黃立樹嘴角直抽，看著他姊求饒。「我不敢了，姊，妳別告訴娘啊！」又看看杜小魚。「誰讓她不跟我說話。」

「不跟你說話就得抓人頭髮啊？」黃曉英擰起他耳朵。「好好給你小魚表妹道個不是。」

「小魚表妹，對不住。」黃立樹只得苦著臉道歉。

杜小魚好笑，聽黃曉英的口氣，這小表哥怕是經常惹事的主，又見他耳朵仍被擰著，疼得齜牙咧嘴，便給他開解。「許是我頭髮弄到表哥身上了，他不好意思跟我說吧。」

「對，對，就是這樣的。」黃立樹拚命點著頭。

黃曉英放開他，衝小魚不好意思道：「下回他再敢這樣，妳頭一個就罵他，別縱著他，這小子手腳不聽使喚的。」又拉她坐過來些。「這回你們來了，咱爹娘不知道多高興呢，告訴妳件事，大舅舅家弄了輛牛車，以後咱們能經常走動走動，所以這小子妳別慣著，哪天就蹬鼻子上臉了。」

原來他們有牛車了呀，難怪剛才大舅一來就說他們家若不過來，他就要來北董村了。

趙梅笑嘻嘻道：「咱們這拉車的牛可大呢，跑幾天都沒事的。」

真是大好事，他們家總算有親戚能經常走走了，以後她若有錢了，定要再買輛馬車，這樣更方便。杜小魚想著笑起來。

第五十四章

卻說趙氏那邊，她正在分送禮物，布疋是給女人們做衣服的，吃食是給小孩的，還帶了兩隻雞、兩隻兔子，最後兩個精緻的長命鎖，卻是給趙大慶的小孫子和趙冬芝的小兒子的。

「哎喲，人來就行了，還帶這麼多東西。」陸氏連連推卻，但心裡高興得很，看起來他們家日子過得不錯，這樣心裡便放心了。

她看著趙氏的臉，不由生出許多感慨，想當年趙氏要嫁給杜顯，村裡不曉得多少人羨慕，說她嫁了個好人家，杜家是地主，杜顯人又老實可靠，那自然是個好歸宿。當初他們也是一樣為她覺得高興的，可誰料到幾年後卻落得個被趕出杜家的後果。

婆婆那會兒都急瘋了，好好的閨女被人趕出來，便帶著趙大慶跑去杜家理論，得到的卻是屈辱，回來後啥話也不跟他們提，只是嘆氣。

叫趙氏回南洞村她也不肯，而他們家自顧不暇，當年還要養著老人、操心趙冬芝的婚事，也補貼不了什麼，這十幾年就這樣一晃過去了。

現在日子總算好些，大兒子也拉拔大成親了，本想去幫襯幫襯他們家，沒料卻聽到趙氏的日子也好過了，兒子還考上了秀才。

陸氏想著偷偷抹了下眼睛，都不容易啊！然而，這苦日子終是熬過去了。

只可惜婆婆前幾年已經去世，走的時候還掛念著女兒過得不好呢，要是如今還活著，不曉得該有多麼高興。

她欣慰地拉著趙氏的手拍了拍。「這回來怎麼也得多住幾日。」

「她敢急著走？」趙大慶虎著臉。

「不敢，不敢。」趙氏笑。「就是看田裡不忙才來的，我也想著你們呢。」

「姊，今兒晚上跟我睡啊。」趙冬芝走過來抱住趙氏的腰，把頭偎在她懷裡。

「一把年紀還跟孩子似的。」趙氏笑著戳戳她的頭。

姊妹倆長得有八分相像，趙冬芝更加嬌俏些，比趙氏小五歲，從小基本就是被趙氏帶大的，那會兒趙氏嫁出去的時候，就數她哭得最厲害。

「姊啊，我作夢老夢到妳呢，要不是前年懷了孩子，早過來找妳了。」趙冬芝嘟著嘴，又嗔道：「姊就不來看看我，妳也是心硬得很，那會兒就不該讓妳嫁那麼遠的，還吃那麼多苦。」

杜顯聞言臉上就紅了，衝趙冬芝拱手道：「小姨子，都是我的不對……」

「理她做甚！」趙大慶一瞪眼。「難得秀枝回一趟，就妳話多。」

見大哥發話，趙冬芝哼了聲，轉而看向那兩隻雪白的兔子，撲過去道：「姊，這兔子怎那麼漂亮啊，哪兒來的？」

「咱們家小魚養的，如今養了幾十隻呢，說帶過來給你們玩玩。」

趙冬芝睜大眼。「小魚這孩子還會養兔子呀，那麼小一個人兒。」

「她鬼點子多呢。」趙氏笑了笑。

晚上就去跟她妹妹睡一個炕上，兩人說不完的話，杜小魚住在趙大慶家，跟趙梅一個房間，杜顯則單獨一個屋。

看得出來，大舅舅家的境況確實不錯，前後兩排房子呢，都是今年新起的，聽說是因為近幾年風調雨順收成好，加上大兒子趙榮學木匠出師了，才慢慢擺脫了以前困頓的日子。

這些天，趙冬芝就不肯回去吃飯了，所以這麼多人都一起吃，每日好酒好菜。杜小魚一般都在跟兩個表姊玩，趙梅跟黃曉英都是性子直爽的，不過後者可能因為年紀大些，比較沈穩點，頗有大姊的樣子，而趙梅則有些任性，但都很好相處，反正她本身也是大咧咧的人。

至於幾個小男孩，特別是趙冬芝家的兩個，成天出去玩，回來時一身泥，每每都聽到他們娘的責罵聲，而趙冬芝的相公黃雲是個悶葫蘆，杜小魚加起來也不曉得有沒聽他說過五句話。

不過仍是熱鬧無邊，不管是大早上、午時，乃至夜晚都是這樣夾雜著各種聲音的。

這樣的日子讓她覺得溫暖，都有些不想回去。

此刻趙氏正站在窗前，臉上滿是憂色，假若可以不回去面對，她也想永遠都留在這裡，可是現實偏是殘酷的。

「秀枝，來，我這兒也有疋布，正合妳呢。」陸氏捧著布進來。

趙氏忙抬手掠了下頭髮，恢復了平靜的臉色。

陸氏微擰下眉，很快又笑道：「咱們家啊就妳皮膚最好，冬芝也說這布給妳做衣服最合適，妳瞧瞧，這藍底碎花多漂亮。」

給她回禮來了，趙氏道：「大嫂，這怎麼好意思，咱們是作客來的，還從你們家帶布回去呀？」

「怎麼不行？妳是不曉得，妳大哥成天嘆氣呢，說幫不到你們家，也只有我曉得他心裡的苦，如今見妳好了才放心，這些天真是笑得多了。這布妳就得拿著，不只布，我還要送其他的。」陸氏板著臉，但立刻又笑出來。「反正不許推來推去。」

趙氏鼻子微微發酸，點點頭。「好，那我收著。」

陸氏便給包起來，過了會兒，輕聲道：「妳可是有什麼心事？」

趙氏一愣。

「哎，別怪我這做大嫂的多嘴，我嫁到你們趙家也有二十來年了，妳什麼樣的性子我多少曉得的，秀枝啊，有什麼別憋著，如今都到這兒來了，還能有什麼不好說的？妳大哥，還有我，總能為妳作主的啊。」她頓一頓。「可是妹夫對妳不好？」

「不是。」趙氏忙搖著頭。

「我也覺得應不是，妹夫的娘雖然不是個東西，可是妹夫的為人我們是清楚的，不然當年婆婆跟相公早就不讓你們一塊兒過了。」陸氏說著皺起眉。「如今你們日子也安穩了，文淵又考上秀才，黃花也學了蘇繡，哪兒還有什麼不好的？」

趙氏聽著心裡越發難過，陸氏是她很感激的人，那會兒見他們生活難以維持，陸氏硬是把自己的首飾都當了，她娘家也貧困，這些便是最珍貴的東西。

所以這些年她都不願意與他們聯繫，就怕再拖累他們，大哥、小妹都是有兒有女的，如何能老是接濟自家？

可是現在眼淚卻止不住的往下掉。

陸氏見她哭了，一時也有些發愣，可見事態很是嚴重，她想著忽地瞪大了眼，站起來檢查門是否關嚴，才說道：「莫非是文淵……」

趙氏閉了閉眼睛。

那便是肯定了，陸氏驚道：「可是，這怎麼可能呢？都過去那麼多年了，他們家還能找上門來？哎喲，妹夫還不知道這事，難怪妳……秀枝，妳聽我說，妳也別急，妹夫這樣好的人定然是可以理解妳的。」

趙氏抹著眼睛。「他那樣疼文淵，要是曉得這事不知道會如何怨我，當年若老老實實講也便罷了，卻瞞了他那麼多年。」

陸氏長嘆一聲。「也不是妳的錯，妳那時心多痛啊，沒了一個孩子，老天又送來一個，叫誰也擋不住。」

趙氏只搖著頭。「是我的錯，也耽誤了文淵，他們家可是富貴人家啊，要不是我，這些年哪需要跟著吃苦？」

「妳別自責了，秀枝。」陸氏勸慰道：「都說生恩不及養恩大，你們家雖說苦，可妳那麼疼愛文淵，比兩個親生女兒都要疼，他自個兒豈會不曉得？這孩子從小就是聰慧懂事的，就算知道了也不會怨妳。」

她停了會兒，還是想不明白這事的前因後果，若是已經找來了，那妹夫應該已經知道了啊，可沒有找來，那秀枝又為什麼要擔憂呢？

「這到底怎麼回事，妳給我好好說說。」

趙氏便把林嵩來到北董村的事說了，其實一開始她也是沒料到之間的關係，只知道杜文淵是那家林姓富家的孩子，當日別院起火死了很多人，聽說孩子的娘也已經燒死了，可沒想到林嵩竟然就是來自於那家人。

他暗示得很清楚，杜文淵是他的外甥。

其實這些天她一直在做心理鬥爭，林嵩種種作為試探，無非是逼著她親自把真相給杜文淵說了，可養了這麼久的孩子，她如何說得出口？更別說還有蒙在鼓裡的相公。

這事就像一根針藏在心裡似的，時不時得出來刺人。

她有愧，可她也有怨，都已經過去十幾年了，為什麼就不能永遠這樣呢？既然杜文淵的親娘早就沒了，為何還要把他們母子倆分開？

這麼多年情分，難道說沒有就要沒有了嗎？

她越發抽泣得厲害，肩頭一聳一聳的，埋在陸氏的懷裡哭。

陸氏拍著她肩膀，暗自嘆息。

那會兒杜顯每日忙著，趙氏又有孕在身，見他們日子實在太苦了，後來婆婆就叫趙大慶把趙氏接過來照顧，誰料等到生孩子的前夕，一場大水淹了兩個村子之間的路，杜顯是一個月之後才到村子的。

說來趙氏也是個波折的命，婆婆自個兒就是穩婆，結果那日還是生了個死的出來，趙氏整個人跟瘋了似的，抱著孩子就是不撒手，也不吃飯。

也是巧，婆婆那日想著去撿果子給趙氏吃，結果就撿了個嬰兒回來，趙氏看到立刻搶了去，此後再也不肯鬆手。

見此情景，他們便把一切當天意，那嬰兒從天而降，可不是老天送來彌補趙氏的？雖然後來曉得是林家的孩子，因為聽說那兒的山腳下還翻出了一具丫鬟的屍首，應是抱著孩子逃出來，不小心滾下山死了。

可事已至此，他們哪還會說，此後都瞞得嚴嚴實實，反正趙氏本來就有身孕，幾家鄰居都是曉得的，也沒什麼好懷疑。只沒想到，十幾年後林家到底找上門來了。

「大嫂，妳說我這可怎麼辦？」趙氏在自個兒家沒有誰可以說，不像這裡，大哥、大嫂還有妹子都是曉得這事的真相的。

陸氏也有些犯難，想了好久才道：「秀枝啊，這些年妳既然對文淵這孩子是真心的好，如今他有好的前程，妳不如就放了他吧，到時候他也會念著妳的恩情。」

一聽此言，趙氏的眼淚湧了出來，嘴唇抖動著，念叨道：「文淵，我的兒子啊……」

「他雖說沒了親娘，可還有父親啊，秀枝，以前人家是不曉得，可現在都曉得了，咱們也沒理再占著這孩子不是？」她也曉得趙氏割捨不了，摟著她輕輕道：「秀枝啊，妳還有兩個孝順女兒呢，又有個好相公，文淵他也陪了妳十幾年了，你們也算是有母子緣分的，但什麼事都得有個結果，是不是這個理？」

趙氏嗚咽著點頭。「大嫂，我曉得了。」

陸氏便又是安慰一番。

晚上杜小魚就見趙氏的眼睛紅紅的，表情也有些異樣，說不出的一種感覺，但鑒於這些天的古怪脾氣，她自然沒敢問。

又過兩天，他們就告辭回家了，去的時候拎了大包小包，回來的時候還是拎大包小包。

杜小魚很是戀戀不捨，在牛車上頻頻回頭，這些日子是她記憶裡從沒有的，一種大家庭似的和睦與溫暖，令人難忘。

他們兩家人一直站在院子口看著他們離開，直到消失不見。

她鼻子有些發酸，拿著個草做的蟋蟀給杜顯看。「看，小樹表哥給我的。」那調皮表哥臨走時做了這麼個東西送給她。

「還有這個，大表姊送的。」是個漂亮的結繩，黃曉英手很巧，這結繩中間是條搖頭擺尾的大鯉魚，說她叫小魚，做了條魚給她。

杜顯拍拍她的頭，哄道：「咱們明年再來。」

杜小魚用力點點頭。「下回帶姊跟二哥一起來。」

聽到這話，趙氏眼睛又要紅了，忙扭過頭去看路邊的田野。

回來時是傍晚到的，吳大娘見到他們，就把鑰匙拿出來還給趙氏，笑道：「可是高興得很？怎不再多住幾天的？」

「那得多麻煩妳？」

「咱們還說這些話？妳啊！」吳大娘往院子裡一指。「這牛啊羊啊狗啊，我可都餵得好好的，要是瘦了別來怨啊！」又笑嘻嘻道：「小錦這孩子可真仔細，每天都來餵兔子，有回我去縣裡忘了留下鑰匙，他居然在村口巴巴等了半天，說過了時辰就不好了，瞧這實誠孩子，你們倒是沒請錯人啊。」

杜小魚聽了對他更是滿意，倒真是個稱職的。

「還有一事，」吳大娘想了下道：「進屋跟你們說。」說著給他們提著包裹先行進去了。

東西放好，趙氏奇道：「到底什麼事？」

「你們家跟白家如今怎麼說？那白家娘子我看是有意要把白蓮花說給你們家文淵的吧？就算沒挑開來，只怕也有這個意思吧？」

杜顯聽了冷哼一聲。「誰跟他們家有關係，以後再不往來了！」

「這就好。」吳大娘舒了一口氣。

竟是在盼著他們兩家不和呢！趙氏皺起眉。「莫不是白家出了什麼事？」

「唉，那白蓮花做事不檢點啊！以前秦大妹子跟我說，我還不信，這回親眼瞧見了，這小姑娘竟跟姜家那浪蕩二公子在一起。」吳大娘搖著頭。「那姜家二公子什麼人，我在縣裡早就聽聞了，不曉得毀了多少姑娘家，白蓮花偏還自己送上門去呢。」

不至於吧，那日白蓮花在天行寺時明顯是對姜鴻厭惡的，可秦氏跟吳大娘先後來說，卻表明這事不假。

杜小魚很難相信，她對白蓮花這個人由一開始的討厭其實到後來卻是略有改觀的，她只不過是想成全白與時，那會兒白與時初初好的時候，白蓮花就不再要那些陰謀詭計了。

這個人真不像是會纏著浪蕩公子的啊！

還是說她有別的原因？

「大娘，您在哪兒瞧見他們的啊？大街上？」

吳大娘惋惜道：「在酒樓裡呢，兩人不曉得挨得多近，我都看得不好意思。唉，好好的一個姑娘家也不知道幹什麼要這樣。她娘只怕也不知道，不然哪會放她出來？」

杜顯聽得厭惡得很。「這家人就沒個好的。」

杜小魚笑道：「爹，那白與時倒不是壞人，爹也不要一竿子打翻一船人呀！」

杜顯就不說話了，心道好又怎麼樣，還不如壞呢，要是壞，也不為他可惜了，想著長長嘆了一口氣。

「不過這姜家倒是有錢人家。」吳大娘若有所思。

再有錢又有什麼用，嫁進去之後得容忍花花相公，除非是不在乎，不然得天天喝酸水酸死，要嘛就變成怨婦了。

杜小魚搖搖頭，忽地想起林慶真做的那把小籐椅。

白蓮花願意用首飾交換的小籐椅，她明明是喜歡那個少年的啊，當時她就看出來了，所以才成全她這點小心思。

難道最後還是麵包戰勝了愛情嗎？

是了，崔氏都去當鋪當東西了，他們家很亟需銀子吧？這姜鴻既然有錢……

她嘆一聲，不再想了，白家與他們家再無關係，怎麼樣都好，一切都不關他們的事了吧？

「你們才回來，好好收拾下吧。」吳大娘轉身告辭。

第五十五章

杜小魚立即去兔舍察看，只見兔舍都清理得乾乾淨淨，窗子早關好了，什麼異味都沒有，籠子也是清洗過的，兔子們安安靜靜的蹲著，看來也是才吃飽不久。

杜小魚笑著點點頭，看來下回得誇獎一下李錦，試用了這段時間後，明天開始應該當正式工啦。

李錦第二天來了，聽說正式被錄用，別提多高興，工作得特別認真。

臨走時，杜小魚把之前試用的工錢給付了，一共二百一十五文錢，還給他說了下工錢以後按月給，又叮囑些別的事，比如天冷了，草料要多添加之前五分之一的量，還有窗子少開之類的事情，見他仔細聽下並記住了這才讓他走。

杜顯在門口聽了會兒，見李錦走了，笑嘻嘻進來道：「咱們閨女真有做掌櫃的樣子呢，看這小少年多服貼，還有妳全叔，也都肯聽妳的。」

「我都是好好說的，幹什麼不聽？」杜小魚奇道，要是胡說八道他們還聽，這叫不正常。她頓一頓，想起件事。「對了，爹，我正有事想問您呢，那種了番薯的地不是都收好了嗎，現在打算再種點什麼上去？」

「還沒想好哩，這不才從南洞村回來。」見小女兒像是有什麼好建議，杜顯問：「妳是不是想種啥啊？」

「我想種芸薹菜。」杜小魚喜孜孜道，昨晚順手翻了翻一本叫《日用本草》的書，誰料到竟然看到這個芸薹菜，按照上面描述的樣子那就是後世的油菜花，只不過此書上面卻把它說成發物（注），特別告誡有慢性病的人少食，而道家更是要忌用，完全沒提它的種種好處，真是可惜。

要知道油菜花可全身都是寶，既能當菜吃又能榨油，莖葉還能當飼料，最重要的是，他們這兒現在還在吃麻油，要嘛就是豬油，多放一點就跟要命似的，要真把菜籽油弄出來了，那可是一項了不得的事業。

杜顯眨巴著眼睛，一臉茫然。「芸薹菜？啥東西啊？」

「啊？」杜小魚只覺頭上被澆了盆冷水，叫道：「爹不曉得這個菜？」可書上分明記載了。

「不曉得。」杜顯很有些不好意思，搓著手。「爹見識少啊。」

杜小魚沒接話，噔噔噔地跑去自個兒臥房，把那本書拿過來，翻了幾頁，指著上面畫的油菜花。「爹您看看，真不認識？」

那是朵開著金燦燦黃花的油菜，莖葉都是綠色的，杜顯盯著看了半晌，忽地笑起來。「這下面的葉子倒是像咱們吃的小油菜呢。」

此油菜非彼油菜，他們吃的油菜其實是瓢兒菜，杜小魚追問道：「爹真不認得？您仔細瞧瞧。」

見她極為期盼的樣子，杜顯都覺得自個兒有點對不住小女兒了，吶吶道：「真沒見過啊，咱們村，不，縣裡好像也沒有啊。不過，可能我也沒注意，這樣吧，我幫妳去問問別的人可好？也許有人見過呢。」

看來是真沒見過，其實她自己來這兒兩年多了又何嘗見過呢？杜小魚洩了氣，閉目想來想去，可分明還有幾首詩也是吟誦油菜花的，是什麼來著？她一時也想不起來。

「小魚啊，這菜有什麼好，妳那麼想種？」杜顯有點弄不明白她那麼期待是為什麼。

杜小魚睜開眼，敷衍道：「新鮮唄，你看都沒有人種，咱們種了可不是好賣了？而且這書上說炒著很好吃的，到時候去集市賣賣，不也能賺點錢嗎？」

「這孩子，能吃的蔬菜還少嗎？也不缺這個。」杜顯笑道：「不過爹給妳打聽打聽，興許有人曉得。」

杜小魚也不抱多大希望，自去忙了。

冬天踩著滿地的落葉慢慢地來了。

草木凋零，蟄蟲休眠，萬物都要進入一個休息的狀態。

北董村的村民們也是，忙了一整年，這會兒總算得到短暫的清閒，女人們減輕了肩上的負擔，串門日漸頻繁，東家長西家短，這時候的消息總是傳播得最快的。

而這段時間她們嘴裡的主角便是白家。

自從跟杜小魚家斷了關係之後，崔氏便忙著給白與時找媳婦，聽說本來定下了劉家的小女兒，結果那小姑娘只上門一次，就被白蓮花用髒水潑了滿身。

崔氏極力挽回，最終無果，母女倆翻臉吵架，鬧了幾口才消停。

中間又是提到白蓮花的名聲問題，說這姑娘在縣裡攀上了富家公子，難怪都不把自家爹娘放

注：發物，因富營養或含有刺激性，容易使某些病狀發生變化的食物。

在眼裡，敢攪和兄長的婚事，實在太忤逆太不孝，眾人提起白家女兒，沒有一個不搖頭的。

對此，杜顯慶幸得很，幸好當初早作決斷，不然他們家得跟著被人看笑話，渾身不痛快，如今倒還能做個看客。

家裡新收的棉花，趙氏叫人彈了三條被子，這日拿出其中一條給杜顯，讓他送去給白家。當日收了崔氏一隻公雞，雖說兩家已經撕破臉面，可她絕不想貪圖白家一絲一毫，被子送過去才算真的兩清。

杜顯便扛著被子走了。

杜小魚在清掃院子，嘴裡呼出來的氣白白的，裊裊升上天空，她抬頭看去，只見天色灰白，隱隱竟是要下雨。

「小魚，去妳秦大嬸那裡提兩斤肉回來。」趙氏說完便轉身進去了。

今日是冬至，家家戶戶都要吃餃子，杜小魚歡快地應一聲，從屋裡拿件蓑衣便去了秦氏家，現在不是早晨也不是傍晚，他們家沒在擺肉攤。

秦氏的院子前些日子擴張了下，後面新建一個大豬圈，陸續買了十來隻小豬玀，遠遠就聽到那些豬「呼嚕呼嚕」的聲音。

她剛推開院門，裡面就傳來一聲吼。「你又死回來幹啥？帶著誠兒去娶媳婦哇，反正我這個娘都作不了主了，我就曉得害誠兒，我還不如後娘哩！誠兒在我手裡過得多苦哇，是啊，這二十幾年我欠了你們龐家啊，沒有我，你們父子倆吃香喝辣，不知道過得多快活！」

杜小魚聽到這些話，心知秦氏必是跟她相公吵架了，這真不是一個買肉的好時機，當下就要偷偷溜走。

誰料秦氏罵得不過癮，操著把鐵鍬跑出來，結果發現竟是杜小魚，一時尷尬地慢慢放下手裡的東西。

「我娘叫我來買點肉。」杜小魚咧開嘴一笑。

秦氏抹抹眼睛。「哦，進來吧。」

「要多少。」屋子中間赫然有一隻大豬腿，秦氏取了刀子問。

「兩斤。」

她便用刀割了，也不上秤，隨手拿繩子紮了遞給杜小魚。「也不用給錢了，算是大嬸請你們吃的。」

「那怎麼行，我娘要罵的。」杜小魚摸出一串錢放桌上。

見秦氏臉色陰鬱，她終於還是有些不忍心就這麼走，冬至好歹也是個喜慶日子，可龐勇竟然帶著兒子走了，留下秦氏一個人。

「大嬸要不要去我家坐坐啊？」

秦氏看看她，露出一抹笑道：「小魚真是好心哩，可是看我不高興？」

杜小魚點了下頭。

「也罷，我今兒也懶得煮飯了，正好去你們家吃。」秦氏關上窗戶，就見外面淅淅瀝瀝已經下起雨，不由擔心自家相公跟兒子，出去的時候也沒帶件蓑衣，不知道在哪兒躲雨呢，想著又啐了一口，凍死也活該！

非得弄得他們家好像沒媳婦可找了，那胡家娘子條件如此苛刻也要答應，可不是抬著臉給別人打？真要娶了，將來身段都降一級，日日給那媳婦欺負不成？

蠢笨，真是蠢笨，秦氏暗罵兩句，取了擋雨的便拉著杜小魚出門了。

到得家門口，兩人褲腳上都是泥，趙氏看到秦氏居然跟著來了，不由得一愣。

「大姊，我來蹭口晚飯吃，可不要趕人呀！」

趙氏便笑道：「進來給我剁肉便是，要白白吃可不行。」

兩人就去廚房了，杜小魚把滿是水的蓑衣掛好，就見杜顯也跑著進了屋裡，渾身濕答答的，忍不住皺眉道：「他們白家也不借爹件衣服啊？」

「誰要他們家東西。」杜顯手四處拍，水花四濺。

「爹快去換了，省得生病。」杜小魚催促他。

杜顯嘆一聲，想起臨走時白與時拿了把油傘送過來，他硬生生拒絕了，心裡到現在都有些不忍心，那樣彬彬有禮的男兒，若是沒有病該多好。

也是沒有福氣啊！他搖搖頭抬腳又出了屋。

杜文淵這會兒也回來了。

「二哥，你居然帶著傘呀。」杜小魚站在門口看著他笑。

他收了傘，把雨花抖落。「妳忘了我會看天象，這卷雲升那麼高必是要下雨的。」說著一眨眼睛。「唔，我這回帶了好消息回來，妳猜是什麼？」

「好消息？」杜小魚撓撓頭。「是跟我有關嗎？」

「那是自然。」

「莫非我做的暖袖有人看上了？」之前讓他去縣裡宣傳，那會兒還不太冷，但現在可不一樣了，又是跟她有關的好消息，那除了掙錢還能是什麼？

杜文淵伸手捏她的臉。「妳真是滿腦袋都是銀了。」

「被我猜到了惱羞成怒呀，誰讓你好消息那麼少？」那冰涼的手指凍得她臉疼，杜小魚「哎喲哎喲」叫起來。「快把手拿開，冷死啦！」

他只是輕笑，另外一隻手也上去捧住臉，陶醉道：「好暖呀，比暖袖舒服多了。」

杜小魚氣得咬牙切齒，抬起腳要踩他。

他輕鬆躲開，往前走了，杜小魚在後面叫道：「你別逃，臉拿來，給我也捂捂手。」

兩人在屋子裡一陣追打。

杜顯看得呵呵笑，指著道：「這兩孩子越長越小了。」

兩人玩了會兒才停下來，杜文淵看著上氣不接下氣的杜小魚笑道：「好好好，別追了，給妳捂。」

杜小魚立馬伸出手要去摸他的臉，杜文淵一把扯下來，握住她的手道：「拿手捂，不然不給。」

這凍手還能捂暖？她正不信時，卻發現杜文淵的手早就熱了，包在外面真的比暖袖舒服得多。

那兩隻手小小的在掌中，好像兩個冰塊似的，杜文淵忍不住微抖了下。「妳怎麼還是那麼冷，別是生病了吧？」說著伸手給她切脈。

「啥時候會這個了？」杜小魚看他專注的樣子，倒不像是假的。

杜文淵不答，半晌放下手。「妳年紀還小呢，別那麼操勞，平日裡多注意休息，不是都請了兩個僱工了？」

「我才不累呢，大冬天的手冷不是挺正常的？你是學了功夫才跟咱們不同吧？」就剛才那麼小跑一會兒，一般人不會那麼容易熱的。

想她說的也有道理，而且確實沒有病，杜文淵便不說了。

「二哥，那個芸薹菜你曉不曉得？我在《日用本草》上面看到的。」杜小魚心知他看的書多。「聽說還有幾首詩裡都曾經提到，我本想種來試試，結果爹居然不認識。」

「芸薹菜？倒是有些印象，不過詩……」

「詩裡好像是稱它菜花的。」

杜文淵看她一眼，又轉頭回想了番，方才道：「我只記得一首，是唐朝王禹寫的：百畝庭中半是苔，桃花淨盡菜花開，種桃道士歸何處，前度劉郎今又來。」

確實是有這麼一首，杜小魚露出喜色，忙追問道：「這首詩寫於何處？」

「南嶽山的玄都觀。」

南嶽山？那是哪裡？杜小魚真不清楚，不免著急，還是弄不清楚油菜花現在有哪些地方在種植。

見她一臉茫然，還有些焦急，杜文淵慢慢道：「南嶽山又稱衡山，乃是衡州府一大美景勝地。」

難道是衡陽？衡陽，衡陽……她絞盡腦汁地想著，忽地想到，好像是湖南省的吧？離這裡好遠啊！

兩人正說著話，卻見門外走進來一個人，身材高高大大，正是林嵩，杜小魚只瞧得一眼，立馬就震驚地張大了嘴巴。

因為林嵩的腰間赫然掛著一塊玉珮。

這玉珮，她似曾相識。

隨著林嵩越走越近，杜小魚漸漸看清楚這塊玉珮，越發覺得就是以前在趙氏那邊看見的，但又有些不一樣。

她擰著眉用力回想，當初因為好奇所以看得極為仔細，到現在都記得這玉質的特殊，精湛的雕刻手藝，想了會兒，她終於記起來。

原來這兩塊玉珮中間瑞獸的頭部朝向是相反的，一個往左，一個往右，但也只有這個差別，其他的完全一模一樣。

難道這兩塊玉珮是出自於同一個工匠之手嗎？

她的眼睛恨不得釘在那玉珮上，又想起林嵩跟趙氏之間的罅隙，腦袋裡更是充滿了無數疑問。

杜文淵好不容易平復下心情，側頭卻見旁邊的杜小魚臉色怪異，仔細瞧去，發現竟是在看那塊玉珮，心裡不由一跳，難道她也知道這件事不成？

可這根本不可能。

但她這樣專注，是為什麼？莫非是覺得這東西貴重，是以才會看得目不轉睛？

他輕咳一聲道：「妳這般盯著師父瞧卻是為何？」

「哦，我在看這……」杜小魚本想直接指出玉珮的貴重的，可一想到趙氏偷偷摸摸藏著玉珮，家裡人貌似都不曉得，如今林嵩偏帶了塊相似的出來，到底有何目的？她一時愣在那裡，直到趙氏出現在門口。

「娘子，快上菜，林大哥也到了。」杜顯歡快地說道，一邊要進去廚房幫忙。

「煩勞大妹子了。」林嵩走過去，衝她打了個招呼。

秦氏正自裡面出來，看見林嵩來了，便是笑著捧了兩句，她眼睛向來不老實，只一會兒就看見了玉珮，驚呼道：「哎喲，這玉珮真真漂亮，滿是貴氣，也只有林英雄這樣的人才配得起呢！」

她慧眼識玉，自是曉得這東西價值不菲。

聽到玉珮二字，趙氏臉色唰地慘白，杜小魚衝上去兩步，說道：「娘，什麼時候下餃子啊？」這冬至節日，她可不想趙氏發脾氣，雖然這些天好似平和不少，可林嵩這番異於平日的舉動，分明是有什麼異常情況。

趙氏回過頭，目光落在林嵩的腰間，又往他臉上看了看。

林嵩眼睛微微一瞇，表情帶著壓迫之感，趙氏的嘴唇不由自主抖了起來，忽地深深呼了口氣，低頭對杜小魚道：「現在就去了，妳過來幫我看著火，妳秦大嬸是客人，哪能讓她老是忙活。」

杜小魚鬆了口氣，忙跟著趙氏去廚房。

杜顯把早就準備的幾個熱菜端出來，又去打了壺酒，等到回來的時候，餃子也煮得七七八八，用大盤子裝了放桌上，又拿小碟子倒了香醋。

幾個人圍坐下來，杜顯情緒很高，連喝了好幾碗酒，臉燒得通紅。

「哎呀，龐老哥要是也在就好了，妹子不是我說妳，龐老哥事事依妳，這回事關誠兒的終身大事，妳就別跟他擰了。」

酒喝多了就是話多，管起別人家事來了，杜小魚好笑。

秦氏也是能喝的，聽完便拿起碗喝了個底朝天，呸道：「大哥你懂什麼，這個家要不是我撐著，有這些個好日子過？他長得人高馬大，腦袋卻是木頭，誠兒要交給他，準得被人把家都騙空了。」

趙氏在底下踢了杜顯一腳，示意他別管，又小聲叮囑秦氏少喝些，龐勇雖說賭氣走了，可誰不知道他心疼娘子，天黑肯定回來。

秦氏便只嘻嘻一笑，又說起林嵩。「林大哥，我給你說個媳婦可好啊？是我娘家那邊的小表妹，人長得可俊哩，眼光又高，十七歲了還沒找到合適的，也只有林大哥這樣的人才能讓她服氣。」

杜顯不樂意了，哼道：「這些村裡的哪個配得上林大哥，妳別在這裡瞎說，快快吃完回家去，省得龐老哥找不見妳。」

林嵩也道：「多謝妹子好意，我暫時還無此打算。」說著拿下腰間玉珮往桌上一擺。「不瞞妹子，我來村裡也是為了尋人，這玉珮本是一對，還有一塊原是在我親妹手裡，可惜她如今已經去世，而玉珮隨我外甥一起失蹤了。」

「啊！」秦氏驚呼一聲，沒料到林嵩竟有這等往事。

杜顯聽了忙安慰道：「原來這玉珮事關重大，林大哥，你俠義高風，老天一定會保佑你找到親人的。」

這時只聽哐嚐一聲，眾人一起看去，卻是杜小魚不小心用袖子拂到手邊空盤子，將它打碎在了地上。

她尷尬一笑，從凳子上下來彎腰去拾碎片。

第五十六章

林嵩剛才的話讓杜小魚心裡一團亂麻，完全找不到頭緒，怎麼這對玉珮突然就變成兄妹倆的信物了？趙氏莫非是林嵩的親妹妹不成？

不，不可能，杜小魚立即否認了這個念頭，真要是這樣，林嵩搞這些彎彎繞繞的事幹什麼，直接去認了就是，反正趙氏的爹娘都已經不在，根本就沒有什麼好顧忌的，那麼到底是怎麼回事呢？難道林嵩曉得趙氏身上有那塊玉珮？是趙氏奪了林嵩之妹的玉珮不成？

她越想越是頭暈，差點就要伸手扯頭髮。

「小心別弄破手了。」耳邊傳來杜文淵的聲音，他隨之蹲下來跟她一起撿。

「你、你曉不曉得……」杜小魚小聲道。

「曉得什麼？」杜文淵抬頭看著她。

那雙眼睛黑漆漆的，倒映出她茫然的表情，她把話又嚥了回去，此刻忽然想到一件事，家中玉珮的事，那年偏是忘了試探這個二哥。

好不容易用完飯，秦氏告辭回去，杜小魚就想直接去問問林嵩，這個事情實在太令人好奇，像一隻手在撓著她的心，怎麼也靜不下來。

見林嵩也要走，杜小魚正要開口去送，杜文淵搶先道：「我送師父回去。」

「我也去。」

「外面還在下雨呢，妳就別去了，小心著涼。」杜文淵語氣有些嚴肅，說罷拿起件蓑衣披在身上跟著林嵩一前一後出了屋，竟是完全沒有等杜小魚的意思。

她看著門外，那黑沈沈的夜一望無際，兩個身影很快就融入進去，再也看不見，她躊躇會兒，終究沒有想再跟過去，回身幫著趙氏一起收拾碗碟。

趙氏很沈默，但是一直沒有發脾氣，表情也很鎮定，這倒是讓杜小魚很吃驚，猜不透她到底在想什麼。

杜顯則跟往常一樣，樂呵樂呵的，家裡暗波湧動，他完全沒有察覺。

過了好久，直到廚房都打理乾淨，杜文淵才回來。

杜小魚又一次呆住了，他的手裡竟然拿著林嵩的玉珮。

「你怎麼拿著這個？」杜顯也很驚訝。

趙氏慢慢轉過身，盯著杜文淵一動不動，像雕塑一般。

杜文淵微微一笑，卻是看著趙氏，把玉珮遞了過去。「師父說這塊玉珮送我了，預祝我鄉試能順利通過，娘，這玉珮您幫我收著吧。」

「胡鬧！」杜顯喝道：「這麼貴重的東西你怎麼敢拿？還不給林大哥送回去！」

「師父說等我中了舉人，他就要離開村子了，所以這玉珮無論如何也想送給我。將來……」他頓一頓，聲音忽地有些沙啞，低低的像一縷從窗外吹入的寒風。「將來也不曉得何時再能見面。」

趙氏的心一陣刺痛，伸手按著灶檯方才立穩，眼淚卻忍不住要湧出來，忙低頭拿袖子掩住。

「娘……」杜小魚輕輕道。

屋子裡的氣氛讓人有些承受不住，瀰漫了一種深深的傷感，像寒冬來了，沒有什麼東西可以擋得住，那樣無奈。

杜顯也有些說不上來的感覺，看著趙氏問道：「娘子，妳怎麼了？」

「剛才燒火熏了眼睛。」趙氏拿開袖子。

杜文淵依舊握著那塊玉珮，聞言又往前送了送。「娘，您幫我保管吧。」

趙氏深深看他一眼，接了過來。「等你考上舉人，娘再還給你。」

杜文淵朝她彎腰一拜，聲音已經有些哽咽。「兒謝謝娘了。」

趙氏好不容易擠出絲笑。「看你都淋濕了，快去換身衣服。」說罷再不看他，轉身打開門，去了自個兒臥房。

杜顯總覺得有些不對頭，忙跟了上去。

「我去換衣服。」杜文淵衝杜小魚說一聲，也快步走了出去。

杜小魚一個人立在廚房呆呆出神。

肯定是發生了什麼事，剛才她還在糾結的玉珮，竟然一下子就到了杜文淵手裡，真是奇了怪了，難道這事還跟他有關係？

她再也待不住，把廚房的油燈吹滅，快速跑向杜文淵的臥房。

這回一定要問個清楚！

杜文淵在房裡換衣服，她在門外徘徊。

剛才被風一吹，情緒已經慢慢冷靜下來，此刻在想，若是進了屋，該用哪種方式發問才好？就在猶豫間，門打開了。

「可是有事問我？」換了身深藍色家常棉袍，襯得他一張臉格外沈靜。

杜小魚忙點點頭。「是。」

放她進來後，杜文淵又把門關上。

「上來吧，下面冷。」他自個兒先上了炕頭。

杜小魚也脫鞋上去，用大棉被把身上裹得嚴嚴實實，剛才也在外面站了一陣子，臉都凍得發青了。

「怎麼也不敲門？」杜文淵瞧瞧她。「有什麼話妳要想那麼久？」

杜小魚開門見山道：「你跟林大叔說什麼了，他居然會把玉珮送給你？還有娘……」可剛一開口，她就覺得還是不夠直接，便停了下，改口道：「你是不是知道娘跟林大叔之間的關係？娘也有玉珮的！」

「哦？娘可從來沒有拿出來過，妳如何曉得？」

「我偷偷瞧見的。」杜小魚道：「跟林大叔那塊很像，應是一對。」

原來是這麼回事，難怪她看玉珮的目光奇怪，杜文淵一時又在猶豫到底要不要對她和盤托出。

見他突然不說話，杜小魚有些心急，身子往前一傾，小聲道：「二哥，娘可是知曉林大叔外甥的下落？不然她怎麼會有那塊玉珮？林大叔今兒故意把玉珮示之，也是想讓娘看到吧？可是，他為什麼不直說……」

「小魚。」杜文淵打斷她。

那聲音又輕又柔，卻充斥了整個屋子，剎那間一片寂靜，只聽到嘩嘩的雨聲不停響起，像是從天而降、停歇不了的河流。

杜小魚怔怔地看著杜文淵，半晌才道：「二哥？」

「小魚，我不是妳二哥。」他輕聲道。

她以為自己聽錯了，晃了下腦袋，他明明就在眼前，怎麼會不是二哥呢？這惱人的雨竟讓人的聽覺都出了問題。

杜文淵輕嘆一聲。「我就是師父一直在尋找的外甥。」

「什、什麼？」這下她聽清楚了，可是卻更加糊塗了，杜文淵怎會是林嵩的外甥呢？那麼她的二哥哪裡去了？難道二哥跟林嵩的外甥是同一個人？不對啊，趙氏不可能做出這種事的！那麼，還是二選一嗎？

二哥？林嵩的外甥？

她吃驚地瞪著杜文淵。「這到底怎麼回事？二哥，你快講與我聽！」

杜文淵就把事情的來龍去脈細細說了。

原來當年趙氏生了個死胎出來，是外祖母把杜文淵撿回來給她養的，後來知曉他的身世之後一直愧疚，臨死前告知實情，叫杜文淵不要恨趙氏，都是她一手促成云云。

「那會兒你就知道自己是林大叔的外甥？」杜小魚聽完暗自感慨，事情竟是這樣的，倒是她始料未及，也難怪趙氏情緒反覆，畢竟揭開來，她就要失去一個兒子！也許不比當年喪子之痛，可養育了十幾年，所費心血，是不能用任何東西來衡量的。

「自是不知，外祖母並沒有告知詳細，只說我原本生於富人家。即便遇到師父，我開始也不知他便是舅舅，還是後來漸漸才曉得的。」

「那林大叔一開始就知道你是他外甥，這才上咱們家的嗎？」

「嗯，但是也不太確定，只說我跟……」他頓一頓，聲音略帶生澀。「跟父親有幾分相像，他當年能尋到這裡也是因為某個當鋪掌櫃的一句話，娘曾經可能是想把玉珮當了。」

他們一家子這些年窮困潦倒，有段時間飯也差點吃不上，這玉珮若當出去自是能解決不少問題，可趙氏後來還是沒有這樣做，杜小魚嘆息一聲。「娘留著玉珮，許是早就想過讓你認祖歸宗，只是，到底是不捨得吧。」

杜文淵沈默。

杜小魚又道：「那你、你何時回……回去？」說到最後一個字時，鼻子已經發酸，忙低下頭用手按了按。

見她這個樣子，杜文淵溫柔道：「可是捨不得我？」

其實有沒有血緣關係於她來說並不重要，畢竟她不是真的杜小魚，所以杜文淵是不是親哥哥都沒關係，對她毫無打擊，只是，現在要面對的卻是他的離開。

這兩、三年的時間，說長不長，說短不短，可是他們共同經歷過艱難困苦，一起努力讓這個家慢慢好起來，如今好不容易擺脫困境，卻要失去他這個親人了嗎？

這個家，他與她最有共同語言，也是她所信任依賴的人，杜小魚已然控制不住紅了眼，低聲道：「嗯，我捨不得你走。」

杜文淵心裡也是酸酸澀澀，卻又暖暖的，伸手把她抱入懷裡，輕拍兩下道：「又不是馬上要走。」

他的懷抱很寬闊，個子又似長高了，杜小魚貼著靜了會兒方才仰起頭道：「那到底什麼……什麼時候走？」

他的眼睛微微一眨。「剛才在廚房就說過了，妳卻是沒有注意聽，師父說等我考中舉人後就離開村子，到時候我自是要跟著走的。」

原來那會兒娘聽懂了，杜小魚心裡稍安，那還有一年多的時間呢。

「你跟林大叔求了情的？他應是急著要帶你回去吧？」不然不會把玉珮都拿出來了，這舉動分明是想警示趙氏，只他那會兒並不知道杜文淵竟然早就知道真相。

林嵩從頭到尾的所作所為，也就是想讓趙氏親口說出這件事，因為也只有她來說才最讓人信服。

「嗯，不過他也是瞞著那邊的，是以早些晚些也不甚要緊。」

杜文淵露出些許傷懷之色，生母已經不在人世，這輩子都無法相見，這才是他最大的遺憾。至於父親，聽說也是對他朝思暮想，十幾年來一直沒有放棄尋找，可自己不過是個庶子罷了，若沒有任何功名進去那個家，也不知道會受到旁人多少白眼與懷疑，這就是他說服林嵩的理由。

杜小魚的低落情緒已經過去，此刻好奇道：「二哥，你父親是做什麼的？」

他輕笑。「妳猜呢？」

「我怎麼曉得，不過林大叔那樣威風，氣度不凡，不會是個將軍吧？那你父親興許也是個官兒？」

「師父當年得到玉珮的線索，便辭了官親自來尋我，如今也只是庶民罷了，倒是我父親，時任兵部尚書，官拜二品。」雖然從未見過，但到底是親生父親，他語氣裡亦有敬仰。

二品官……

那麼大，杜小魚不由得咋舌！

兩人直說了好一會兒，一般都是她發問，杜文淵回答，偶也有答不上來的，畢竟對那邊的情況不太瞭解，後來又講到去縣裡賣兔皮的事，不知不覺夜便深了。

杜小魚早上起來的時候直打呵欠，看到杜文淵的臉上也有倦意，可見也沒休息好。

兩人坐下用早飯，趙氏神色如常，看來已經接受現實。

杜顯也無特別反應，可見趙氏並沒有告訴他這件事，這樣也好，不如離開時再說吧，何苦要多傷心這些時候？

杜小魚暗自嘆一聲，不像她，到底是個半路重生的，即便杜文淵將來要離開，可對於其他的家人來說，她許是最輕鬆的一個吧？

可雖這麼想，心裡仍是微微發脹，低頭含著筷頭出神。

「快些吃，都冷掉了。」杜顯在耳邊道：「這孩子一大早的發什麼癡。」

她忙拿起饅頭往嘴裡塞。

在秋末的時候兔子交配過一次，如今又生了幼兔出來，在這季節最重要的便是保暖，幸好家裡種了棉花，她手工做了些棉墊子放幼兔籠裡，外面又罩上厚棉被，這樣便完全可以抵擋寒冷的侵襲了。

這時候李錦來了，見杜小魚在，便打了聲招呼，隨後就去給兔子餵水，如今這天氣餵水也是要餵溫水的。

杜文淵也過來看了看，笑道：「妳這規模倒是越來越大。」

「你不是老叫我養些牲畜嗎？」杜小魚斜他一眼。「對了，上回你給小販配的那藥方，治肚子的可還記得？最好製成藥丸給我。」

「行，我明日回縣裡去趟藥鋪，就這一樣？」

她倒是想好多樣呢，比如預防球蟲病的、眼藥水啊、還有各種皮膚病，可杜文淵哪會，又沒有生病的兔子做實驗。

可將來就不知道了，兔子越多越有發病的可能，這村子裡的獸醫也不曉得靠不靠得住，治個牛羊倒是容易，可還沒聽說給兔子治病的，這真是一個比較嚴重的隱患。

「怎麼了？」見她若有所思，杜文淵關切地問道。

「我怕將來沒人會治兔子。」

「不是還有我嗎？」

「你？」杜小魚看著他，眼裡閃過絲黯然，是啊，以前還指望他可以在這方面幫她的，可是現在不一樣了，他早晚要走，如何依靠？她一捏拳頭，下了決心。「我還是要自己學會看病，二哥，你那些個醫書下回借我看看，最好借些獸醫方面的書籍。」

杜文淵嘴唇抿了抿，她倒是真灑脫，才曉得自己的身世，這會兒就完全把他撇開了，這麼一想，心裡便有些不太舒服。

但還是應一聲，轉身就出去了。

第五十七章

昨兒晚上下了場小雪，但太陽好，照了半日後，雪就全部融化了，村子裡的小路因此泥濘不堪，走到村口的時候裙角濺滿了黑點。

幸好穿了身舊衣出來，杜小魚拿棉鞋底在一塊大石頭上反覆磨著，把鞋底的泥都弄下來，這才往牛車走去。

李錦提著一大捆兔皮跟在後頭。

其實本來應是杜顯陪著來的，結果鍾大全正好在，他想著李錦在杜家做傭工，養兔子活兒輕鬆不說，工錢還多，這份工別處哪兒去找？真是天上掉下來的好差事！

可惜偏偏這少年性子沈悶，而他們李家孤兒寡母，生活困難，有時候真怕杜家哪日會嫌他，出於好心，便建議李錦跟著去，也好熟絡卜關係。

李錦雖不大願意，但鍾大全夫婦對他們家諸多幫助，是他很感激的人，就只好來了。

到了飛仙縣，二人下了牛車。

路上行人早就換上棉袍，個個縮著手，面上都被風吹得青青紫紫。

百繡房還是在原來的那個地方，杜小魚距離上一回，已經有一年多的時間沒來了。

最近鋪子裡有些冷清，縣裡接二連三開了幾家賣衣服、賣繡件的，搶去不少生意，夥計張二倚著門板都要睡著了，好不容易看見有人進來，忙仲手擦了下嘴，打起精神前來招呼。

不過看清楚兩人打扮後，他立馬又蔫了，杜小魚今日穿了身舊衣，裙子髒兮兮的，李錦自不用說，全身上下都打了補丁，怎麼看都不像是來買東西的。

「來賣繡件的？」張二語氣冷淡。

「怎麼還是你呀，」杜小魚四處看看，牆上還是同以往一樣，掛著些樣品。「真是一點沒變。」

聽意思竟認識他，張二仔細瞧她兩眼，只見這姑娘小瓜子臉，膚色有些微黑，鼻子高挺，一雙杏仁般的眼睛靈活明亮，見他看過來便是笑盈盈的，一點也不怕生，當即一拍腦袋道：「啊，妳是黃花的妹妹！」

「小哥兒記性還不錯。」杜小魚一笑。「白管事呢？我有東西要賣給她。」

「有啥東西，繡件的話我也可以收的。」

「是這個。」

順著她手指的方向，張二走過去一看。「這，這是……」他拿起一張細細研究後，才驚訝道：「這是兔皮？妳哪兒弄來這麼多兔皮啊？」

「這你能作主嗎？」

「不能，我這就去叫白管事。」張二忙噔噔噔去了裡屋。

白管事很快就出來了，還是那張圓臉，穿了件桃紅色的襖子，不過臉色遠沒有以前那般喜慶，透著疲乏之色。

「小魚姑娘啊，真是稀客！」她一來就露出笑。「倒是許久沒見妳，聽說黃花都會雙面繡了，是不是？」也沒等杜小魚回答，又自顧自道：「我早就看出她不一般，果然如此，真是個心靈手巧的，怕是會得到萬太太的全部真傳呢！」

杜小魚笑道：「姊姊自小就愛刺繡，她又努力，如今有這樣的本事也是應當的。」

聽她絲毫未提以前百繡房對杜黃花的栽培，白管事很是生氣，當初那麼容易就放杜黃花走，也是為了以後可以幫襯他們百繡房，可這如意算盤卻是打錯了。

這一年生意不好做，她前段時間為此去找過杜黃花，希望繡些雙面繡放在他們店裡賣，結果被一口回絕。

她冷笑一聲。「本事是有了，可人啊也得有點良心！」說著又覺這些話已經沒有意義，拂一拂袖子，搖頭道：「也罷，咱們這鋪子現在如何能入得了妳姊姊的眼睛？她要是有繡件，也是擺在紅袖坊賣的。」

聽她有心灰意冷之感，杜小魚道：「我自是記得白管事的恩情的，不然也不會專程把兔皮拿來你們店裡賣。」

說實話，當年白管事雖說從杜黃花身上賺了不少錢，可商人向來重利，這無可厚非，後來她為杜黃花爭取利益，從中可以看出白管事是個講道理也顧大局的人，這個人跟秦氏很是相像，是天生的商人。

只不過她沒有秦氏那樣懂得變通，是以百繡房在經歷過這些年的風光之後，在新興後起鋪子的競爭中，終於敗下陣來。

「兔皮？」白管事挑起眉。「兔皮又不是什麼好東西。」

「我自然知道兔皮比不得狐皮、貂皮，可白管事難道沒見街上已經有兔皮暖袖這種東西了嗎？」杜小魚有些得意，這可是她的傑作，聽杜文淵說有不少人找去鋪子訂做呢。

白管事臉色稍稍一變，這事她當然曉得，前些天還讓夥計到處去收購兔皮，剛才只不過想裝作不曉得兔皮的好處，誰料這丫頭一語道破玄機，她想著皺起眉，以前就是她替杜黃花爭取提高工錢的，這樣的聰敏狡猾，怎麼就忘了呢？

她再不大意，轉頭拿起兔皮打量幾眼，都是毫無雜色的雪白，那些個姑娘、小姐們最是喜歡，若是買下來做成暖袖，肯定會有人來買。

不像別的鋪子，弄些褐色發灰的野兔皮來做，哪兒比得上這個漂亮？

但臉上不露聲色，淡淡道：「這兔皮可不值錢，那些野兔一隻兩、三百文，兔皮都是白送的，一分錢都不要。」

聽上去確實是那麼回事，賣野兔的只談肉價，向來是不管兔皮這些東西的，跟賣雞一樣，豈會想著雞毛值什麼錢？杜小魚笑起來。「怎麼會不要錢，兔皮也是有重量的，若按斤論，那麼野兔皮的價格也是一斤二十文。當然，白管事要說的是處理過的野兔子，那自是另當別論。」

白管事啞口無言，片刻把手裡兔皮一拋。「那就按野兔子的價收妳如何？這兔皮一斤二十文，妳要知道，野兔子可是比妳這白兔子貴得多！」

野兔子確實比白兔子貴，可那是因為它的肉更有野味更香，而不是因為牠的皮毛漂亮。

杜小魚笑笑道：「雖然我專程來賣兔皮，可白管事看來並不誠心，我這趟就當白來好了。」

見她要走，白管事就算曉得是欲擒故縱，也只得攔下。「妳這孩子怎麼這麼性急，張二，快，端些熱茶給他們暖暖身。」攜了杜小魚的手進了裡屋。

「妳是黃花的妹妹，咱們也算是相識的，這兔皮好商量，妳倒是想賣幾個錢？」白管事笑咪咪道：「我看著也有五、六十張呢，既然都拿來縣裡了，妳也是想賣掉的是不是？」

張二端茶上來，眼睛往杜小魚瞟了瞟，他記得每回這丫頭過來鋪子，白管事在她走後總要罵罵咧咧幾句，這回怕也好不了多少的。

「我自然是要賣掉的。」杜小魚捧著茶喝了幾口。「也不跟您繞彎子了，我就直說，這兔皮一斤五十文。」

白管事差點從椅子上跌下來，一下子貴了一倍多！

一般兔皮大概都在一斤左右重，也就是得要五十文錢，白管事慢慢搖著頭。「這不成，一個暖袖才幾個錢啊。」

「暖袖我也做過的，一張兔皮可以做兩個暖袖。」杜小魚眼睛亮晶晶的。「現在正是冷的時候，這兔皮雪白好看，一個暖袖就算賣五十文肯定也有人要，不就是兩斤多豬肉的價格嘛，真喜歡這個哪會吝嗇這些錢，是不？」

白管事在腦子裡飛快的盤算，若是真賣五十文，那麼一張兔皮做兩個暖袖，加上人工、棉花，七七八八扣去七十文，還能賺三十文錢。

她眼睛轉了轉。「如今棉花也是貴的，我們這兒繡房還得請人來做，人工費也不低啊……」

不等她說完，杜小魚道：「不瞞白管事，我還有些別的顏色的兔皮，全黑的、黃白的、土黃的，只不過如今數量還少，以後會越來越多，若是白管事想要，我也可以賣與妳。」

她微微一笑，露出雪白的牙齒。「兔皮不只可以做暖袖，也可做披風，還可以在袖口衣領鑲邊、做墊子。當然，富人家也許看不上，他們只會買狐皮、貂皮的，可白管事妳也知道，不管在哪兒，沒錢的人總是居多的，可他們也喜歡好看漂亮的東西，花上那麼些不太貴的錢，何樂而不為？」

白管事嘴一下子抿緊，雖然對面的人笑得活潑可愛，可骨子裡分明就是個不折不扣的商人，哪是什麼天真無邪的小姑娘！

小小年紀居然如此老道，也不知道他們家怎麼教出來的？

「所以，這五十文真不貴。」杜小魚做了結論。

白管事一咬牙。「好，我就買下這些兔皮，不過妳那些其他顏色的，也說好，將來也得賣與我。」

「那是自然。」

白管事便叫張二把外面兔皮點算一下。

一共有五十八張，白管事既然曉得她養了兔子，那麼以後肯定是要繼續做買賣的，便一個大方多給了一百多文，湊足三兩銀子。

「謝謝白管事了。」杜小魚把銀子放進荷包，招呼聲李錦，兩人便出去了。

做成買賣，她心裡也高興，臉上滿是笑容。

看來還是把兔肉做成成品來賣比較划算，像那黑兔子的皮，又滑又軟，比起白色的又得貴上一些錢，可牠們的肉質卻是相同的。

她走兩步又想起小販曾提到的進貢的藍色兔子，不由心裡發癢，若是能把那種兔子弄過來繁殖，光是皮毛都是有大好前景的，可惜，也不知道什麼時候有機會去趟齊東縣？光是等怕是不行，她怎麼也得找個時機跟家裡人提一下。

成不成再說。

臨近午時，街邊小攤上的叫賣聲越發響亮。

杜小魚聽到有個在喊香噴噴的水煎素包，立時來了興趣，衝李錦笑道：「走，我請你吃東西。」

水煎包的生意還挺好，圍著一大群人，輪到杜小魚買的時候已經只剩下五個了。

「都要。」她笑嘻嘻遞過去五文錢。

水煎包用油紙裝著，隔著還是燙，她一個不察，燙得齜牙咧嘴。

見她左右交換著祛熱，李錦猶豫會兒，上前道：「我來拿。」

有人拿當然好，杜小魚忙把油紙遞過去。

「小魚！」

身後忽地有人叫她，杜小魚回頭一看，竟是章卓予跟萬芳林兩個人，就笑起來。「是你們啊，怎的這時候來街上了？」

「我大舅跟舅母不在家，想跟表妹去酒樓吃飯，聽說望月樓來了個新廚子，做的菜很好吃。」章卓予說著想起一件事。「表妹，妳不是還欠小魚一頓飯嗎？正好，相請不如偶遇。」

萬芳林輕點了下頭。「好的，小魚，我請妳吃飯。」

杜小魚道了聲謝，問道：「我二哥呢？難道又有飯局不成？」

「我也不清楚，夫子剛走就不見人影了。」章卓予側頭想了想。「是了，他最近好像拜了個大夫學醫術，見著我總要把脈兩回，書院裡的師兄弟都被他試過了。」又含笑看了眼杜小魚。「妳最近在學著給兔子看病嗎？杜師兄上回拿了本《司牧安驥集》回去，可是給妳看的？」

「是的。」杜小魚點點頭。

章卓予這時方才看到李錦。「這位是？」

「哦，他叫李錦，幫我一起照看兔子的。」杜小魚介紹道，笑起來。「萬姑娘多請一個人沒關係吧？」

「不用，我先回去了。」李錦有點拘束。

他確實跟他們不熟，一起吃飯可能有點為難，杜小魚也隨他。

三個人去了望月樓二樓的雅間。

夥計認出是萬家的少爺小姐，忙忙地過來招呼，一邊推薦些菜式，章卓予聽了幾樣，說道：「你們不是新來一個廚子嗎？叫他做些拿手的、清淡些的。」

「好咧，公子小姐稍等。」夥計給他們上了碗茶笑著走了。

萬芳林坐在對面，一些日子不見越發溫婉秀美，就是太內向了，老喜歡低著個頭，繞著手裡的帕子。

「妳來縣裡是做什麼？賣草藥嗎？」章卓予問。

「不是，是賣兔皮。」杜小魚笑道：「之前光把兔肉賣給酒樓，兔皮都攢著呢……」正說著，就見萬芳林吃驚地抬起頭盯著她看，臉色發白，便關切地問：「萬姑娘，妳怎麼了？可是哪兒不舒服？」

「妳、妳、妳賣兔肉？」萬芳林顫著聲音。

「是啊，不然養那麼多兔子幹什麼？」杜小魚有些好笑。

萬芳林眼睛一紅，淚珠滾落下來，捂著心口道：「那些兔子那麼可愛，妳怎麼……怎麼會殺了牠們賣給酒樓？這，這樣不行的！」

杜小魚呆住了。

章卓予見狀也有些不知所措，半晌才道：「表妹，野兔子一早就有人吃，跟豬肉有什麼區別？快別哭了，妳不吃不就是了。」

誰料萬芳林哭得更大聲。「兔子又聰明又乖，表哥你也看到的，牠們還跟我睡一起，天天跟我玩，又乾淨，怎麼能跟……能跟豬比？不，不能吃的！小魚，妳別殺牠們，好不好？妳要錢，那我都買下來，可好？」

見她那心疼的樣子，杜小魚都覺得自己太過殘忍了。

是啊，她可不是個劊子手嗎？要殺那麼多的兔子！

「表妹，妳別胡說了，我們怎麼能亂買兔子！」章卓予見勸不了，聲音不由拔高了些。「表妹，那兔子是小魚的，她想殺想賣都不關我們的事，再說，就算她不殺，別的養兔子的人也一樣會殺，妳都去買來不成？」

萬芳林愣愣地看著章卓予。「表哥，你明明也說過兔子可愛的。」

「沒錯，兔子是可愛，可也、可也……」章卓予本想說也好吃，有一次去杜小魚家吃了撥霞供，不知道多美味，可瞧見萬芳林小白兔一樣的眼睛，終究是不忍心說出來，嘆一口氣。「表妹，咱們不說這個事了，好不好？反正咱們不吃就行了。」

「可是……」萬芳林又看了一眼杜小魚，低頭揪著帕子。

杜小魚抬頭看著窗外的天空，也不知道說什麼，她不可能因為萬芳林就不賣兔肉了，她又不是哪家的有錢小姐，衣食無憂，自然可以善良有愛心，遠離銅臭味。

銅臭味……

她苦笑了下，上一世的前十幾年她都在為口飽飯每日辛勞，其後幾年為了過上好日子更是累得跟牛馬一般，如今再活一世，也仍然只能這般努力吧？

不過幸好，她這次有家人，相信會比以前走得更遠更精彩！

第五十八章

走出酒樓，章卓予小聲歉意道：「表妹的話妳不要介意，這回吃得不開心，下回我再補請妳一頓。」

杜小魚笑笑，告辭走了。

但不知怎的，杜小魚心情仍是受到了些影響。

也許是想起往事，那些年她營營役役，到後來終於也擁有自己的房子車子，可沒享受到幾年就遇到意外……

真的很冤枉，所有的努力轉頭成空！

她立在那裡，看著行人紛紛路過身邊，又平靜下來，甚至又慢慢充滿了喜悅。

能再活一次，多少人能擁有這樣的恩賜？可是她擁有了，比起別人，那又是何等的幸運！她應該滿足！

嘴角露出笑，她又抬起頭往前走了。

卻是朝著藥鋪而去。

這些時日，看了那本《司牧安驥集》，她也稍有領悟，雖然那本書都以馬為例子，但養馬跟養兔子還是有共通之處的，比如都要預防季節性的疚病，春季有風溫，夏季怕中暑，秋季乾燥，冬季易得傷寒。

書裡還有不少藥方，但她自個兒只會採集草藥不會炮製，便打算買些處理好的藥草回去做實驗。

從藥鋪出來，手裡已然多了幾個紙包。

想著天色也不早了，便要往縣大門走，誰料迎面撞上來一個人，要不是她手抓得緊，藥包早就掉一地了。

杜小魚剛想張口斥責幾句，結果抬頭卻看見一張熟悉的臉。

這人是白蓮花，此刻極為狼狽，衣服散亂不說，臉上表情更是急慌慌的，左臉頰還有一個鮮明的紅掌印。

「妳被人打了？」杜小魚脫口而出。

白蓮花沒料到會碰見杜小魚，忙伸手掩住臉，又手忙腳亂去扯衣領，她眼睫毛撲閃撲閃的，像要馬上哭出來。

這到底怎麼回事？杜小魚很疑惑。

但很快就有人來解答了。

一個滿是鄙夷的聲音喝道：「那賤人就在前面呢，你們抓住她，給我好好打，不要臉的，竟然敢勾引我的未婚夫！」

杜小魚眼睛瞪大了，白蓮花勾引別人的未婚夫嗎？

白蓮花聽到聲音，再也顧不得整裝，急忙提著裙子快速地跑了。

後邊兩、三個丫鬟婆子打扮的人也從杜小魚的身邊跑過去，最後慢慢走過來的是一個身穿盤金彩繡錦襖、銀鼠皮裙的姑娘，年約十五歲左右，鵝蛋臉，眉梢高挑，眼睛細長，臉上含著一股煞氣。

杜小魚也不認識她，只好奇她的未婚夫是誰。

見她也走過去了，旁邊便有人竊竊私語。

「這不是錦花布莊的齊大小姐嗎？聽說凶得很哩！」

「凶有什麼用，你不知道啊，他們家跟姜家結親了，定的是那姜二公子，」說話的人嘿嘿笑。「姜二公子什麼人啊，辣手摧花，這齊大小姐再厲害，還不是等著被摧的命！要我說，也別急著打剛才那個小娘兒們了，以後一長排人等著她打呢，打得她手抬不了都有！」

眾人一陣笑。

有婦人聽不下去。「這齊家大老爺可不是把女兒送入狼窩，作孽、作孽，可怎麼捨得！」

「這有什麼大不了，姜家有的是錢，全弄進來當妾又有誰能說嘴？妳這大嬸，自家男人怕是沒本事，不然還不是有人等著妳去打。」

婦人呸地一聲，轉身就走。

這世道啊，男人三妻四妾是正常的，不去拈花惹草都被人說成沒本事，杜小魚搖搖頭，把藥草拿好去了縣城門口。

牛車慢悠悠走了會兒，杜小魚都要打起瞌睡，這時車又停下來。

車上一陣喧鬧，杜小魚睜開眼，原來是白蓮花在前面攔車，看來她運氣還不錯，逃掉了，沒有被那些丫鬟婆子抓住。

看到那些異樣的眼光，白蓮花躊躇會兒，最後坐到杜小魚身邊。有些在縣裡聽到些風聲的便在那裡指桑罵槐，說白蓮花不要臉，做出這種傷風敗俗的事情，還說應該浸豬籠云云。

白蓮花只低著頭，臉紅得要滴出血來。

她一句話都沒有反駁。

那些人罵得無趣也就停了。

杜小魚也不說話，一直沈默，直到回到村子裡。

兩人下車走了段路，杜小魚聽到白蓮花輕輕的啜泣聲，知道她終於忍不住哭了，可見剛才在車上她是忍住的。

她有些不忍心，嘆口氣道：「妳何苦要這樣？」

「我二哥活不長的。」白蓮花沒頭沒腦答了一句。

杜小魚愕然，這兩者有什麼關係嗎？

「妳不懂。」白蓮花搖搖頭，拿手抹著眼睛。

淡淡的陽光下，她悲傷又倔強，杜小魚莫名的有些難過，她想了想道：「若是你們家實在缺錢……」

她最近又積攢了些銀子，借一些給他們救救急倒是可以的。

「不用。」白蓮花慢慢露出抹笑。「小魚，妳果然跟黃花姊一樣，心還是很好的。」她頓一頓，又有些哽咽了。「我只希望妳以後別怨我……」

以後？杜小魚瞪著她。「妳若是敢傷害我姊，我不會放過妳的！」

「妳不原諒我，也可以……」白蓮花幽幽說道，再也不看她一眼，慢慢往前去了。

陽光把她的影子拉得長長的，兩個多月不見，她明顯瘦了，那身段細長細長，像河邊的蘆葦，可是腳步卻是那樣堅定。

杜小魚看著她背影，有種說不出來的感覺，胸腔覺得很悶，又無從發洩。

白與時一日還在，她一日總還是擔憂的吧？可是，難道要盼著他快快死嗎？她吐出一口長氣，垂著頭回去了。

家裡頭倒是喜氣洋洋的，趙氏跟杜顯正說著什麼，兩個人不時發出歡笑聲。

「小魚回來了啊。」杜顯看到她，招招手。「正跟妳娘說給妳姊打梳妝檯呢，再過一年就從萬家出來了，現在準備也差不多。」

「是給姊的嫁妝？」杜小魚把草藥往桌上一放，興沖沖走過去。「是不是去縣裡的毛記大鋪訂做啊？他們家師傅手工好，做得好漂亮！」這個她倒是見識過的，但是價格應該很貴，想著她又說道：「我今兒賣兔皮得了三兩銀子呢，拿去給姊打嫁妝吧！」

「胡說，怎麼能要妳的，」杜顯斥責道：「我們還在呢，妳湊什麼熱鬧？這兩年田裡收成都不錯，這點錢還拿得出來。」又看向趙氏。「她娘，就這麼說定了，我過兩天就去毛記給定金，他們家生意太好了，等做出來指不定就要半年後。嗯……要一個梳妝檯、兩個雕花大箱、高櫥……」

他掰著手指頭算，眉飛色舞。

這得好大一筆銀子吧？杜小魚瞪大眼，他們是要把銀子都用光嗎？

趙氏掩著嘴笑。「看你急的，先把梳妝檯跟衣櫥打了再說，太多咱們家裡也不好放，等以後黃花落實了親事再講。」

「也對、也對。」杜顯眼睛瞇成縫，得意道：「妳姊現在會雙面繡了，剛才吳大姊過來說，都有好幾家來找她說媒，一點也不嫌棄黃花的年紀。哎，妳姊這條路算是走對了，咱們再把嫁妝都打起來，也好讓別人曉得，妳姊是咱們家裡重視的，到時候總有穩重合適的女婿！」

杜小魚聽著拍起手。「是了，我也要送姊一副漂亮的頭面！」

「妳啊，銀子留著買妳的兔子吧！」趙氏拍拍她的頭。「頭面自有我們做父母的來，妳給未來姊夫把把關倒是可以。」

「可以嗎？」杜小魚喜孜孜道：「那我要好好看的，怎麼著也得英俊瀟灑、玉樹臨風、文采風流、才高八斗……」

兩個人聽得直笑，趙氏道：「當妳姊天上仙子呢！」

「在我眼裡，姊可不是天仙？」杜小魚眨眨眼。

杜顯也笑道：「是啊，小魚說得沒錯，咱兩個女兒都是天仙，兒子更是人中之龍！是了，我得去毛記好好看看，文淵以後也要討媳婦的，大床總要打一張，聽說毛記的拔步床也是一絕呢！」

這話一出，其他二人臉上一點喜色也無，反而都沈默下來。

杜顯奇怪道：「怎的，床不好？也是，咱們都用慣大炕的，不過春夏天可以睡嘛。」他說著又漸漸傷懷起來。「哎，文淵到時候有功名的話，指不定就做官去了，一年也不曉得能回來幾次哩。」

杜小魚聽得鼻子發酸，這件事杜顯跟杜黃花都還不知道，若是有面對的一天，他們到底會有多難過？

尤其是杜顯，他可是看著杜文淵長大的，又不像趙氏，早就曉得這不是她親生兒子，他傾注了所有的父愛，到最後卻只得到一個謊言嗎？

「太早了，太早了，文淵還有一年多才鄉試，瞧我。」杜顯拍了下自個兒腦袋，指指院子。「我去清理下牛糞。」

趙氏看著他背影，嘴唇翕動著，終究沒有發出聲音來。

她可以接受杜文淵的離去，可是卻沒有勇氣對自己的相公開這個口。

到底該怎麼辦？

總有這麼一天的！

「娘，您快些給我生幾個弟弟妹妹，」杜小魚這時忽然拽著趙氏的袖子。「大姊到時候嫁出去，二哥又要考功名，多冷清啊！」

趙氏一怔，臉慢慢紅了。「妳這孩子！」

這話小女兒不止說過一次，如今也有個姑娘樣了，卻還是什麼話都說得出口，可她想著心又微微一顫，其實，她說得也沒錯，是應該生幾個孩子，早些時候擔心養不活，如今不一樣了，而且，她欠杜顯一個兒子啊！

可是，這個不是想就有的……

隨後的一段時間，趙氏似乎在飲食上頗為注意，每日都好幾個小菜，品種豐富，有魚有肉，不只自個兒吃得多，還經常勸著杜顯吃。

到了晚上，兩人也比平常睡得早，常常用過晚飯沒多久便去臥房。

杜小魚人小鬼大，隱隱也猜到是怎麼回事，心裡自是高興得很，看來趙氏把她說的話聽進去了。

為了輔佐他們，她還旁敲側擊地暗示吳大娘，結果吳大娘沒過幾天就送來幾個方子，弄得趙氏十分不好意思，但也抓了藥每日熬著喝。

杜文淵有次回來還當趙氏病了，幸好被杜小魚拉著才沒有跑去慰問。

林嵩最近也還是來的，趙氏如今這樁心事已經放下，她本來就極為堅強，想通之後對林嵩反而更多的是愧疚。當年若不是貪心要一個兒子，不把杜文淵送回去，也就不會讓他們家人分離十多年，因此對林嵩滿含歉意，每回他來，總要好酒好菜招待，還讓杜顯送去兩床新被子、新棉衣。

杜顯自是樂得如此，與林嵩有說有笑，趙氏看在眼裡又是一番痛心。

「娘，吳大娘叫妳心情要放開呢。」杜小魚見著趙氏難過，總是要提醒兩句，這種事，保持心情開朗才容易成。

趙氏忙擠出笑來，低下頭把手裡白菜放進大缸子裡。

冬天總是會醃很多酸菜的，杜小魚笑道：「等好了，我要做酸菜魚吃。」

趙氏聞言皺了下眉。「這菜要倒那麼多油。」

言下之意有些不捨得，可酸菜魚就是要最後倒上熱呼呼的辣油才好吃嘛！杜小魚感慨一聲，可惜不能種油菜花，杜顯四處問也沒見有人曉得的。

衡山遠在千里之外，交通又不便利，或許有人知道才叫有鬼呢！

她站起來幫著趙氏給白菜鋪上鹽，雖然鹽也不便宜，可醃過的菜好吃下飯，這兩大缸子酸菜夠吃整個冬天，也就不覺得浪費了。

做完後洗淨手，杜小魚走到院子裡，正想把浸泡好的幾件下田的衣服洗了，就見有個婦人走進來，她並不認識。

趙氏從裡面走出來，見著那婦人倒是一愣。

那婦人她是認識的，姓董，就住在村北，不過與她也只是點頭之交。

「大妹子，突然上你們家來，叨擾了。」董氏把手裡兩包東西遞上去。「給孩子們吃的，妳可千萬別嫌棄。」

見她這麼客氣，趙氏很是疑惑，他們家跟那董家可是從來不曾來往的，可人都上門來了，總不好不招待，只把東西一推。「來坐坐行，東西咱們可不能收。」

董氏忙道：「大妹子，不瞞妳說，咱們過來是有事請教呢。」

趙氏怔住，想不通他們家有什麼可以教的。

董氏把東西放桌上。「早聽說你們家養兔子掙錢的事，村裡好些人羨慕，也弄了些兔子養。咱們家……」她不好意思地笑笑。「也從縣裡買了十幾隻，可不知怎的，接二連三的病了，有一隻還死了，妳瞧這個事……」

說到這裡，趙氏已經知道是怎麼回事，正色道：「那些個兔子都是我們家小女兒在養，我是一點都不懂的。」

「你們家小魚真真是聰明乖巧，那麼小就能為家裡掙錢了。」董氏忙誇道：「不像我們家幾個小的，成天只曉得滿地亂跑。」

趙氏笑起來。「都是瞎搗鼓。」

董氏道：「大妹子，我實在是沒有辦法才來麻煩你們家，再這麼下去，那些個兔子指不定就死光了，能不能讓你們家小魚教教怎麼養？」

「她一個小孩子哪擔得起一個教字？你們想知道，直接問她就是了。」趙氏一邊就把小魚喊進來。「妳董大嬸養的兔子病了，妳倒是聽她說說。」

原來是因為這個上門，杜小魚便走過來。

「小魚啊，我這些兔子買了二兩銀子呢！這殺千刀的說好養，結果沒幾天就病了！」董氏咒罵起來。「也不知道是不是一開始就是病的。」

「你們是在縣裡那個小販子手裡買的？」杜小魚忙道。

「是啊，不然還有誰，也就那人在賣，他現在生意好得很哩！村裡就有好幾家去買，晚了都買不到，得等他從齊東縣帶回來。」董氏道：「誰讓野兔子養不起來呢，也只有這種白兔子可以養。」他們也是跟著杜小魚學的，本以為兔子嘛，跟牛羊一樣，隨便養，誰料根本就不是那麼回事。

生病了弄去獸醫那邊看，人家還不看，說這東西死了就死了，真是把人給活活氣死！

杜小魚想了想道：「那小販子沒教你們怎麼養嗎？」

「他哪會教，別人養死了去找他理論，官差都找來了，可還不是沒有辦法，他賣給妳的時候好好的，養死了可關不了他的事！」董氏氣呼呼道。

這小販子也是黑心，當初明明就告訴過他怎麼養那些小兔子的，結果他倒好，什麼都不說，讓別人把兔子活活養死。

是了，死了又來他那邊買，反正現在兔子的銷路有大好的趨勢，倒是打的好算盤！

「你們家兔子是拉肚子還是怎麼？」杜小魚細心詢問。「那糞便是不是軟軟的？還是吃不下東西？眼睛好不好？流鼻涕嗎？」

聽她一連串問題，董氏瞪大眼，半晌搖搖頭，她也沒怎麼注意。

「小魚，不如妳去我們家看看吧！」董氏道，可是一兩銀子啊，他們家一年也才賺多少，就這麼扔進大水溝，實在太肉痛了。

杜小魚看看趙氏。

趙氏遲疑道：「她興許知道些養兔子的事，可真要看病……要不你們還是去找村裡的獸醫說說？」

「沒有用的，我都去過幾回了，大妹子，妳就讓小魚去看看吧！」董氏急道。

趙氏見此也沒辦法，董氏那樣懇求，不太忍心拒絕，她便讓杜小魚去看一下，同時又要把東西還給董氏。

董氏死活不收。「給孩子們吃的要不了幾個錢，還要麻煩小魚上我們家去，大妹子再這樣可是打我的臉了！」

趙氏只得作罷。

杜小魚收拾下，想著幼兔拉肚子的可能性比較大，就把杜文淵叫藥鋪做的藥丸帶上，跟著董氏去了他們家。

第五十九章

董氏住在村子最北邊，後面靠著山頭，上山倒是很方便。

到他們家，杜小魚剛走近那些兔子就聞到一股騷臭味兒，當下不由自主掩了下鼻子。

董氏瞧見了，不好意思道：「兔子身上髒了也不曉得怎麼洗，這麼冷的天怕是要凍死的，也只得放著不管。」

這種天當然不能洗，洗了病肯定會加重，杜小魚蹲下來仔細瞧，發現兔子的窩是用幾塊大木板釘起來的，如同簡易的箱子，十幾隻兔子縮在一處，本來雪白的皮毛髒兮兮的，腳底更不用說，黑不溜丟的，毛看著都結起來了。

她嘆口氣。「這麼養哪養得活？」

「啊，是真有問題吧？快給我說說哪兒不對？」董氏一臉認真，拉著她的手道：「是不是病了？」

杜小魚伸手抱起一隻兔子，翻開牠肚皮看了看，腹部的毛也是髒的，尾巴處都黏著黏糊糊的糞便。

「哎喲，小心妳的手弄髒了。」董氏忙抓了塊抹布遞給她。

杜小魚擺擺手。「有沒有乾淨的竹簍？」

「有，有。」董氏一迭連聲說道，去屋外拿竹簍進來。

杜小魚把手裡兔子放進去，一會兒工夫又抓了三隻出來，都是明顯拉稀的，其餘的她看不出來，要觀察一會兒才曉得。

「兔子不能放這種木箱養，」她指著底部。「下面得空出幾條縫隙，給糞便尿水流出來，不然會把兔子都弄髒的。兔子又愛乾淨，成天的舔自己的毛，把髒東西都吃下去能不生病嗎？還有，你們是不是都餵蔬菜的？白菜要少吃，最好給牠們吃牧草，發現有軟的糞便，要及時把牠們分開養，好辨別是哪隻生病了……」

董氏聽得雲裡霧裡，半晌嘆道：「果真是不好養，我只當跟牛羊一樣，拴在棚裡，扔些草便罷了，怎的那麼麻煩？」

杜小魚笑笑，可不是嘛，錢哪有那麼好賺的，她揀些重要的注意事項又詳細講一遍。

聽到還要買鐵籠子，董氏眉心就是一擰，這又是一筆錢啊，囁嚅道：「這，這真要用鐵的？別的不行？」

「兔子牙齒很厲害，木頭做的可關不住，不過，董大嬸若有別的辦法也可。」她又添一句。「種兔一定要給牠們吃乾草，不然磨不了牙齒，會影響進食的，還有這天氣一定要保暖，籠子外面罩個擋風的，要不就放在廚房，有點暖氣。」

董氏聽得連連點頭，見她一點也不藏私，不由心裡感動，便從廚房裡拿來半籃子雞蛋。「小魚啊，這妳帶回去。」

看他們家，杜小魚曉得他們境況也不好，哪還會收東西，忙推卻。

「妳要不拿，我可過意不去。」董氏把籃子往她手裡一塞。「咱們以後指不定還要麻煩妳，妳不收的話，我自個兒送去你們家吧！」

杜小魚只得接了。

董氏一直送她走了好遠的路才回去。

見她提著雞蛋回來，趙氏道：「怎的又收他們家東西，這樣可不好。」她把之前董氏送的兩個紙包打開來。「看看，都是縣裡才有的，也花了不少錢呢。」是些糖梨膏、桃酥餅、芝麻糖等點心小吃。

「我要推得了早推了。」杜小魚搖搖頭。

趙氏便問起給兔子看病的事。「那妳幫得了嗎？收了別人東西，到時候不行也說不過去，唉，他們家也是，妳又不是獸醫，哪會治什麼病？」

她雖然曉得杜小魚養兔子掙錢的本事，可是治病又不一樣了，所以之前也不想讓她去的，萬一治不好指不定還被人詬病。

「娘不相信我？」杜小魚笑道：「我這些天可都在看獸醫的書呢。」

「這學醫哪有這麼容易的，娘曉得妳聰明，可也不要太難為自己了。」趙氏看著眼前這張小小的臉，忽地有些心酸。「如今咱們家錢也夠用，妳養兔子就當玩玩吧！看書也不要再看那麼晚，正在長身體呢，太勞累可不行。」

「我不累。」杜小魚撲到她懷裡蹭了蹭。「看書可好玩呢！將來我自己學會看病了，不管養多少兔子都行，而且，別人養兔子也得到我這兒來看病，可不是還能多賺些錢？」她嘻嘻笑。

「現在錢是夠用了，可我還想蓋大房子哩，家裡再添輛馬車，咱們一家子有空坐著到處去玩，好不好？」

趙氏撫著她的頭髮，哽咽道：「好自然好，可是娘心疼妳啊，這些年娘也沒好好待妳，沒好好待黃花……」

見她要哭了，杜小魚愣了愣，印象裡，其實趙氏是個比較冷硬的人，除了杜文淵那件事，她根本就是從不落淚的，可明明已經想通了啊。

「娘，我以後不看那麼晚就是了……」

趙氏吸口氣，擦擦眼睛，又笑起來。「妳不是喜歡吃雞嗎？一會兒妳爹回來，跟著去挑一隻。」

他們家現在有隻大公雞，雞是不缺的了，杜小魚嚥了下口水，又有香噴噴的土雞吃了！

「我要吃燒雞公！」她歡叫起來。

這孩子說到吃的總是那麼高興，好像前世餓多了似的，趙氏笑著去餵牛羊了，兩隻羊現在也長得很大，過年倒是可以宰一隻……

董氏家的兔子經觀察後沒有發現別的病症，只是拉稀，服用杜小魚送的藥丸之後便有好轉，加上他們家也用了心，好好養著，就一日日康復，又長胖起來。

這件事後，董氏跟他們家親近很多，半個月裡倒是來了兩、三趟，送些自家做的醃蘿蔔、鹹魚等，說是謝禮。

一來二去，跟趙氏也熟了，有時候也能說到一起去，農閒時常常聊著就是半天。

趙氏的性子本就清冷，多交交朋友也好，杜小魚心裡這麼想。

不久，她給董氏家治兔子一事就在村裡傳開了，那些養了兔子想發財結果又沒養好的，便紛紛帶著禮來找她看病，這段時間杜家總有陌生人上門。

見杜小魚又送出去一家，秦氏抖了下身上的餅屑，嗤地一聲道：「妳倒是大方啊，哪個來都說，就不怕以後養得比妳好？」

杜小魚不答，拿起書，一邊把藥材在桌上分了好幾堆。

「看看，還不理我了！」秦氏指指她，勸起趙氏來。「我說大姊啊，妳好歹說說她，這兔子我看著很有前途，她既然都養了那麼多了，何苦要去教那些人？有良心的也就罷了，要是一些白眼狼可不是白白浪費時間？就剛才那家，背地裡還不是說過你們家壞話的，要我就一棍子打出去！」

沒等趙氏開口，吳大娘斜她一眼。「咱們小魚最是好心，哪像妳一樣，自個兒掙個錢非把旁人逼得活不下去。」

秦氏臉上閃過一絲尷尬，嘿嘿笑了兩聲。「一山不能容二虎，大姊這也不懂？小魚既然想靠兔子掙大錢，自然不能容旁人坐大了，妳看看，現在咱們村裡就有七、八家在養，一家都弄個幾十隻，這兔子的價格可不得下來？」

「瞎說，那麼多人養豬，就沒見豬肉下來的！」

「豬肉家家戶戶都要吃，兔子怎個比？」秦氏不同意。「也就貪新鮮幾天吃一回，不過，這兔皮倒是好東西，我前幾回去縣裡，走幾步就見有人戴著兔皮暖袖，哎喲，弄得我都想進一些放鋪子裡賣了。」

她們說半天，見杜小魚仍是沒反應，秦氏伸手戳戳她。「妳這丫頭，聽沒聽見我說話啊？裝個什麼，當真以為看幾天書就能當大夫了？」

杜小魚抬頭白她一眼。「妳知道個啥？」

吳大娘噗地笑了。「就是，妳大字不識一個的，知道啥？對了，那胡家如今可說定了吧？可不能再為這事跟妳相公鬧了，一人退一步也就行了。」

「他敢跟我鬧？」秦氏哼道，藏著些得意。「說定了，明年挑個好日子，過幾日便去提親了。」

看來胡家也是讓了步的，沒有得寸進尺獅子大開口，龐誠這個人很實誠，杜小魚也挺喜歡他，便仔細聽了下，但願胡家二姑娘是個良善的，那麼一家子還能過得比較安生。

「這就好，妳也是要當婆婆的人了啊。」其他二人說些恭賀的話。

過了會兒天色不早了，兩人就要告辭，吳大娘站在院子裡又停下腳步，指著披了蓑衣的牛笑道：「這頭牛這麼養著，難怪那麼好，大妹子，我倒忘了跟妳說件事了。」

趙氏走到門口問什麼事。

「住我家東邊那頭的高家，他們家不是有頭母牛嘛，說想跟你們家的牛配種，看上牠了！」

這頭牛也有兩歲多了，倒確實可以配種，趙氏笑著應了。

「高家還說了，以後生下小牛來，少不了你們家的好處。」吳大娘道：「他們家自個兒會釀酒，我看幾罈子酒肯定有的。」

說笑著就跟秦氏出去了。

那頭牛也不曉得是不是知道自個兒要找媳婦了，應景地「哞哞」了兩聲。

杜小魚在裡頭聽到了，不由想到那年買牛的事情，當然，欠龐家分期付款買牛的銀子早就還掉了，她只是覺得時間過得真快，這樣便是兩年了。

想著她瞇起眼，再兩年後，她的田裡是不是長滿了金銀花呢？

這麼一想，越是高興，笑出聲來。

忽地面上一涼，她睜開眼，卻見杜文淵不知什麼時候回來了，正盯著她看。「想什麼呢，這麼興奮？」

「不告訴你。」杜小魚撇撇嘴，誰讓一來就凍她臉！

杜文淵順勢坐下來，看著一桌子的藥材道：「今兒又有人讓妳治兔子？」

「嗯，這家的兔子積食了，他們為了讓兔子快點長肥，亂添草料。」兔子是個吃貨，杜小魚十分瞭解，若不定量餵的話，牠們會暴飲暴食。

「那妳打算怎麼治？」

「正在想呢，哦，對了，之前都忘了問了，聽章卓予說你拜了個大夫……」

杜文淵皺眉道：「小聲點，別給娘聽見了。」

杜小魚噗哧笑起來，雖然他早曉得趙氏不是他親娘，可骨子裡完全是把她當親娘看的，這會兒還在怕趙氏聽見了訓斥呢。

她壓低聲音。「既然都拜了師父了，你給我想個法子。」

杜文淵沈吟會兒道：「據妳說，兔子腸胃嬌弱，那應等同於小兒，小兒積食的話倒是有現成的方子，可兔子吃下去的都是草料，不易化掉。」他頓一頓。「要不試試放白朮、枳殼、大黃這些藥材……不過，我從未見過治療兔子的醫書，妳貿然為他們醫治，若是不成又如何？」

「我當然早就說清楚了，治死了不怪我，但是我也不收取分毫費用，包括藥錢。」

聽聞此言，杜文淵看她一眼，頗有深意道：「妳倒是好打算。」

拿這些生病的兔子當試驗品，若是治好了，以後就有經驗來治療更多的兔子，若是治不好，也不用負責任，死馬當活馬醫嘛。

杜小魚嘿地一聲。「你到底比秦大嬸聰明多了，她還當我白白為那些人醫治兔子呢。」

自古以來，獸醫中就沒有治療兔子這一學問，她要自個兒摸透，沒有試驗品怎麼行？如今這些人養的兔子生起病來千奇百怪，又沒有人替他們治，好歹也是死馬當作活馬醫，她自然是要去試試的，也好為將來積累經驗。

「那我就用這個方子。」其實她還知道個辦法，兔子若積食或者便秘，要灌植物油或香醋，不過這個傷胃，有些兔子就算因此好了，以後的腸胃也會變弱，吸收不好自是長不胖的，還是試試中藥方子吧。

她從桌上挑幾樣藥材出來，見這熟練程度，杜文淵笑道：「真是下了番功夫了。」

「可不是，將來你一走……」她說著頓住，微搖一下頭，說起別的事。「我讓你給姊帶的話可帶到了？若是白蓮花找她，千萬別見。」上次白蓮花那舉動，她想到就覺得心裡不舒服，自是要叮囑杜黃花的。

「姊說知道了。」

「那就好。」她捧著藥材往廚房去了。

杜文淵看著她的背影，一時微微發怔，將來若離開這個家，大姊性子懦弱，爹又老實，很多事情便要落在她的身上……

其實，他也曾想過不去相認這個舅舅，可親生父親還在，若是舅舅執意公開，他仍是不可能留在這裡。

說到底，命運終究難以對抗。

他站起來，輕輕嘆息一聲也去了廚房。

趙氏正在切酸菜，見他進來了，笑一聲道：「小魚說要做酸菜魚吃，你也愛吃的，我讓你爹一會兒去塘子裡撈兩條草鯇出來。」

那件事後，母子倆相處總有些不自然，可兩人都儘量像往常一樣，只是趙氏少了些嚴厲，她當初這樣對杜文淵也是想他有功名在身，可以過上富貴日子，潛意識裡仍是愧疚心在作祟。

不過，如今既然已經明瞭，自是不再那樣嚴苛。

杜文淵笑起來。「我去撈。」挽了袖子，在牆角拿起網兜便出去了。

晚上杜小魚親自下廚燒了鍋麻辣酸菜魚，一家子吃得樂陶陶的，杜顯心情好，拉著杜文淵喝酒，兩個人臉都成了紅布。

「爹，我敬您！」杜文淵端起酒杯，眼睛燒得通紅。

「好，好，好兒子……」杜顯大笑，喝完酒一頭就歪倒了。

兩人頭碰頭醉在一處。

倒是少有的場面，杜小魚鼻子有些發酸，自個兒去廚房煮濃茶，端過來的時候見趙氏正暗自流淚。

是為這父子倆注定的離別吧？

今日情景，往後恐怕再難見到……

——未完，待續，請看文創風136《年年有魚》3

妙趣橫生的種田文／玖藍／祝你持家不敗

不要掃雪

種田重生／豪門恩怨／婚姻經營

痛快逆襲、深情不悔／不要掃雪

難為侯門妻

全套五冊

她，人們戲稱為京城裡的一朵奇葩，
仗著父親是大將軍王，任性妄為、胡攪蠻纏，
不顧一切嫁給癡戀的男人，
卻因此付出最慘痛的代價……
沒想到死後重生，回到一切悲劇上演之前，
這一世，她真能改變自己去糾正前世的錯誤，
阻止不幸的命運再次發生嗎？

文創風 129 1

她已下定決心不再去招惹那些虛有其表的世家公子，
一心想拜師學醫，成為真才實學的女大夫，
才有能力改變自己與父親的不幸，挽救夏家的崩毀，
但是天下第一的神醫早已放話不收徒弟，連要見上一面都很難了，
這重生後跨出的第一步還真有點傷腦筋～～

文創風 130 2

沒想到世事難料，一切似乎完全反了過來，
尤其小侯爺李其仁的出現，意外打亂了玉華的全盤計畫，
他外向、開朗，真心誠意對待她，對夏家更有莫大的恩情，
她不知道怎樣才能表達心中的感激，同時也越發的不安起來，
人情債、感情債似乎越欠越多，多得根本沒有辦法還清……

文創風 131 3

無論哪一世、無論什麼事，為了女兒，父親都可以付出一切，
這一世，就換她來付出，並討回原本屬於父親的東西吧！
哪知父親才歷劫歸來，唯一的弟弟又遭人下毒，命在旦夕，
這夏家真是屋漏偏逢連夜雨，倒楣事一齣又一齣，
但只要父女同心，其利斷金，便沒有過不了的難關……

文創風 132 4

莫家是天下首富，身為接班人的莫陽個性內斂而清冷，
給人一種不怎麼好親近的感覺，卻總在下令玉華急難時伸出援手；
一個曾經親手為母親煮麵，如今也願意為她煮麵的男子，
這樣的他便足以讓玉華動容，永遠記在心中……

文創風 133 5 完

眼看婚姻中出現了大麻煩，即便錯不在自己，畢竟事情因她而起，
解鈴還需繫鈴人，玉華決定親上火線，化解婚姻危機，
她從不信什麼改命之說，自己的命只有自己能夠改變。
兩世為人，她真真正正懂得要珍惜這愛她及她所愛的人，
斷不會再讓自己留下更多的遺憾……

風 文創 135

年年有魚 2

國家圖書館出版品預行編目資料

年年有魚 / 玖藍著. --
初版. -- 臺北市 : 狗屋, 民102.11-民102.12
冊 ; 公分. --（文創風）
ISBN 978-986-328-180-1（第2冊：平裝）. --

857.7　　102021314

著作者　玖藍
編輯　王佳薇
校對　黃亭蓁　林若馨
發行所　狗屋出版社有限公司
地址　台北市104中山區龍江路71巷15號1樓
電話　02-2776-5889～0
發行字號　局版台業字845號
法律顧問　蕭雄淋律師
總經銷　知遠文化事業有限公司
電話　02-2664-8800
初版　102年11月
國際書碼　ISBN-13　978-986-328-180-1
原著書名　《鱼跃农门》，由起點女生網〈www.qdmm.com〉授權出版

定價250元
狗屋劃撥帳號：19001626
網址：love.doghouse.com.tw　E-mail：love@doghouse.com.tw